Todas las flores que olvidamos

CLARA SANZ

Todas las flores que olvidamos

HarperCollins

Editado por HarperCollins Ibérica, S. A.
Avenida de Burgos, 8B - Planta 18
28036 Madrid

Diseño de cubierta: Rebeca Losada
Fotografía de solapa: Facilitada por la autora
Maquetación: MT Color & Diseño, S. L.

ISBN: 978-84-1064-180-8
Depósito legal: M-27394-2024
Impreso en España por Black Print

MIXTO
Papel procedente de
fuentes responsables
FSC® C159065

*A vosotros cuatro, que me disteis todo a cambio de nada
y me llenasteis de besos para una vida entera.
A papá y mamá, porque no os define una palabra mejor. Suerte la
mía de andar siempre de vuestra mano.
A mi compañero de todo. Que nada nos pare, seguimos
sumando vida juntos.
A vosotros tres, que sois mi inspiración y mi motivo para que nunca
deje de soñar.
A ti, que estás lejos, pero te tengo presente en todos y cada uno de los
pasos que doy.*

Capítulo 1

Me llamo Bella, así, con dos eles, como lo diría un italiano. No por bella, sino por cabezona. En mitad de una crisis de identidad, me negué a seguir llamándome Isabel. Se ve que a mis dieciséis años llamarme Isabel no me parecía lo suficientemente glamuroso. Sí, lo reconozco, me gustaba sentirme especial.

Lo primero fue acostumbrar a mis padres. Nunca lo hicieron. Para ellos siempre fui Isa. Nunca asumieron que creciera y tomara mis propias decisiones, y eso que empecé desde bien chiquitita porque siempre había que hacer lo que decía yo. Luego a mis amigos. Ahí me costó menos, se acostumbraron muy pronto a hacerlo.

En el instituto, los profesores fueron bastante condescendientes y, quitando a los pocos que se empeñaban en llamarme Isabel, o señorita Isabel, el resto accedió a llamarme Bella. Eso y que era la única forma de que respondiera.

Nací en Barcelona, pero mi abuelo, aragonés de pura cepa, siempre decía con orgullo que, con lo cabezona que era, lo que corría por mis venas era sangre baturra.

Mi vida siempre ha transcurrido tranquila. Una familia normal, en un barrio normal de Barcelona. Papá trabajaba en un banco y mamá de secretaria en una gestoría. No tengo hermanos, y ahora no tengo nada.

Hablo en pasado de mi familia porque hace trece años que fallecieron. No me gusta hablar del tema. Pero desde entonces estoy sola. Sola en el mundo. No tengo familia. No tengo nada. Todo se perdió en un accidente de tráfico. Volviendo de «Maldito Pueblo» una Semana Santa mientras yo cursaba tercero de carrera. Con una llamada telefónica todo cambió. Pasé de ser la niña consentida y egocéntrica de la familia a no ser el centro de nada porque mi mundo se desmoronó. Nunca he estado orgullosa de mi carácter, y menos de cómo hablaba a mis padres. Ser hija única y nieta única era el combo perfecto para creerme la dueña y señora de todo lo que había a mi alrededor. Mis padres y mis abuelos lo llevaban con dignidad. Tampoco tenían con quién comparar, o sí, pero la verdad es que mi carácter no invitaba a querer cambiar las cosas. Desde el día en que mis padres dejaron este mundo, no he dejado de arrepentirme por todas las contestaciones fuera de tono y las malas caras que continuamente les ponía. Pero ya no hay remedio, porque ahora estoy sola.

Maldito Pueblo es un pueblo más de la provincia de Soria, de esos de los que cuando llega el verano se llena de madrileños y catalanes —como yo—, empeñados en explicarles a los lugareños cómo funciona el mundo. Ellos, por norma general, están hasta las narices de nosotros y dicen que cuando nos vamos descansan. Pero, la verdad, durante esos meses se crean unos lazos tan fuertes que al final los del pueblo nos perdonan que seamos tan pedantes y nosotros a ellos que no quieran aprender más de la vida.

Mi amiga Alejandra siempre me decía cuando éramos niñas que las mismas carreteras por las que veníamos los veraneantes los fines de semana o en vacaciones las utilizaban ellos para ir a la ciudad, y que sabía de sobra lo que había pasada la cuesta del Molino, que era la más grande que había a la salida del pueblo y a donde llegábamos con la bici cuando salíamos a pasear. Yo siempre tuve mis dudas: ¿cómo iba a saber ella, por ejemplo, lo que era estudiar en un colegio tan grande como el mío si el de Maldito Pueblo tenía solo cien alumnos? Le daba la razón y ya está.

A mamá a Maldito Pueblo le gustaba llamarlo «nuestro pueblo» o «cómo no te va a gustar el pueblo» para referirse a él. Con el paso del tiempo, cada vez que mencionaba que había que ir yo le respondía que ni muerta. Curioso, ¿verdad?

Odiaba el pueblo desde los dieciséis años concretamente. Aunque de pequeña allí fui feliz, en la adolescencia se torció todo. Nunca he soportado que me digan nada. Y nada quiere decir nada: ni cómo vestir, ni cómo comportarme ni con quién ir y, menos aún, cómo llamarme. Los veranos en el pueblo me gustaban hasta que fui creciendo y todo se fue torciendo. Eso de hacer algo y que cuando llegara a casa ya se hubiera enterado toda mi familia lo llevaba fatal.

Pero no siempre fue así. En general, mis recuerdos de aquellos veranos hasta la adolescencia son buenos. Aunque de niña también hubo momentos complicados, me viene a la memoria especialmente un año, cuando mi madre me compró unas zapatillas de lona que estaban de moda, esas que eran de bota y llevaban una estrella en el lateral. Nunca se me ocurrió pensar que eran una imitación —ahora lo pienso y me da la risa—, porque hasta la marca a la que copiaban estaba mal escrita. A Mariela, una niña del pueblo que tenía las mismas zapatillas, pero las de ella sí eran originales, enseguida le llamaron la atención, porque vio a la legua que eran falsas. Se dedicó a decir a todo el mundo que éramos pobres y no podíamos comprar zapatillas de verdad. En los pueblos, como en las ciudades, hay muchos envidiosos. Lo que

11

pasa es que en un sitio pequeño cuando corre un rumor es como en un colegio. Se enteran desde los padres de los alumnos de infantil hasta los estudiantes de los cursos superiores. La diferencia es que en el colegio, cuando yo era pequeña y no había móviles, cuando te ibas a casa se acababa el cotilleo y, en cambio, en el pueblo era continuo. Realmente la idea de que éramos pobres tampoco se extendió mucho, porque ni Mariela tenía mucha capacidad de atención, ni le pareció un cotilleo relevante a casi nadie. El caso es que estampé mis zapatillas entre las tomateras de mis abuelos y me pasé el verano en sandalias hasta que mi madre accedió a comprarme unas zapatillas en el mercadillo al que íbamos todos los del pueblo, los que vivían allí todo el año y los veraneantes. Comprar en el mercadillo estaba bien. Llevar unas zapatillas de lona de mercadillo era lo correcto, pero unas de lona de los puestos de la playa... Eso era de pobres.

Con sus más y sus menos, de niña, mis veranos en el pueblo eran divertidos. Cuando llegaba junio no quería ir, y cuando llegaba septiembre no quería volver. Isabel la indecisa, así me llamaba mi abuelo.

Cuando cumplí los dieciséis decidí cambiar de nombre, y me afané en explicarles a todos mis amigos, entre los que se encontraban Gonzalo y Alejandra, que me llamaran Bella, que Isabel ya no existía.

Gonzalo y yo habíamos sido siempre amigos, porque mis padres y los suyos lo eran de toda la vida, e incluso había venido a Barcelona en más de una ocasión con su familia y habíamos disfrutado de vacaciones juntos fuera del pueblo. Gonzalo me gustaba, yo creo que desde que nací. Era dos años mayor que yo y siempre había estado a mi lado. Era alto, moreno, con los ojos muy alegres en forma de almendra que siempre le brillaban. ¿Qué más se le puede pedir a un chico cuando eres niña?

Alejandra era mi mejor amiga de Maldito Pueblo. Era una niña llena de luz, la más buena y bonita que vivía en el pueblo. Siempre tenía una sonrisa y una empatía que, cuando me veía sola en la puerta de casa, sin querer salir porque pensaba que mis amigos ya se habían olvidado de mí, venía a buscarme y me arrastraba a la calle a jugar. Y, a partir de ese momento, solo volvía a entrar en casa para comer o dormir, o cuando nos castigaban sin salir.

Pues ese año, nada más llegar al pueblo les expliqué a todos cómo debían llamarme. Nadie me hizo caso. A excepción de Alejandra, que desde el minuto uno empezó a llamarme Bella, para el resto seguía siendo Isabel, la nieta del Teodoro. Ese verano yo tenía dieciséis años, mucho carácter y una necesidad absurda de creerme mejor que los demás. En fin, la adolescencia. Esa noche, mientras les explicaba el porqué de aquel cambio, intentando que por fin me llamaran Bella, todos comenzaron a reírse y a hacer chistes con mi nombre. Empezaron a llamarme flipada o a preguntarme que quién me creía para cambiarme de nombre. Tampoco era tan difícil de entender, cada uno es libre de hacerse llamar como más le guste. Pero se ve que, para esos paletos, era muy difícil de comprender.

No sé en qué momento ocurrió, pero ocurrió. Al tercer o cuarto comentario hiriente de Gonzalo, me levanté, agité el puño y le di un golpe en toda la cara que le puso el ojo morado. Tuvieron que llevarle al centro de salud asustados porque no le bajaba la inflamación.

Gonzalo, además de gustarme a mí, también le gustaba a medio pueblo, y ostentaba el título de ser el chico más guapo del lugar y, para qué negarlo, de toda la comarca. Cuando estaba en Barcelona y pensaba en Gonzalo, o mi madre lo nombraba, soltaba un suspiro.

No sé qué me pasó por la cabeza ni por qué lo hice, quizás me esperaba cualquier humillación, menos la que pudiera venir de él. El caso es que no medí y le aticé.

Recuerdo al día siguiente a mi madre dándome empujones por la calle hasta llegar a casa de Gonzalo para que me disculpara. No eran ni las diez de la mañana cuando su madre había llamado para pedir explicaciones a mis padres de lo que yo le había hecho al pobre Gonzalito.

La humillación fue tan tremenda que me pareció motivo suficiente para no volver a pisar Maldito Pueblo. Bueno, la humillación y que el chascarrillo corrió tan rápido que por fin dejaron de llamarme Isa, pero no para llamarme Bella, sino Isabelita Dinamita. Y si alguna vez habéis tenido pueblo coincidiréis conmigo en que lo más difícil de eliminar es un mote. Había perdido la batalla, y ese verano me despedí del pueblo para siempre. O eso creía yo.

Nunca más volví a pisar Maldito Pueblo. Mis padres nunca lo llevaron bien, pero respetaron mi decisión.

Ahora, en un tren de esos que han bautizado de Media Distancia, me dirijo a Maldito Pueblo. No sé por qué los han denominado así, los tendrían que haber llamado de Media Vida, porque es lo que estoy perdiendo según pasan las estaciones y me aproximo a mi destino.

Seis horas y treinta y dos minutos de Regional Exprés. O de Regional de la Muerte. Diecisiete paradas, y en todas y cada una de ellas he considerado cancelar mi viaje. Pero no sé por qué motivo mi trasero ha sido incapaz de levantarse del asiento. De hecho, me planteo que el único motivo es que esta vez haya sido más racional mi culo que mi cerebro. Pero el caso es que estoicamente he aguantado sin bajarme del tren y estoy llegando a Maldito Pueblo.

Con un sonido enlatado escucho por megafonía el anuncio de que la próxima parada es la mía.

Respiro hondo y me sudan las manos. Noto cómo resbalan en el asidero mientras mantengo el equilibrio y me hago chiquitita. Hubiera preferido estar en la oficina cuando se produjo el recorte de personal que en el tren. De eso hará un par de años. A la empresa no le salían las cuentas y despidieron a gente de todos los departamentos. Nadie sabía quién iba a ser el siguiente, no veíamos ninguna lógica en las decisiones. Fue una época muy dura, en la que torres muy grandes cayeron y en la que se demostró que de las amistades de oficina más de la mitad son ficticias. Cada vez que echaban a alguien y no eras tú, sentías un alivio tremendo, aunque a quien hubieran despedido fuera una madre soltera con una docena de hijos que, además, era buenísima en su trabajo. No había tiempo para la tristeza, todos estábamos callados, rezando para no ser el siguiente convocado por recursos humanos. Al final me salvé, y aunque siempre tuve claro que iba a ser así, la tensión y los nervios que pasaba cada vez que sonaba el teléfono fueron los mismos que cuando por megafonía anunciaron que la próxima parada era Maldito Pueblo.

Me sentí tan chiquitita como aquella noche en el Siroco, cuando pensé que sería buena idea coger el micrófono y agradecer a todos los allí presentes la fiesta sorpresa que habían organizado para celebrar mi fin de carrera.

Una fiesta en el bar del momento en Barcelona. Fue la genial idea que se le ocurrió a la gente que me quiere para celebrar mi gran hazaña en la vida. Después de aquella maldita Semana Santa en la que la carretera truncó la vida de mis padres y con la de ellos la mía, nadie pensaba que pudiera ser capaz de resurgir de mis cenizas y acabar mis estudios.

Micrófono en mano, dispuesta a agradecerles la sorpresa que me habían dado, los focos me iluminaron y se hizo el silencio.

Todo el mundo expectante, mirándome. Yo solo escuchaba alguna voz que vitoreaba mi nombre como si fuera una estrella.

No sé muy bien cómo ocurrió, pero todo se complicó. Un nudo en el estómago estaba empezando a oprimirme hasta el punto de que notaba que no podía respirar. Las luces empezaron a difuminarse y, de repente, se hizo la oscuridad.

Cuando recuperé el conocimiento, estaba tumbada, con las piernas hacia arriba, y no paraba de escuchar a los allí presentes gritarme como si no fueran a volver a verme en la vida.

Había perdido todo el glamur de la estrella de cine de hacía unos segundos. También oía a algunos que entre susurros decían cosas del estilo: «Pobrecita. Después de lo de sus padres es normal que le pasen cosas así».

Aquellos comentarios condescendientes hacían que cerrara con más fuerza los ojos y no los quisiera abrir, con lo que la preocupación de los que me rodeaban iba en aumento.

Todo acabó con un bofetón de Inma, mi Inma del alma, que gritaba histérica que no quería perderme y que por favor volviera.

Me pareció buen momento para abrir los ojos.

Al final no hablé delante de todos. Solo hubo una ovación y aplausos por mi vuelta al mundo de los vivos. Ese episodio me sirvió para darme cuenta de que no quería ser la pobre huérfana de la que todo el mundo sintiera lástima.

Quería ser Bella, de Isabella, y demostrarle al mundo que, a pesar de la desgracia sufrida hacía un par de años, podía ser dueña de mi vida.

A finales de ese verano empecé a trabajar de becaria en la revista *Vidas Bonitas*, todo un referente nacional de estilo de vida y la más vendida todavía en estos días. El no tener familia ni ningún interés fuera de lo común por llegar a casa, excepto algún tardeo o salida nocturna, me llevaban a dedicar a la publicación más horas de las que cualquiera de mis compañeros quería hacer. Eso y que amaba mi trabajo hicieron que pronto entrara a formar parte de la plantilla y con un puesto que me encantaba.

El sueldo nunca estuvo acorde con todas las horas que trabajaba, pero sí podía decir que era la persona de mi grupo de amigos que mejor cobraba y que más amaba su trabajo.

Al principio iba a inauguraciones o fiestas como parte de la revista *Vidas Bonitas*, pero pronto empecé a hacerme un nombre en Barcelona, y la que acudía a los eventos ya no era «la de la revista», sino Bella. Así que empezaron a salirme trabajos más exclusivos que compaginaba con mi vida laboral. A lo largo de estos años, podría decir que no ha habido un lanzamiento o promoción en la ciudad o en la costa catalana que no haya pasado por mis manos. Todo esto me ha permitido conocer a gente muy interesante y a más de un amigo especial, pero mi carácter y mi trauma familiar me han dado la facilidad de no encariñarme con nadie y saber abandonar las relaciones cuando las cosas se ponían serias. Era feliz. ¿Qué más se le puede pedir a la vida?

Capítulo 2

Nada más abrir el buzón vi el sello del Ayuntamiento de Maldito Pueblo. Lo reconocí enseguida. Era el mismo que llevaba el pañuelo que me ponían mis padres al cuello cuando, vestida de blanco en las fiestas de mayo, me llevaban a misa y a la fiesta de las flores.

Cada cuadrilla llevábamos el pañuelo de un color, y el de la que formaba parte mi familia era lila. A mamá siempre le gustaba decir que era por los lilos que florecían en esa época. Y cortaba ramas con las que arreglaba los centros de mesa donde se reunía la cuadrilla y las cestas de flores que llevaba a la ofrenda. Por un momento pude sentir el olor de las lilas en aquel portal de Barcelona. Pude ver a mi madre cortando las ramas de los lilos a primera hora de la mañana, antes de que les diera el sol, limpiar los tallos de hojas y colocarlos en los jarrones que mis abuelos habían preparado con agua fresca y hielos. Los dejaba en la despensa, que era el lugar más fresco de la casa, y por la tarde, justo en el momento en el que las flores estaban más hidratadas, preparábamos las cestas que llevábamos a la ofrenda de santa Quiteria. Todas las vecinas le preguntaban a mi madre cómo se las arreglaba para que sus lilas lucieran así de bonitas, pero el secreto permaneció en la familia.

Ver la carta me trajo recuerdos de Maldito Pueblo que yo creía olvidados y me hizo sentir cerca a mis padres. De la sensación placentera que me produjo hasta tararear la canción que mi abuelo me cantaba del río Jalón pasé al estupor cuando, subiendo en el ascensor, abrí la carta y vi que el Ayuntamiento me reclamaba a mí, a doña Isabel Sánchez de la Fuente, la cantidad de casi tres mil euros por el impago del IBI de las propiedades heredadas en 2010.

En ese momento desaparecieron de mi mente los lilos, los pañuelos de colores y las cestas de la ofrenda. Y su lugar lo ocuparon unas ganas incontrolables de presentarme en Maldito Pueblo y rociarlo con gasolina.

Cuando más ensimismada estaba en cómo hacer desaparecer un pueblo de la manera más rápida y eficiente posible, sonó el móvil. Era Inma. A ella le pareció supergracioso que debiera casi tres mil euros a los paletos de Maldito Pueblo.

Inma es como un huracán. Tiene la capacidad de hacerte reír en el momento más delicado. Es una de esas personas mágicas que, aunque lo estén pasando mal, saben hacer a un lado sus problemas para centrarse en los tuyos y que termines llorando de la risa. Cuando llegó a casa, con un café en cada mano, los dos aderezados con carcajada, le pareció buena idea ir a Maldito Pueblo a explicarles que no era posible que debiera esa cantidad de dinero.

A Inma la conocí en la universidad, y desde entonces nos hemos vuelto inseparables. Fue mi gran apoyo y la que me sacó adelante tras el fallecimiento de mis padres. Si un día desapareciera de mi vida, yo también querría desaparecer de la vida para siempre.

Dicho y hecho, aún no estaba convencida de ir cuando Inma ya estaba pagando los billetes para que ese mismo fin de semana las dos partiéramos rumbo a Maldito Pueblo.

El día señalado para nuestra incursión todo fueron risas y empoderamiento para afrontar la situación hasta que cinco minutos antes de salir hacia la estación de tren Inma se puso el termómetro. Los escalofríos que sentía no le parecían muy apropiados para salir de casa y emprender el viaje sin comprobar antes que todo estuviera bien. Los casi 39 grados de fiebre que marcaba le parecieron motivo más que suficiente para decirme que se caía del viaje. Su salud así lo requería, pero se las apañó para convencerme de que yo sí cogiera ese tren y me prometió que se uniría a mí en cuanto se sintiera mejor y que se las apañaría sin mí.

Ahora, a escasos minutos de llegar a la estación, regresar a Maldito Pueblo me parece la idea más absurda que he tenido en mucho tiempo y vuelvo a sentirme tan pequeñita como en el Siroco.

GONZALO

Hace 532 días que Eva se marchó, y la gente sigue empeñada en que tengo que olvidarla y seguir con mi vida. Y claro que la he olvidado: hoy, exactamente 532 días después de que me dijera (o más bien de que viera) que estaba liada con el profesor de pádel, hubiéramos cumplido nueve años juntos.

Si no la hubiera olvidado, estaría muy triste y hecho polvo, y, sin embargo, estoy bien. Me acuerdo de ella, claro que me acuerdo. Porque al final fueron más de siete años juntos y, claro, pasaron cosas muy bonitas. Entre ellas, Nico.

Nico es mi hijo, tiene cuatro años. Cuando nos separamos, hace 532 días, era apenas un bebé. Y, claro, no se enteró de nada, así que no lo lleva mal.

Y menos mal que no se enteró de nada. Ese martes, hace ya 532 días, Eva tenía clase de pádel, y yo me fui con Nico a pasear con el carrito para que su madre descansara, porque con esto de la maternidad la pobre estaba sobrepasada.

Le dije que volvería tarde, porque ese día había fútbol y quería llevar a Nico a verlo con mis amigos. Me extrañó que a Eva le pareciera bien: siempre ponía pegas cuando hacía planes con los de la cuadrilla. Pero ese día me animó.

Cuando llegamos Nico y yo a ver el partido, el niño cogió un berrinche tremendo, y los allí presentes asumimos el papel de médico de familia que todos llevamos dentro. Tras poner uno detrás de otro la mano en la frente del peque, llegamos a la conclusión de que tenía fiebre. Así que me marché a casa.

Al entrar me extrañó que Eva no hubiera regresado todavía. Bajé al garaje a buscar el antitérmico que llevábamos en el bolso del coche, porque no encontraba el que teníamos en casa, y entonces pude ver el culo de mi mujer pegado al cristal de la ventanilla del coche mientras no paraba de balancearse. A la vez, unos ojos casi fuera de sus órbitas que pude identificar como los de Juan, el profesor de pádel, me miraban, mientras sus manos apartaban a Eva de encima de él de un empujón.

Retrocedí sobre mis pasos, volví al salón y pregunté a Siri cuántos mililitros de paracetamol le correspondían a un niño del peso de Nico.

No sé qué me respondió Siri. Tampoco había sido capaz de coger el antitérmico, actuaba como un autómata. Mi cerebro no paraba de ver la imagen del culo de Eva pegado al cristal del coche que hacía apenas un año habíamos comprado a la vez que nos imaginábamos todos los viajes que haríamos juntos.

No sé el rato que llevaba con el antitérmico en la mano cuando Eva entró y dijo:

—Gonzalo, tenemos que hablar.

Le pedí que hablara bajito, que Nico tenía fiebre y quería darle el antitérmico, pero no sabía cuál era la dosis.

Abrió un armario del salón, del cual sacó el antitérmico, me lanzó el bote y me gritó que eran dos puñeteros mililitros, que si aún no había aprendió algo tan básico.

Se ve que era importante lo del antitérmico, porque empezó a gritarme y a decirme que ese era mi problema, que no me enteraba de nada, que si no tenía sangre en las venas y que si iba a quedarme ahí callado sin decir nada.

Y no dije nada. No dije nada porque no tenía mucho que decir. Pero no porque no tuviera una opinión sobre lo que había pasado, sino porque era un hombre completamente derrumbado y porque mis palabras siempre las he reservado para aquel que quiere escucharlas y valorarlas. Y Eva estaba claro que no me valoraba a mí, y menos las palabras que pudiera decir.

No sé en qué momento me había vuelto el culpable de aquella situación si yo no era el que había puesto mi culo en la ventanilla y no estaba tirándome a la profesora de pádel en el coche familiar.

Salí de casa a dar un paseo y pensar.

Cuando volví y abrí aquella puerta, ya nada era como antes, una de las épocas más grises de mi vida acababa de comenzar y hoy, 532 días después, he olvidado a Eva. No sigo la cuenta porque la eche de menos, sino porque cuento los días desde aquella fatídica noche en la que Nico y yo ya no vivimos en el mismo hogar. Realmente no he perdido al amor de mi vida, lo conocí hace exactamente 1460 días: se llama Nicolás, aunque todos le decimos Nico.

Además de ser el cornudo del pueblo, título más que merecido, soy guarda forestal. Estudié Ingeniería Forestal, y cuando salió una plaza para poder regresar a mi pueblo no dudé en cogerla. Por aquel entonces vivía en Zaragoza, donde había estudiado la carrera y conocido a Eva, que era de un pueblo de aquí al lado. Los dos estábamos de acuerdo en venirnos a vivir al pueblo, yo a trabajar de lo mío y ella a montar una peluquería.

Cuando Eva y yo lo dejamos, o cuando decidió abandonarme por el profe de pádel, o el día que me gritó que no saber la dosis de antitérmico que debía tomar Nico o que yo no tuviera sangre en las venas eran motivos más que suficientes para pedirme el divorcio, ella decidió marcharse a su pueblo, y llevarse consigo a Nico y un trocito de mi ser.

Así que me quedé aquí, con mi trabajo de guarda forestal y una vivienda unifamiliar, que mantengo y pagó, religiosamente todos los meses, para que todos los miércoles y fines de semana que Nico pasa conmigo vea que su padre, además de sangre en las venas, tiene un hogar para él.

También soy el alcalde, a todos les pareció la mejor idea del mundo cuando me separé que me presentara. La verdad es que todo el pueblo se volcó conmigo en las urnas y, desde entonces, dedico todo el tiempo que no estoy con Nico a mi trabajo o a la alcaldía. Dicen que tengo que rehacer mi vida.

Ya me contarán cómo si no tengo tiempo para nada…

El tren por fin paró. Sentí el frenazo de las ruedas de hierro contra las vías, la fricción de una parada que desplazó mi cuerpo hacia atrás, pero que dejó mi estómago en su posición original.

Maldito Pueblo tenía un pasado ferroviario que había marcado su historia. Situado en la línea Madrid-Barcelona, llegó a tener casi quinientos trabajadores solo en el ferrocarril y casi tres mil habitantes en su época de mayor esplendor, llenando de vida sus casas y comercios. Pero en los años cincuenta, con la sustitución de las máquinas de vapor por las de fueloil, empezó su declive, y los comercios y las casas se fueron vaciando. Las escasas oportunidades laborales y el olvido por parte de las instituciones de los pueblos, y en especial de la España Vaciada, habían conseguido que ahora apenas rozara los mil habitantes.

Al bajar del tren el sol iluminó mi cara y recibí un bofetón del típico aire seco castellano que poco o nada tenía que ver con la humedad de mi amada Barcelona.

Había olvidado aquella sensación propia del interior de la península. No fue desagradable. Pero, como en un acto reflejo, saqué mis gafas de sol para protegerme de sus rayos y por si había alguien alrededor que se acordara de Isabelita Dinamita.

La estación de tren estaba tal y como la recordaba. Un par de viejos bancos de hormigón, incómodos y fríos, ahora templados por el sol de enero. La fachada con los colores típicos de Renfe por la que parecía que no había pasado el tiempo. La máquina expendedora de billetes era lo único que te recordaba que habían pasado los años, y que alejaba la imagen que yo tenía de la estación desde la última vez que la vi.

Entré en el vestíbulo, ahora ilusionada, por si aún estaba el antiguo puesto de revistas y tabacos que regentaba Paqui. Los domingos siempre venía con mi abuelo a comprar *El País* con el suplemento. Me encantaba pasar las hojas de aquella revista, mientras mi abuela hacía la comida, y yo me iba comiendo una a una las chuches que mi abuelo me había dejado elegir, antes de que Paqui las metiera en un cucurucho de papel.

Mis abuelos tampoco estaban ya a mi lado. La vejez y el frío invierno soriano se los habían llevado de mi lado demasiado pronto. O eso me parecía a mí. Porque sentía que llevaba una vida entera echándoles de menos. Teníamos una conexión especial porque cuando era niña pasaba todas las vacaciones con ellos. Mi madre, el día que me daban las vacaciones de verano, me preparaba la maleta y mi padre nos llevaba a la estación de tren. Tras unas cuantas horas llegábamos a Maldito Pueblo, en cuyo andén nos esperaban mis abuelos. Antes de entrar en la estación, mi madre y yo nos asomábamos por la ventana a ver quién de las dos los veía primero, mientras a lo lejos ellos hacían aspavientos para que los viéramos. Corría como una cabritilla, así se refería a mí el abuelo cuando me veía chospar para abrazarles. Es curioso cómo nos pasamos media vida buscando impresionar a los demás y demostrar de lo que somos capaces, y no nos damos cuenta de que nuestros principales admiradores y más fieles están con nosotros desde que nacemos.

El quiosco de Paqui estaba cerrado. Con la reja bajada, y la suciedad suficiente acumulada como para saber que hacía ya algún tiempo que allí no se vendía ninguna revista ni ningún tebeo. Que esa verja hacía ya años que había cerrado definitivamente.

El vestíbulo de la estación era pequeño. Una sala cuadrada, con unos asientos para refugiarse del duro invierno soriano y dos ventanas que daban al mismo. Una era el malogrado puesto de Paqui. La otra era, o mejor dicho fue, la ventanilla por la que se dispensaban los billetes. Recordaba cómo hace ya una vida esa ventanilla rebosaba actividad, con el personal de la estación convenientemente vestido con su uniforme. Cada vez que llegaba el tren, salía el jefe de estación con su gorra y su silbato para dar paso al convoy, o bien pedirle que se detuviera. Recuerdo que se llamaba Alfredo y que era una persona entrañable.

Ahora la cristalera en torno a la cual giraba toda la vida de la estación cuando yo era pequeña también permanecía cerrada con un cartel en el que ponía: «Venta de billetes en la máquina exterior».

Al salir me encontré la plazoleta. Seguía tal y como la recordaba. Solo se diferenciaba en un pequeño detalle desde la última vez que la pisé hacía ya casi veinte años: ahora no había vida. Los edificios, igual que la estación, no habían sufrido el paso del tiempo, pero lo que contenían sí. Solo un par de bares habían sobrevivido al embiste de la España Vaciada.

Por un momento pensé que la vuelta a Maldito Pueblo no iba a ser tan dura, nada quedaba ya (excepto los edificios desgastados) de mi última estancia en aquel lugar en el que Isabelita Dinamita había desatado su ira. Error. Solo tuve que entrar al primer bar (o único bar) que vi abierto para comprobar que este viaje no iba a resultar tan sencillo, como por unos instantes pensé al bajar del tren.

Allí apenas había tres mesas ocupadas y un par de parroquianos en la barra. Dos de las mesas eran de forasteros. Se podía saber por su manera de vestir. Entonces fue cuando comprobé que hay cosas que nunca cambian y que se repetían desde que era pequeña: la obsesión de los visitantes por equiparse como montañeros cuando venían el fin de semana a hacer turismo por la zona. De hecho, esta costumbre, llamémosla rara, se había intensificado gracias a la popular marca francesa que, en las últimas décadas, se había empeñado en acercar el deporte a todas las personas en cualquier rincón del país y parte del extranjero.

En la otra mesa, un grupo de hombres jugaban afanosos al dominó, dejando las piezas en la mesa con una energía que parecía albergar la esperanza de que se convirtiera en la necesaria para cerrar la partida. El estruendo era tal, sumado a sus voces de estar jugándose la vida allí mismo, que sentí la tentación de darme la vuelta y coger de nuevo el tren a Barcelona.

Aguanté estoicamente mis ganas locas de salir corriendo y abalanzarme sobre la máquina expendedora de billetes. No porque se me pasaran las ganas de huir, sino porque me sentía demasiado observada por el camarero, que llevaba mirándome desde que había entrado por la puerta.

—Un café solo, por favor, con sacarina.

—¿En vaso o en taza?

—En taza está bien.

—¿Eres Isabel?

El corazón me dio un vuelco cuando oí su pregunta. Estuve a punto de gritarle que era Bellaaaaaa, Bellaaaaa, que dejaran de llamarme Isabel. Pero enseguida recordé que había reservado la noche de antes alojamiento para las dos en el único hostal que permanecía abierto en el pueblo: La Ferroviaria.

Miré entre los numerosos adornos que poblaban las paredes de aquel bar, y que de primeras me habían pasado desapercibidos por el estruendo de los jugadores de dominó y la familia de montañeros en plena meseta castellana. Allí descubrí, entre vinilos, carteles de la época, fotos con amigos o recortes de periódico colocados con esmero, el cartel de La Ferroviaria, hostal fundado hacía ya más de cien años.

El local era el mismo que frecuentaba con mi familia de pequeña, donde me compraban los helados de Drácula en verano, pero los nuevos propietarios, nietos ya de los primeros fundadores, según descubrí después, le habían dado otro aspecto mucho más acogedor.

—Sí, soy Isabel. Tengo una reserva para esta noche y mañana para dos personas, pero mi amiga no ha podido venir.

—Yo soy Rubén, y llevo todo esto. Ahora te doy la llave de la habitación. El precio es el mismo. Es una habitación doble.

—Genial —dije yo.

En mi pequeño corazoncito aún albergaba la ilusión de que Inma llegara esa noche o a la mañana siguiente y, por lo menos, me acompañara a hacer las gestiones en el Ayuntamiento para poder saldar mi deuda y decirles cuatro cosas por permitir que acumulara esa cantidad y no haberme hecho llegar antes esa maldita carta.

Rubén me sacó de nuevo de mi ensimismamiento cuando, ahora sí, dijo mi nombre bien claro y en alto mientras me devolvía el DNI.

—Isabel Sánchez de la Fuente. Así que me resultabas familiar, ¿eres la nieta del Teodoro?, ¿el que tenía el huerto?

—Sí, era mi abuelo.

—Una pena lo que le pasó a tu familia.

Perfecto, había vuelto a ser la huerfanita y a llamarme Isabel. Respiré profundamente.

—Sí, una pena.

—¿Y qué te trae por aquí? —continuó indagando Rubén.

—Nada, un par de días de desconexión.

—Pues si tienes tiempo durante tu desconexión, deberías pasarte por tu casa familiar antes de que se caiga a chachos y tengamos una desgracia. Una pena que tu madre no pudiera llegar a abrir aquel local.

El corazón se me encogió. Y las manos de nuevo me empezaron a sudar.

Desde que tengo uso de razón, la ilusión de mi madre había sido abrir una floristería. Recuerdo cuando de niña paseábamos por Barcelona y me llevaba a ver las más bonitas que había en la ciudad, o cuando los domingos íbamos a las Ramblas y escogíamos las flores que más nos gustaban para poder hacer jarrones en casa. Mamá siempre decía que esas flores no tenían nada que ver con las que plantaban los abuelos en el huerto, que esas no duraban nada, y que incluso se las notaba tristes. Yo no entendía cómo una flor podía estar triste, si con lo bonitas que eran tenían que estar supercontentas.

Siempre le preguntaba a mamá por qué no abríamos nuestra propia floristería, y ella me decía que algún día lo haría, pero en el pueblo. Si lo hacía en Barcelona no podríamos ir los veranos a estar en casa de los abuelos ni ningún fin de semana, y entonces sus flores también estarían tristes, porque ella estaría triste.

Mi madre, soriana por los cuatro costados, nunca se había acostumbrado a la vida en la ciudad. Conoció a mi padre cuando él vino al pueblo a hacer una sustitución en la caja, y se enamoraron. Mi madre, cegada por el amor y por estar con mi padre, no lo dudó y se marchó con él a Barcelona. Al año siguiente nací yo, y ella se prometió a sí misma que haría lo imposible por volver al pueblo y criarme allí, rodeada de mi familia. No solo no pudo cumplir su promesa, de lo que estoy segura que se culpó toda su vida, sino que yo con dieciséis años me negué a volver y estar con mi familia cuando más me necesitaron.

No sé en qué clase de persona me había convertido los últimos años. El choque emocional de aquel accidente que me cambió la vida había bloqueado muchos recuerdos. Por primera vez desde que recibí aquella maldita carta fui consciente de que el importe que me solicitaba el Ayuntamiento no era por ser la nieta del Teodoro, sino por las propiedades que el bueno de Teodoro y su mujer, es decir, mis abuelos, y mis padres me habían dejado en herencia al fallecer.

Mi mundo se vino abajo, y quise llorar y llorar hasta que aquella pesadilla desapareciera y volviera a estar de nuevo en mi Barcelona del alma, en mi oficina, compartiendo un café con Rosi, la secretaria que siempre tenía algún chascarrillo infalible para quitar las penas.

Lo único que fui capaz de decir fue: «¿Me das mi llave, por favor?».

Capítulo 3

El verano en Barcelona se estaba haciendo demasiado largo; el calor, cada año más sofocante, no se quería marchar.

Hacía apenas unas horas había asistido a mi primera clase de Fundamentos de Marketing y había conocido a Inma. En aquellos momentos, no tenía ni idea de qué quería hacer con mi vida. Y acababa de sentenciar mi futuro inmediato al entrar en aquella aula y sentarme en los viejos pupitres de la Universitat Autònoma de Barcelona; me había matriculado en Administración y Dirección de Empresas con el objetivo de especializarme en *marketing*.

Esta sería mi nueva vida, al menos durante los años que tardara en hacer la carrera. Ya no había marcha atrás. En esos momentos mi cerebro estaba en plena ebullición. No tenía ni idea de si esa carrera me gustaba, dudaba hasta de mí misma. Pero parecía que allí, en esa aula, es donde quería estar y por lo que había luchado los últimos años de instituto, sobre todo en Bachillerato.

Se supone que el *marketing* era lo que me gustaba, o eso se habían empeñado en hacerme creer desde que era niña, y todos afirmaban que era capaz de vender hielo en Alaska.

En aquel entonces no entendía muy bien a qué se referían, ni le veía ningún encanto a viajar a Alaska y menos a vender hielo. Pero, si me decían que se me daba bien, ¿por qué iba yo a llevarles la contraria?

Según fui creciendo, entendí a qué se referían: mi personalidad, insistente y embaucadora me convertía en el prototipo de persona capaz de salirse con la suya y conseguir lo que se proponía. Así que, sin pensarlo mucho, yo también fui creyéndome aquello de vender hielo en Alaska y orienté mis estudios hasta acabar matriculándome en ADE.

Subí andando por la escalera y enseguida noté el olor del cocido que mi madre a pesar de ser septiembre se había empeñado en hacer. Era lunes y ese mismo domingo mis padres habían vuelto del pueblo. Sus visitas se habían vuelto más recurrentes, y en todos y cada uno de sus viajes aprovechaban para cargar el maletero del coche con productos de allí, como si en Barcelona fueran a desabastecerse los mercados de un momento a otro. No entendía la absurda manía de traer las cosas de allí, habiendo aquí. Desde hortalizas a huesos de jamón y espinazo para hacer cocido.

Cuando mi madre encendía los fogones, mi casa se convertía en la envidia del edificio, un deleite para el olfato de aquellos que tenían la mala suerte de entrar o salir en el momento en el que ella se ponía a guisar y abría las ventanas para ahuyentar un poco el calor de septiembre.

—¿Otra vez cocido?

—Pensaba que te gustaría. ¿Qué tal tu primer día?

—Una mierda. Y si no hiciera casi 40 grados, quizás podría disfrutar la comida.

—Es la receta de la abuela, algún día no estará y lo echarás de menos.

—Siempre estás con lo mismo.

31

—Bueno, ¿cómo ha ido, has conocido a alguien?

—La verdad es que no hay nada relevante que contar.

—Vaya, cariño, lo siento. Seguro que con los días las cosas irán mejor. Ahora, Isabel, me gustaría hablarte de algo: los abuelos no están bien.

—Me llamo Bella.

—Perdona, hija, los abuelos no están bien.

—¿Qué quieres decir?

—Cada vez son más mayores, y me necesitan. He pensado pedir una excedencia y marcharme allí una temporada para poder echarles una mano.

Probé la sopa y no respondí. Al fin y al cabo, el cocido no estaba tan malo.

Fue subiendo las escaleras de La Ferroviaria cuando recordé aquel momento que creía borrado de mi mente. La insistencia de mamá de dejar su trabajo, buscar algo en el pueblo y poder estar más tiempo con los abuelos. Mi padre la apoyaba: yo no entendía nada. Papá no tenía empleo. La situación económica inestable del país causaba estragos y estaban echando a muchas personas mayores de cincuenta y cinco años del sector de la banca. Entre ellas, a él, que desde hacía un par de meses se pasaba el día aburrido en casa haciendo crucigramas y viendo programas de presentadores hiperbronceados.

—¿Pero de qué vais a vivir? ¿Y yo? ¿Qué voy a hacer yo aquí? ¿Sola? ¿En serio?

—He pensado abrir de nuevo la tienda de los abuelos, darle un aire nuevo. Podíamos…

No le dejé terminar la frase, di un portazo y me marché.

Me parecía increíble que pudieran estar hablando en serio. ¿De verdad pensaban marcharse y dejarme sola en Barcelona? ¿Qué clase de padres descerebrados eran?

En el fondo lo estaba deseando. Fantaseaba imaginándome que vivía sola en Barcelona, mientras cursaba la carrera, salía de fiesta y disfrutaba de la vida sin tener que dar explicaciones a nadie. Y a la vez un odio irracional hacia ellos se adueñaba de mí; solo de pensar que en algún momento hubieran podido plantearse abandonarme a mi suerte en esta ciudad hacía que una ira descontrolada se apoderara de mí.

A las pocas semanas, mi abuelo enfermó. Una larga temporada en el hospital hizo que mis padres vivieran solo para atender a mis abuelos. De nada sirvió, y, antes de Navidad, Teodoro había fallecido. Ese hombre noble y fuerte, campechano como él solo, se había bajado de la vida y nos había dejado a todos desolados. Tanto, que mi abuela no pudo resistirlo y murió poco después.

Fueron unos meses difíciles, en los que todos los planes familiares se vieron truncados.

Mis padres dejaron de ir con asiduidad a Soria y yo me centré en mi carrera, que al fin y al cabo no estaba tan mal. Al final iba a ser verdad lo del hielo…

Los meses pasaron, y mis padres volvieron a frecuentar el pueblo cuando podían escaparse, pero parecía que habían olvidado la tonta idea de dejarme a mi suerte en Barcelona.

Yo seguía sin querer ir a Maldito Pueblo ni saber nada relacionado con él. Ellos se resignaron, y apenas me contaban nada de sus escapadas. Tampoco preguntaba. Ahora echo la mirada atrás y no puedo dejar de sentirme culpable por haber sido tan egoísta. Pero ¿qué podía hacer yo? Estaba empezando a vivir, a sentir, a experimentar, y mi mundo se limitaba a lo que a mí me hacía sentir bien.

Ahora, subiendo las escaleras de La Ferroviaria, todos esos recuerdos volvían a mi cabeza y dolían como agujas punzantes, demasiadas emociones y demasiados recuerdos desbloqueados en mi maltrecha mente.

GONZALO

—Sí, mamá, si viene, hablaré con ella y le diré que quieres verla, no te preocupes.

Colgué y suspiré.

No sé por qué demonios había hecho caso a mi madre. O, bueno, sí que lo sabía, tenía la misma curiosidad que ella (aunque realmente dudo que tanta) por saber qué había sido de la buena de Bella y cómo estaba.

Hacía unos meses, saneamos las cuentas del Ayuntamiento y había comprobado todo el dinero que se debía de los recibos de IBI. Al echar un vistazo para ver quiénes eran los deudores, por si había que actualizar los datos o teníamos que contactar con los propietarios para ver si se trataba de algún error, apareció el nombre de Isabel.

En cuanto lo leí, la nostalgia me inundó, me transporté a mi infancia, a las visitas con mis padres a Barcelona, las cenas de verano, los bailes de las fiestas. Isabel era la hija de Rosa y José, los mejores amigos de mis padres.

Y hasta que decidió dejar de venir al pueblo, supongo que porque se le quedó pequeño en la adolescencia, pasábamos mucho tiempo juntos. Ella era algo menor que yo, y siempre la vi como a la hija pequeña de los amigos de mis padres. O eso intentaba, porque cuando Isabel, bueno, Bella, que a ella las últimas veces que vino le gustaba que la llamaran Bella, se fue haciendo mayor, comencé a mirarla con otros ojos. Pero no dejaba de ser la hija de Rosa y José, y yo, un buen chaval al que todo el mundo se había empeñado en recordarle que cuidara de ella y le echara un ojo cuando salía.

Lo de cuidarla lo debí de hacer fatal, porque Bella las últimas veces que nos vimos me odiaba, no sé qué le había hecho, pero no quería ni verme. De hecho, la última vez que estuvo aquí la llamé Isabel y no Bella, y me dio un puñetazo. La verdad es que era tremenda.

Sus padres fallecieron trágicamente y, aunque mi madre intentó seguir en contacto con ella, Bella ya llevaba unos años sin pisar el pueblo y no quiso saber nada de nosotros.

Mi madre no se rindió, y consiguió entablar amistad telefónica con una familia de la que sabíamos que había ayudado mucho a Bella a raíz de la muerte de sus padres y que había hecho todo lo que había podido para que volviera al pueblo, pero no había sido posible.

Mi madre desde entonces tuvo dos penas que la iban a acompañar siempre: la muerte de sus amigos y no ser capaz de cuidar de Bella, su hija, como tantas veces se había prometido con Rosa que harían con Bella y conmigo si alguna vez les pasaba algo.

Así que, cuando vi su nombre y le conté a mi madre lo que pasaba, me pidió que, por favor, intentara localizarla con el poder que el pueblo me había otorgado como alcalde.

—Vamos a ver, mamá, las cosas no funcionan así… Me eligieron alcalde para que haga de alcalde. No de detective que acose a las personas que no quieren saber nada del pueblo.

—Uy, que no quieren saber nada… Pues debe tres mil euros, y si no quiere saber nada, que no sepa, pero tienes que cobrar esa deuda. Mira, con ese dinero cambias un par de columpios de los del parque, que son los mismos de cuando tú eras pequeño.

Mi madre se moría de ganas por saber algo de Bella, bien sé que le daban igual los tres mil euros que debía, y la verdad es que yo también sentía cierta curiosidad por saber cómo estaba y qué había sido de ella.

Tecleé en Google su nombre y aparecieron cientos de resultados, pero ninguno relacionado con ella. Había una cuenta de Facebook, con el perfil privado, que, según habíamos comprobado mil veces, era suya, pero al que no podíamos acceder, y tampoco respondía a las solicitudes de amistad que le enviábamos.

Su nombre se repetía en los créditos de *Vidas Bonitas*, una revista de moda que se editaba en Barcelona, y nos cuadraba que fuera ella, pero era imposible saberlo. Llamé en un par de ocasiones a la redacción para hablar con ella, pero nadie en esa revista estaba por la labor de pasarle una sola de mis llamadas ni de darme siquiera una pista para saber si era la Bella que buscaba.

Y entonces vi una foto de la presentación de un perfume en plenas Ramblas. Se veían imágenes de un rodaje del *spot*, y estaba seguro de que esa mujer que salía al fondo era la misma Bella.

Entonces hice lo que no se debe hacer. Llamé al registro de la propiedad de Almazán, localidad cercana a nuestro pueblo y donde nos tocaba hacer la mayoría de los trámites. Me las apañé para que la secretaria, una chica muy mona que siempre me sonreía cuando coincidíamos y coqueteaba conmigo, me consiguiera el listado de propiedades de la persona que llevaba años sin pagar el IBI. Y ahí estaba esa casa del barrio de Sant Andreu a la que tantas veces habíamos ido a pasar unos días en familia.

Podía no seguir viviendo ya allí, pero tenía que intentarlo, así que le escribí una carta, que imprimí en un papel del Ayuntamiento, donde le pedía que se personara para saldar su deuda, o bien contactara con el consistorio a través de un número de teléfono que sonaba directamente en la mesa de Patri, la secretaria. Ella tenía instrucciones de que, si alguien se identificaba como Bella, me pasara la llamada inmediatamente.

Dejé la carta con el montón de correspondencia que salía ese día, y me dirigí a mi otro puesto de trabajo, al que pagaba las facturas y me permitía vivir, porque hasta la fecha ser alcalde no me traía más que quebraderos de cabeza, y la cosa no tenía pinta de mejorar… O bueno, quizás sí…

Capítulo 4

Es curioso cómo la intensidad de la luz o un ruido que entra por la ventana pueden trasladarte a otro momento de tu vida en el que fuiste tremendamente feliz.

También es curioso comprobar que cuando los estás viviendo no eres consciente de que lo son, y solo es la perspectiva del tiempo la que te hace darte cuenta de lo feliz que eras y no lo sabías.

El ruido de la tórtola me despertó. El sol me daba en la cara y me trasladó por un instante a la casa de mis abuelos. La misma luz, el mismo sonido que tantas veces había escuchado los veranos en el pueblo.

Eran las diez de la mañana. La noche había sido larga y difícil. Los recuerdos de otra vida incrementaron aquella angustiosa ansiedad que me acompañaba desde la Semana Santa de 2010. Pastillas en mano, había conseguido conciliar el sueño casi a las cuatro de la madrugada. Las seis horas que había dormido habían conseguido que viera el día con más optimismo.

Solo tenía que ir al ayuntamiento, arreglar la confusión y coger el tren que salía a las siete de la tarde de Maldito Pueblo, si es que Inma no se dignaba a aparecer.

Salí del hostal con una gorra y unas gafas de sol. No estaba dispuesta a que los vecinos que aún recordaran a Isabelita Dinamita tuvieran el placer de reconocerla paseando por las calles del pueblo.

Bajé la cuesta que lleva hasta la arboleda, el parque en el que tanto había jugado de pequeña, y me dirigí hasta el ayuntamiento. El edificio sobrio y de ladrillo rojo, típico de la mayoría de los pueblos que habían construido su casa consistorial allá por los noventa, me dio la bienvenida.

Tras explicar al secretario del mostrador el motivo de mi visita y desglosarme uno por uno los conceptos de los que debía hacerme cargo, así como de los recargos pertinentes por estar fuera del calendario del contribuyente y haber domiciliado los sucesivos pagos para evitar tener que volver a pasar por aquí, salí del ayuntamiento dispuesta a llamar a Inma y ver cuál iba a ser mi futuro inmediato.

Quería saber si podría salir de allí aquella misma tarde o tenía que esperarla para poder regresar a Barcelona en cuanto hubiera conseguido convencerla de que no se nos había perdido nada en este lugar.

Me senté en el banco de la entrada del ayuntamiento, dispuesta a organizar todos los papeles que aquel hombre me había facilitado y a sacar el móvil del bolso.

—¿Molesto? ¿Puedo sentarme?

—Que yo vea, cabemos dos en el banco, así que tú mismo.

Varón, entre treinta y ocho y cuarenta años, casado, el anillo de su dedo le delataba. Pocos más datos hubiera podido darle a Inma en caso de haber encontrado el teléfono antes de que me hubiese vuelto a interrumpir hablando, ya que no estaba dispuesta a mirarle a la cara por si me reconocía.

—Eres Bella, ¿no?

Le miré perpleja. Era la primera vez que oía mi nombre, el que yo había elegido, en Maldito Pueblo desde aquella fatídica noche.

De hecho, solo había vuelto para los funerales de mis padres y abuelos, y allí todo el mundo se empeñó en darle el pésame a la pobre Isabel, y en ningún momento a Bella.

—Perdona, he pensado que si volvía a llamarte Isabel corría el riesgo de que me pusieras el otro ojo morado.

El bueno de Gonzalito; ahí estaba, con su mirada angelical después de haberme destrozado aquel verano.

—Estás de coña, ¿no?

—No, simplemente quería saber cómo te podía llamar.

—Bella, Bella está bien.

Silencio.

—¿Vas a estar mucho tiempo por aquí?

—No, de hecho, cuento los minutos para largarme. Y si me dejas de interrumpir y consigo hablar por teléfono, podré saber cuándo exactamente.

—Vaya, lo siento, me marcho. No quería molestar.

—Perdona, estoy bastante nerviosa y me cuesta razonar. Supongo que no tienes culpa de nada.

—¿Supones?

—No, perdona, no tienes culpa de nada.

—Vaya, ya son tres veces las que me has pedido perdón.

—¿Tres? Yo diría que dos.

—Dos ahora y una hace unos años, cuando me pusiste el ojo morado.

—Vete a la mierda.

—De acuerdo, me voy.

Mi indignación crecía por momentos. ¿Quién se había creído que era aquel imbécil para hablarme como si hubiéramos seguido viéndonos todos los veranos y yo no hubiera decidido desaparecer para siempre?

Según se alejaba volvió a hacerlo.

—¡¡Bella!!

Mi nombre sonaba aún más bonito cuando él lo pronunciaba. Con una sonrisa en la cara, le miré. Gesto serio: nada de mostrar mis sentimientos. Eso es algo que la vida se había empeñado en enseñarme.

—¿Tendrás tiempo para visitar la casa de tus abuelos? Bueno, tu casa.

—¿Quééé?

Gesto de enfado.

—Que si no vas a aprovechar los minutos que te quedan en el pueblo para visitar tu casa. Le hace falta un lavado de cara.

—No tengo ninguna intención, ni tampoco tiempo. Debo marcharme.

—Bueno, si cambias de idea, a las cuatro te espero allí. Mi madre tiene llaves, podemos entrar si tú quieres, puedes echar un vistazo y, quién sabe, igual te interese vender la casa antes de dejar que se hunda.

—Bueno, me lo pensaré. Gracias, pero no creo.

Me quedé perpleja. Ni por un instante se me había pasado por la cabeza visitar la casa y, la verdad, no sabía por qué. Me había empeñado en enterrar mis recuerdos, en no dejar aflorar mis sentimientos. No podía derrumbarme. No había llegado a este momento de mi vida para tirarlo todo por la borda. Volver a aquella casa podía hacer que afloraran muchos sentimientos.

Pero a la vez, la opción de vender la casa me pareció tentadora. No tendría que pagar más impuestos en ese maldito Ayuntamiento, y un dinero extra me vendría genial para dar la entrada del piso en el barrio de El Born al que le había echado el ojo. Al fin y al cabo, eso era lo único que me faltaba para hacer ver a todas esas *influencers* y famosillas catalanas, que confiaban en mí y en mi capacidad para vender hielo en el Polo Norte, que no era menos que ellas. Me imaginaba paseando por las calles de aquel barrio barcelonés de mis amores o tomando un vino blanco con Inma en cualquiera de sus terrazas.

Al final, igual el memo de Gonzalo podría traer algo bueno.

Otra vez la sonrisita absurda. ¿Es posible que después de una vida aquel tipo al que le puse el ojo morado pudiera seguir pareciéndome atractivo?

Las Navidades antes del verano del «ojo morado», Gonzalo vino con sus padres a Barcelona: ya era una tradición de nuestras familias ir a ver las luces y a comer chocolate caliente con churros. Yo tenía quince años y Gonzalo diecisiete. No podía creerme que el tipo más guapo de toda Soria, qué digo Soria, Castilla y León, o incluso toda España, estuviera en mi casa pasando unos días, aunque fuera comiendo chocolate con nuestros padres. Los dos años anteriores se había escaqueado y habían venido solo sus padres, pero en esta ocasión Gonzalo estaba allí. Yo me creía una diva, porque, por supuesto, había venido por lo guapa que le parecía. En realidad, su madre nos dijo que era porque necesitaba unas zapatillas de fútbol y quería ir a mirarlas a una tienda que estaba en el centro. Mi gozo en un pozo, pero no me rendí. Enseguida me ofrecí a acompañarle, nos iríamos solos en el metro. Y para mi sorpresa mis padres accedieron. Normalmente no me dejaban salir del barrio, aunque mis amigas y yo lo hacíamos cuando nos daba la real gana, pero, claro, ellos nunca se enteraban. Ir acompañada de Gonzalo les pareció suficiente para dar su aprobación.

Pasamos una de las mejores tardes de mi vida, y yo pensaba que de la suya. Nos reímos, nos contamos cosas, paseamos, visitamos sitios en los que Gonzalo tenía interés, y otros que yo quería enseñarle…, incluso tuvimos tiempo hasta para ir a por las zapatillas. De vuelta a casa nuestras manos se rozaron, miré a Gonzalo y me sonrió. Me sentía la mujer más especial del mundo. Antes de entrar en casa, ya en el rellano, le miré de frente, le cogí de las manos y le dije que había algo que le quería decir. No tenía ni idea de qué, pero estaba segura de que él sabría mis intenciones y me besaría. Nada más lejos de la realidad.

—Pero ¿estás tonta? ¿Qué estás haciendo?

—Jo, Gonzalo, sabes que eres muy imp…

No terminé la frase, mi padre abrió la puerta porque bajaba al restaurante chino a por la cena que habían encargado. Nada más glamuroso.

Gonzalo, desde ese momento, procuraba no quedarse a solas conmigo, y yo, que tonta no soy, evité hacer planes familiares esas Navidades y quedar solo con mis amigas hasta que él y sus padres se volvieron al pueblo.

GONZALO

—¿Gonzalo? Soy Patri. Creo que está la tal Isabel que andabas buscando en el ayuntamiento. Ha venido con una carta en la mano y bastante indignada. Parece ser una lista, debe pasta y encima viene preguntando que por qué. Pues mira tú, ¿porque no has pagado? Está el bueno de Jorge explicándole todo, con una paciencia… Menos mal que la ha atendido él; si soy yo, esa se va a Barcelona de vuelta con una buena bronca.

Apenas pude escuchar a Patri. Según hablaba, giré el volante, cambié de dirección y me dirigí con el coche del trabajo, que tampoco es que sea muy discreto, al ayuntamiento.

—OK. Porfa, Patri, hazme un favor, entretenla todo lo que puedas, que es muy importante para mi madre.

—¿Para tu madre? Pensaba que era cosa tuya, me estaba poniendo un poco celosa, je, je, je.

Una noche, hace ya muchas noches, en una cena del Ayuntamiento, Patri y yo tuvimos algo. Bebimos más de la cuenta, nos reímos, nos dejamos querer y acabamos en mi casa. Por suerte para ella, terminamos en mi habitación, y no en el coche, en el garaje. Para mí fue un algo y ya está, pero para Patri significó algo más. Desde entonces insiste en quedar conmigo, y yo estoy bastante agobiado con el tema. El amor de mi vida es Nico y, la verdad, tengo pocas ganas de conocer a nadie.

Llegué al ayuntamiento y subí las escaleras de dos en dos. Entré en la sala principal donde Patri y Jorge trabajaban, creando un estruendo, al rebotar la puerta de madera maciza contra la pared, del impulso que le había dado al llegar corriendo.

En la habitación solo estaban Patri y Jorge, que, tras el mostrador de atención al público, levantaron la cabeza al oír semejante golpe. Él sonrió al ver que era yo e hizo un gesto como de que no tenía remedio. Patri me regaló una sonrisa de oreja a oreja y dijo que, aunque había intentado darle conversación, la muchacha no estaba muy por la labor y se había marchado justo antes de entrar yo.

Nos teníamos que haber cruzado en el ascensor. Hacía ya unos años que la Junta estaba instalando ascensores en todos los edificios públicos para facilitar el acceso a las personas con discapacidad. Y, la verdad, que aquí no utilizábamos nadie el ascensor, más que las personas que así lo requerían… y Bella.

Bajé las escaleras de dos en dos, salí a la calle y la busqué con la mirada. Nada, no la vi. Cuando ya me dirigía hacia el coche para dar una vuelta a ver si la encontraba, descubrí que estaba sentada en un banco, en la puerta del ayuntamiento.

Hablé con ella, no de manera tan agradable como me hubiera gustado, pero pude, creo, captar su atención.

Me subí al coche y llamé a mi madre para contarle que había visto a Bella y que estaba completa: no le faltaba nada y aparentemente era una persona normal. Le dije que creía que había logrado que retrasara su marcha y que viniera conmigo a ver la casa de sus padres.

Colgué la llamada con una nueva misión: conseguir que esa noche fuera a cenar a casa de mi madre.

¡Qué pereza! Por mí, la hubiera mandado a la mierda, de no ser porque a mi madre le debía todo.

A las madres les debemos la vida, y yo ahora por partida doble. Desde la separación se había entregado a mí en cuerpo y alma; primero, para que saliera del pozo en el que estaba metido, y después por Nico. Aunque pasaba poco tiempo conmigo, ella siempre estaba pendiente de echarme una mano en lo que hiciera falta. Había luchado por una custodia compartida, pero el hecho de que Eva viviera en otra localidad hizo que me pusieran muchas trabas. Finalmente llegué a un acuerdo con mi ex: todas las tardes que quisiera podría ir a verlo o traérmelo a casa, y, de momento, así nos íbamos apañando.

Miré mi mano y vi el anillo; me había fijado cómo Bella lo había mirado, dando por hecho que estaba casado. Más de una persona me había insistido en que me lo tenía que quitar y pasar página. Pero la verdad es que la página ya la había pasado, y me había acostumbrado al anillo. Además, hasta la fecha, me era indiferente que la gente que no me conocía pensara que estaba casado, y digo hasta la fecha porque, no sé por qué extraña razón, no me había gustado que Bella pensara que estaba casado.

Me lo quitaría esa misma noche cuando llegara a casa.

De camino a mi trabajo, el de verdad, no podía parar de pensar en Bella. Siempre he creído que en ocasiones se producen conexiones especiales con algunas personas. Que hay una fuerza que nos une hasta tal punto que, una vez que las conoces, todo cambia. Si es amistad, se volverá una amistad para toda la vida, y si es amor… La verdad, no sabría qué decir, porque la conexión más fuerte y especial que he sentido nunca fue con Eva, y acabó con su culo en la luna delantera de nuestro coche familiar, mientras jadeaba viendo la sillita de Nico.

Así que, aunque cuando vi a Bella sentí cosas, cosas de esas que no sabrías explicar, porque estaba igual de preciosa que siempre, incluso debajo de esa gorra y oculta tras las gafas de sol, quise ser cauto y guardar la cordura. Mi pobre corazón no estaba dispuesto a malgastar más latidos por alguien que no fuera Nico y todos sus logros.

Volví a mirar mi anillo mientras conducía. Sí, definitivamente esa misma noche me lo quitaría.

Volví a La Ferroviaria. Pedí un pincho de tortilla y una botella de agua. Hasta que no me metí en la boca el primer trozo no fui consciente de que no había probado bocado desde el café que me había tomado allí mismo el día anterior.

Tras reposar la comida comencé a andar por el camino que lleva a los huertos.

Mis abuelos tenían una casa que era la envidia de los vecinos de la zona. Era la única con salida directa desde el patio a los huertos situados en la vega. Los demás afortunados que tenían un huerto en la misma zona tenían que peregrinar de casa a las huertas. Pero lo de mis abuelos era otro nivel.

Mis abuelos tenían un huerto que cultivaban en primavera para recoger frutas y hortalizas durante todo el verano hasta bien entrado el mes de octubre, cuando recogían las calabazas y cosechaban los crisantemos que vendían para la festividad de Todos los Santos.

Todo lo que cultivaban, incluidas las flores, lo vendían en la tienda que tenían en la calle Mayor. Vecinos de toda la comarca acudían allí a comprar verduras, hortalizas, frutas, flores… e incluso miel, que mi familia producía, sobre todo, en épocas estivales.

El día que mi abuela decidió cerrar la tienda se produjo una gran conmoción en el pueblo: uno de los negocios con más solera se despedía. Le hicieron una fiesta todos los vecinos y le regalaron una placa que lucía encima de la televisión de su casa, justo al lado del trofeo de la Caja Rural que mi abuelo había ganado ese verano en el campeonato de tanguilla. Desconozco si se seguirá practicando, pero entonces era un juego muy popular.

En Maldito Pueblo había una asociación de jubilados que todos los años, en las fiestas de mayo y de septiembre, organizaba campeonatos de bolos, mus, guiñote y tanguilla. Mi abuelo casi siempre ganaba a los bolos y a la tanguilla, pero ese año tuvo la suerte de que los de la Caja habían donado unos trofeos, así que pudo llevárselo a casa y todos estábamos superorgullosos. No había un domingo que mi abuela no le quitara el polvo. Una vez le dio con un producto para limpiar metales, y no sé de qué estaría hecho el trofeo, pero se quedó ennegrecido. Se llevó un disgusto terrible, porque las marcas eran evidentes, pero todos decidimos disimular y decirle que apenas se notaba.

—Será que no llevo las gafas, pero yo lo veo igual que siempre —le mentía el abuelo.

—¿Que no llevas gafas? Lo que no ves es tres en un burro. ¡Mira qué manchurrones he dejado por todos los lados!

—Qué va, mujer, qué va, que eres una exagerada.

Cuando decía esta frase, mi abuelo me guiñaba el ojo, yo se lo guiñaba a él, y los dos sonreíamos.

Recuerdo los veranos allí de niña, corriendo entre los surcos del huerto que mi abuelo dejaba para poder pasar y recoger las hortalizas.

Mil y una aventuras corrían por mi mente mientras me escondía entre las plantas de tomate más altas que yo.

Al final del huerto estaba la zona de las flores en la que todos los meses de abril mi abuela sembraba los bulbos de dalias que florecían a partir de junio. Todas las mañanas, ella cortaba las que necesitaba antes de que saliera el sol y las mezclaba con zinnias y hojas de laurel para hacer ramos que los vecinos y sobre todo los veraneantes compraban. Lo que más éxito tenía eran las peonías, que florecían todas las primaveras. Y antes de cortarlas ya las tenía reservadas por los vecinos. Mi abuela y mi madre las adoraban. Los últimos años, fue tal su fama fuera del pueblo que incluso una floristería de Soria las compraba para su tienda.

—¡Bellaaaaaaa!

Una voz me sacó de mi ensimismamiento. Había que ver lo bien que había surtido efecto el puñetazo a Gonzalo hacía ya demasiados veranos para que se aprendieran mi nuevo nombre de una vez.

—¡Por aquí!

Al verlo me derrumbé. Nada quedaba ya de aquella vida pasada en la que mis abuelos se esmeraban en tener el huerto más bonito. Nada quedaba ya de aquellas vacaciones o puentes en los que mis padres me sacaban de Barcelona para que tomara el aire rodeada de naturaleza.

No quedaban surcos, no quedaban flores, no quedaban tomateras. Quedaba una maraña de zarzas, malas hierbas y acacias inmensas que en unos años habían borrado una vida. Todos los recuerdos de mi niñez habían sido cubiertos por la maleza. No solo en el sentido metafórico de la palabra, sino también en el literal.

Mientras yo me había empeñado en olvidar y poner distancia con mis recuerdos, la maleza había ido haciendo su trabajo eliminando retazos de una vida.

Sinceramente, no sé qué me esperaba. Quizás encontrar todo como cuando era pequeña y recogíamos las fresas que mi abuelo plantaba en un surco solo para que yo pudiera hacerlo. Pero él no estaba ya, ni las fresas, ni mamá para ayudarme a recogerlas, ni papá para lavarlas conmigo después, ni mi abuela para hacerme los batidos.

No estaban, ya no había nadie, solo su recuerdo, y yo me había empeñado en borrarlos y las malas hierbas se habían apoderado de mi mente y de mi vida.

Solté alguna lágrima, respiré profundo y miré al cielo. Y entonces lo vi. Vi que nada alrededor había cambiado, que todo seguía en su sitio. El huerto, aunque comido por la maleza, seguía rodeado de montañas. El cielo azul, sobrevolado por los buitres que habían anidado en las escarpadas montañas y dejado blanquecinas sus paredes. El árbol que había en la ladera y que, cuando yo era pequeña, no tendría ni cinco años, y subí la montaña junto a mi padre, este había utilizado para agarrarse cuando se dio un resbalón, y yo pensé que sería la última vez que lo iba a ver. Todavía recuerdo los lagrimones que me caían mientras le decía «papá, no te caigas», y me abrazaba a él. La vida aún me regaló unos años más a su lado. Ese árbol seguía ahí, agarrado con fuerza a la montaña, y desde aquella excursión, cada vez que lo veía, no podía evitar acordarme de él. Todo seguía en su sitio.

Solo había que saber sacar lo malo y quedarse con lo bueno… Solo.

—Oye, Gonzalo, ¿por qué tenéis llaves de la casa de mi familia?

—Porque cuando tus padres fallecieron, y no te dignaste a venir por aquí, mi madre guardó su copia convencida de que algún día lo harías. Recogió y colocó todo con la esperanza de que volverías, y mi padre y yo tapiamos como pudimos puertas y ventanas para evitar que entrara gente. Lo hemos mantenido de la mejor manera que hemos sabido.

—¿Y por qué lo habéis hecho?

—¿Lo dices en serio? ¿No te parece lo lógico?

—¿Lógico, el qué?

—Pues cuidar la casa y los enseres de unos amigos que han tenido un accidente. No sé, ¿en Barcelona no se estila eso?

—Supongo, habrá gente que lo haga. Pero una vecina murió y tardamos una semana en echarla en falta. Y eso que mi madre se saludaba con ella todos los días por la escalera. Ahora, los herederos han puesto una puerta de hierro blindada para que no entren los okupas.

—Bueno, sí, eso debe de ser lo más parecido a lo que hemos hecho aquí con tu casa…

—Así que tu madre sabía que iba a regresar… A todo esto, ¿qué tal está?

—Dice que era imposible que con lo que tú querías de niña tu pueblo no hubieras vuelto más; que Barcelona te agrió el carácter, pero que en el fondo lo debías tener intacto porque eras una De la Fuente, y eso perdura para siempre.

»Y ella está bien, muy bien; sigue trabajando en el centro cultural y dice que le gustaría que esta noche cenaras con nosotros.

—Vaya con Valentina, qué visionaria, pero si no llega a ser por la carta del Ayuntamiento no hubiera vuelto. Así que igual estaba equivocada.

—La carta la envié yo.

—¿Perdonaaaaaa? ¿Has falsificado documentos oficiales?

—No, simplemente es la autoridad que me da ser el alcalde.

—¿Estás de broma?

—No.

Sonó demasiado tajante, incluso para mí. En esta vida hay que saber cuándo callarse, aunque tengas agriado el carácter como yo.

Gonzalo seguía teniendo la misma carita que cuando lo vi la última vez. El paso del tiempo lo había hecho todavía más atractivo; con unos rasgos masculinos muy marcados, la mandíbula ancha, los ojos grandes y con forma de almendra, de un color marrón diferente a todos los marrones que había visto, porque sus ojos brillaban solos. Recuerdo un verano, cuando apenas tendría doce años y la inocencia de estar descubriendo el amor. Era la noche de San Lorenzo, y en Maldito Pueblo era típico acudir con tu cuadrilla al campo, a una zona sin nada de luz, para ver la lluvia de estrellas.

Alejandra, mi amiga, me señaló unas estrellas que brillaban muchísimo y me dijo que podían ser parte de la Osa Mayor. Le respondí que a mí me parecían los ojos de Gonzalo. Su carcajada fue tal que me la contagió y me sacó de mi momento místico. Acabamos rodando por el suelo tronchadas de la risa. Cuando paramos, tumbadas en el suelo mirando las estrellas, sentí el aroma de las plantas que acabábamos de aplastar. El tomillo y el espliego dejaron huella en mis pulmones y en mi maltrecha espalda, que acabó magullada.

Recordar ese momento me hizo sonreír.

A pesar de estar rodeada de lo que en algún momento fue el corazón de mi familia, ahora invadido por la pena, fui capaz de sonreír recordando mi pasado. Y me gustó. Me gustó mucho.

—Vale, sí. Iré. Esta noche iré a ver a la buena de Valentina y al bueno de don Ramón.

Gonzalo sonrió.

—Genial —respondió—. ¿Vamos dentro?

El miedo y la angustia se apoderaron de todo mi cuerpo. No sabía si sería capaz de entrar a la casa en la que, sin duda alguna, había vivido los mejores momentos de mi vida.

Gonzalo no dio opción a que respondiera, abrió la valla del patio y lo atravesó pisando las hojas que las parras habían dejado caer durante el mes de noviembre. Si mi abuelo hubiera visto en esos momentos las parras, habría vuelto a cerrar los ojos en su eterno descanso.

Todos los años, al final del invierno, antes de que empezaran a mover las podaba para asegurarse de que dieran sombra en el verano, y así mi abuela pudiera pasarse las tardes bajo su cobijo leyendo alguna revista o caminando, con sus manos en los bolsillos, por el huerto. De pequeñita les seguía a todas partes. Cuando crecí, empecé a salir a jugar con mis amigos y los paseos por el huerto fueron disminuyendo, pero a menudo sacaba un rato para que mis abuelos me enseñaran cómo había cambiado el huerto esa semana. Yo siempre lo veía igual, pero asentía mientras pensaba en la comida que mi abuela había preparado. Aquello, sin duda, era la felicidad. Y yo ni siquiera lo sabía.

Capítulo 5

Para alivio de mi maltrecho corazón, que había perdido como doce años de vida desde que llegué al pueblo, la casa por dentro estaba perfecta. Todo lo perfecta que podía estar después de llevar trece años cerrada.

Era verdad que el bueno de Gonzalo y su padre habían tapiado puertas y ventanas. Aun así, entrar no fue difícil. Los tablones, deteriorados por el tiempo, fueron fáciles de arrancar. A primera vista, haber tapado las ventanas y la puerta a mí me resultaba más un reclamo para avisar que la casa estaba deshabitada. Pero, por lo que se ve, el objetivo era el contrario. Estaba yo como para protestar por la decisión que tomaron cuando no me digné a venir por el pueblo.

—Qué bien lo de los tablones. Nunca se me hubiera ocurrido un sistema tan seguro.

—Estás siendo irónica.

—En absoluto.

Gonzalo se rio; creo que, en esos momentos, la idea de tapiar las puertas y ventanas le pareció tan ridícula como a mí. Eso, o estaba pensando en meterme dentro de la casa, volver a colocar los tablones e irse de allí. Quise pensar que era la primera opción.

Gonzalo reía poco, pero cuando lo hacía sus ojos aún brillaban más, y su cara era todavía más bonita. La gente como él debería sonreír por decreto. Habría que promulgar alguna ley que obligara a los que, como él, alegran los corazones a sonreír cuando se les necesita. Pero se ve que las cosas no funcionan así, y que lo que hay que hacer es ganártela a pulso. Quizás es por eso que tienes que ganarte la sonrisa primero por lo que se te alegra el corazón después.

Cuando entramos, solo vimos oscuridad. El polvo se dejaba entrever en los rayos de sol que entraban por los huecos de las ventanas que quedaban entre los tablones que les habían dado sepultura y castigado sin luz tantos años.

Aun así, se podía intuir que todo estaba como aquel Lunes de Pascua, cuando mis padres, tras recoger todo, partieron rumbo a Barcelona. Ellos nunca volverían, pero la casa parecía esperarles tal y como la habían dejado.

Un nudo en el estómago hizo que no fuera capaz de articular palabra cuando Gonzalo me preguntó cómo estaba. No pude decir bien. No estaba preparada. En ningún momento de ese viaje en tren, de esas seis horas y treinta y cinco minutos que duró, me planteé volver a esta casa y a mi pasado.

Al entrar había un recibidor enorme.

—Espacio perdido que solo sirve para limpiar y almacenar trastos.

Podía oír la voz de mi madre definiendo esa estancia de la casa. Tenía un aparador antiguo, que ya cuando yo era pequeña era antiguo. Abrí el primer cajón y encontré el estuche de la baraja del rabino de mis abuelos, un juego de cartas muy típico en esta zona, en el que tenías que intentar descartarte cuanto antes haciendo tríos y cuartetos con tus cartas. También su boli y sus folios de líneas rectas que guardaban anotaciones de las veces que cada uno se había reenganchado y le había tocado poner cinco pesetas.

Cerré el cajón queriendo guardar también mis lágrimas, que ese día se habían empeñado en aflorar en más ocasiones que en todos los años posteriores al accidente de mis padres.

Desde un lado del recibidor se pasaba a la cocina. Era relativamente nueva. En los años noventa los abuelos se la encargaron a un carpintero de la zona y había quedado muy bonita. Mi madre siempre se quejaba de que no era práctica, que tendría que haber tenido más cajones y menos puertas, que así era muy difícil guardar cosas. A mi abuela le daba igual, las amontonaba en los armarios con la soltura que te da tener edad para hacer lo que te dé la gana. La ventana daba al huerto y se había librado de ser tapiada. Se ve que de entrar okupas lo hubieran hecho por la fachada principal. Ver el estado de aquel huerto fue desolador. Pero aguanté mis emociones y abandoné la estancia, atravesando de nuevo el recibidor para llegar al salón.

Podía escuchar el telediario de las tres y ver a mi abuelo tumbado en el sofá, con un periódico en la cara para quitarse la luz por si se quería dormir. De haberlo hecho, habría sido un milagro. En aquella casa las noticias se escuchaban a un nivel decibélico superior al de las fiestas de La Mercé. Cuando acababa, tocaba *Saber y ganar*, y entonces ya sí, a un volumen mucho más normal, mis abuelos ya dormían en sus respectivos sofás y yo me bajaba al huerto a jugar.

Todo estaba como lo recordaba. Los sillones tapizados en marrón con algún quemazo, los cojines con fundas en color anaranjado que mi abuela había cosido. La mesa plegable en el centro que hacía de mesa de comedor cuando nos juntábamos todos, y la mesa de comedor llena de marcos de fotos y adornos de comuniones y bodas que no utilizábamos nunca porque era para ocasiones especiales. Ironías de la vida, el momento especial nunca había llegado, y ahora sobre ella reposaban miles de centímetros cúbicos de polvo que entristecían el ambiente. La librería ocupaba toda la pared del fondo del salón; era la joya de la corona, el mueble más grande de toda la casa. Recuerdo cuando lo compraron, parecía estar hecho a medida. Pero fueron la casualidad y el destino los que quisieron que cupiera en aquella pared y que no sobrara ni un centímetro por cada lado. Eso o que mis abuelos tenían muy buena vista.

Entré en la primera habitación, la que era la mía cuando era pequeña. Al abrir la puerta, una mezcla de olor a antipolillas con romero inundó mis fosas nasales. Es posible que el olor más desagradable de mi infancia pudiera haberse convertido en uno de mis favoritos.

Esto tenía que mirarlo en el trabajo cuando volviera a Barcelona, el olor a naftalina como sinónimo de la vuelta al pueblo. Si eso no era un buen *marketing*, no sé qué demonios había hecho yo durante la carrera.

Aún estaba el vaso que mi abuela dejaba en mi mesilla todas las noches. Ese que a veces contenía flores, otras, batidos de fresa o solo agua. Pero lo que seguro que sujetaba era el billete que me dejaba el Ratoncito Pérez cuando se me caía un diente. Cuando mi madre llamaba por las noches, siempre a partir de las diez porque era más barato, y le contaba que el Ratón Pérez me había traído un billete, me mandaba que se pusiera mi abuela y la regañaba porque la niña no podía tener tanto dinero. Que digo yo que qué culpa tendría mi abuela de las decisiones de aquel superratón.

Al salir, la luz de la calle iluminó mis pupilas, y estas volvieron a un estado de reposo en el que eran capaces de mostrarme el mundo sin tener que hacer un sobreesfuerzo. Cualquier persona en su sano juicio se hubiera alegrado de salir de las tinieblas. Yo no. Quería volver, quería sentir de nuevo lo que era vivir rodeada de una familia. Y aquello era lo más cerca que había estado en los últimos años de algo así.

Capítulo 6

De repente sonó el móvil, por fin era Inma.

—¿Cómo estás? Perdona que no te haya llamado antes, he estado con fiebre y casi sin poder hablar.

—Bien.

—¿Bien? ¿Te encuentras bien? ¿Estás segura?

—Sí, todo está bien.

—¿Has podido arreglar lo del Ayuntamiento? Qué sinvergüenzas, seguro que se trata de un error, conocí a una chica que le llegó a casa una multa de…

—Inma, ya está. Está solucionado.

—Ah, vaya, me alegro, supongo, porque a la chica esta que…

Le volví a interrumpir. Me costó convencerla de que estaba bien y de que todo estaba bien. Me parece que no me creyó. Inma hablaba mucho. Si mi abuelo la hubiera conocido, se hubiera puesto el periódico en la cara para hacerse el dormido como cuando escuchaba el telediario.

Pero era muy buena persona y lo más parecido que tenía a una familia. Ella y sus padres siempre se habían portado muy bien conmigo. Cuando los míos fallecieron, me invitaron una temporada a su casa en Benalmádena. Inma estudiaba en Barcelona, pero su familia vivía en Málaga. Se había marchado a Barcelona porque allí estaba una tía suya. Yo pensaba que lo había hecho para salir huyendo de su vida, pero después descubrí que la manera en la que muchos estudiantes podían costearse los estudios lejos de su casa era invadiendo la de un familiar. Al principio, mi estancia en Benalmádena fue muy dura, porque quería odiarlos a ellos y a mi amiga por ser felices. Sin embargo, no me salía, eran tan buenos conmigo que me contagiaban sus ganas de vivir. Eso y las noches malagueñas me libraron de las primeras semanas de duelo antes de volver a casa y encontrarme con la dura realidad.

Inma tenía una personalidad que llamaba la atención, siempre riendo y haciendo gracias de aquello de lo que otros nunca hubiéramos sido capaces. Por donde pasaba, dejaba huella, para bien o para mal.

Ella tampoco se había casado. Cuando acabó la carrera, se marchó a Holanda a trabajar y se enamoró perdidamente de un holandés. Con él iba a tener unos hijos altos, guapos y rubios. Al final, solo tuvieron un labrador al que le pusieron el nombre que le gustaba para uno de sus hijos. Y cuando el holandés la dejó se llevó hasta el perro. Regresó a Barcelona y se instaló en mi piso. Desde el día que Inma entró por la puerta, desapareció parte de la tristeza y la amargura que me producía vivir en la casa en la que me había criado. Inma siempre ha sido como mi ángel de la guarda. A veces pienso que es cosa de mis abuelos que apareciera en mi vida.

—Inma, de verdad, todo está bien. Lo estoy llevando bien. Acabo de salir de la casa de mis abuelos y…

—¿Perdona? ¿De la casa de tus abuelos? No tenía ni idea de su existencia. Claro, de algún lado tenía que salir el dinero que debías. Eres la leche, tía. ¿Tienes una casa, no te preocupas por ella y luego te sorprende que te cobren impuestos?

—Inma, ya, no sé, no sé por qué no te lo había dicho antes, no sé por qué nunca hablo de este tema. Tía, no sé nada. No me vuelvas loca, por favor.

—Loca ya estabas. Ahora no me eches la culpa a mí. Bueno, mira, el caso es que el miércoles cojo el tren y por la tarde estoy allí.

—¿El miércoles? Tía, estamos a lunes.

—Ya, pero es que mañana tengo una reunión. Cuando hice la reserva de los billetes, pensaba que el martes ya estaríamos de vuelta y confirmé mi asistencia. El miércoles, si no has cambiado de idea y no estás de vuelta en tu adorada Barcelona, voy a rescatarte. Porque de verdad que me estás empezando a preocupar.

—OK, el miércoles nos vemos.

Colgué el teléfono y vi que Gonzalo me miraba sonriendo.

—Tu amiga habla mucho, ¿no?

Asentí con la cabeza con resignación. No podía decir lo contrario.

—Te espero a las nueve en casa de mis padres.

—¿Te vas? ¿Me dejas aquí?

—Has venido andando, ¿no? Podrás volver igual.

—Has venido en coche, ¿no? Podrás acercarme al hostal.

—Vaya con las de ciudad, ¿ahora no te gusta andar? Vale, tú lo has querido. Te llevo, vamos.

—He querido, ¿qué?

—Ahora lo verás.

Bajamos la cuestecilla que unía la casa a la calle principal. Y ahí estaba el vespino de Gonzalo. Mejor dicho, de su padre, bueno, de su abuelo. Una reliquia en toda regla, anclada en el pasado, pero anclada al mismo nivel que la barquilla azul que llevaba enganchada en la parte trasera con unas gomas para poder llevar la compra, o lo que sea que Gonzalo, su padre, su abuelo o de quien diablos fuera la moto transportara ahí.

Estaba alucinando. Era lo último que esperaba ver.

—¿Me vas a llevar ahí? ¿Dónde? ¿Encima de la barquilla enganchada con las gomas?

—Tú te has empeñado en venir, ¿no?

Mi chulería afloró, y antes de reconocer que no podía subirme ahí, me senté en la moto y le dije:

—¡Vamos!

Para chulo él, que no me dejó su casco (se ve que eso solo pasa en las películas de amor; en los pueblos, si existe la posibilidad de que te pongan una multa, no se cede el casco), se sentó delante y arrancó.

El ruido y la vibración que sintió mi cuerpo durante el trayecto deben de ser similares a lo que soportan los pilotos de Fórmula Uno en las competiciones.

Cuando llegamos, sin casco y sin multa, y paró aquella moto que parecía una mula mecánica, como la que usaba mi abuelo para labrar el huerto, quise saber si siempre se desplazaba así por el pueblo. No me resistí a preguntarle, con mucha ironía, si sabía de la existencia de una cosa llamada vehículos de nueva generación, que eran los fabricados después de los años noventa.

Sonrió de nuevo, y esta vez lo noté: sentí cosquillas en el estómago. Como las sentía los veranos de mi adolescencia cuando me miraba o como aquellas de la primera y última tarde que paseamos juntos por Barcelona.

—Es de Lucas, el de la casa del Jardincillo. La tenía guardada en el garaje y no la utiliza. Me la ha dado. Dice que, si la arreglo y la echo a andar, es mía.

—Y no te saldría más rentable comprarte una que tuviera, no sé, tecnología actual… O una bici; quizás una bici te sea más útil.

—Las colecciono, las compro y las restauro.

—Vaya *hobby* raro, tu mujer estará contentísima.

—No lo sé, la verdad, porque no tengo.

—¿Y ese anillo?

—Supongo que me da pena quitármelo. Es todo muy reciente. Hace tan poco que ella…

—Vaya, lo siento. No tenía ni idea, perdona, soy una bocazas, yo…

Gonzalo rompió a reír. Sí, el imbécil de él se echó a reír. Le hubiera partido la cara o vuelto a poner el ojo morado.

—Nos hemos separado, bueno, me ha dejado; se ha liado con el profesor de pádel del Ayuntamiento.

Ahí fui yo quien rompió a reír.

—Venga, bah, ¿qué ha pasado? Cuéntame.

—Eso, que se ha marchado con el profe de pádel y viven en el pueblo de al lado.

Gonzalo notó mi incomodidad. No sabía cómo reaccionar. No sabía qué era verdad ni qué mentira, si me tenía que reír, llorar…

—Ahora en serio, estoy bien; pasó hace ya un par de años. Tenemos un peque que veo todos los miércoles y los fines de semana. Se llama Nico y tiene cuatro años. El anillo no me lo quito, pero no sé el motivo por el que no lo hago. Y ahora casi no juego al pádel, así que arreglo y colecciono motos.

Le di un abrazo, un abrazo sincero, el primer gesto de cercanía desde que llegué. Él me lo devolvió y se puso el casco.

—¿A las nueve nos vemos?

Asentí.

Capítulo 7

La casa de Valentina, a diferencia de la de mis abuelos, sí que había acusado el paso del tiempo.

Había pasado de ser una casa antigua de pueblo a ser un chalet en mitad del pueblo.

La fachada de ladrillo visto en color crema, contrafuertes de madera en todas las ventanas y una imponente puerta de madera le daban ese aire castellano que tanto se estilaba por la zona.

Para llegar a la entrada había que pasar un pequeño jardín, el cual atravesaba un camino rodeado por pequeños tulipanes y narcisos que comenzaban a surgir del suelo con fuerza. Estaban empezando a brotar. En apenas unos meses llegarían a su máximo esplendor y dotarían a aquel caminito de la belleza que solo las flores saben regalar.

Cuando Inma vivía en Holanda, recuerdo las fotos que me enviaba, rodeada de tulipanes por todas partes. Estaba segura de que la casa de Valentina no tendría nada que envidiar a las estampas holandesas cuando comenzara la primavera.

Me sorprendió reconocer las flores (o proyectos de flores) que veía a mi alrededor. Se ve que algo había quedado en mi memoria de aquella otra vida que estaba empezando a comprobar que echaba de menos.

Me agaché, escarbé un poquito y observé las yemas de los tulipanes.

—Tu madre sentía debilidad por los bulbos. Y tu abuela, también. Todos estos tulipanes que ves los tenemos aquí gracias a ellas. Los trajeron al pueblo y tu abuela los vendía en la tienda. A todos nos crearon afición, y hoy las recordamos con cualquier bulbo que vemos florecer.

Una lágrima corrió por mi cara. Noté cómo la atravesaba y un nudo se instalaba en mi garganta.

Era incapaz de responder a Valentina.

—No llores, Isabel, no llores. A ellas no les hubiera gustado verte llorar.

Me sorbí los mocos, cogí aire, me limpié las lágrimas, me puse en pie y sonreí.

—Hola, Valentina.

—¿No piensas darme un abrazo? La última vez que estuviste aquí te fuiste dando un portazo que retumbó en toda la casa. —Sonrió.

La abracé y sentí en sus brazos el calor de una madre, el cariño que solo saben dar las personas que te aprecian de verdad. De ese cariño que aprieta y te arregla los huesos. Que luego tardas en enderezarte un rato, pero que no te importa, aunque andes un poco de medio lado después. Porque el chute de energía que te da es auténtico. Tan auténtico como que cada vez que veía florecer un bulbo se acordaba de mi madre. Porque a mí también me pasaba.

—Gracias, gracias por todo, Valentina.

—¿Gracias por qué? Si aún no has probado la cena.

—Gracias por estar siempre. Por todo lo que habéis hecho.

—Anda, anda, tonterías, hemos hecho lo que haría cualquier

vecino: cuidar la casa y llamarte cuando había que pagar dinero, porque lo que ya no íbamos a hacer es pagar tus impuestos.

Me reí, me reí de verdad. No recordaba el tiempo que hacía que no me reía espontáneamente.

—Bueno, no me llamasteis; me mandasteis un documento oficial que, la verdad, me inquietó muchísimo.

—Si te hubiéramos llamado, no habrías venido.

Guardé silencio. Supongo que tenía razón.

Entramos dentro de la casa. La decoración era algo discordante con el exterior. Los muebles eran los mismos que yo había conocido años atrás, pero ahora acomodados en un espacio más moderno, con amplias habitaciones, en el que los viejos muebles no parecían encontrar su sitio. En la cocina, una gran ensalada reposaba sobre la mesa de madera típica castellana, con sillas a juego, y un hule de plástico con manzanas y jarras dibujadas.

El calendario de la Caja Rural estaba señalado con los días que correspondían a visitas médicas.

Por unos instantes me trasladé a mi infancia, a esas noches en la cocina, esperando a que mi abuela terminara la tortilla de patata, mientras yo con un palillo recorría las líneas que marcaban los dibujos de un hule muy parecido a este. A menudo, según me acercaba al jarrón de flores que había sobre la mesa, las florecillas secas que se habían caído sobre el mantel me impedían seguir las líneas y las iba amontonando como si fueran montañitas de arena de alguna obra. Mi abuela me regañaba por no tirarlas a la basura, y por lo bajini murmuraba: «Hay que poner flores nuevas, mañana temprano las corto».

Me sacaron de mis pensamientos Gonzalo y su padre al entrar en la cocina. Gonzalo era un vivo reflejo de él en el físico. En el carácter, su padre seguía siendo un señor serio y parco en palabras, tal y como lo recordaba.

La cena discurrió de manera muy agradable. La comida casera que Valentina había preparado me resultaba salada y demasiado fuerte como para poder digerirla antes de acostarme. Me había acostumbrado a los menús vacíos de alegría que se estilaban ahora en las ciudades. En un momento de la conversación, mi mente se puso a calcular la distancia que había desde la casa de Gonzalo a La Ferroviaria para ver si iba a ser capaz de poder eliminar de mi cuerpo algo de la sobredosis de calorías que estaba acumulando.

—Isabel, ¿estás bien?

—Mamá, se llama Bella.

—Sí, sí estoy bien, y puedes llamarme Isabel, Valentina. No te preocupes.

—¿Lo ves, Gonzalo? Tú y tus tonterías.

Gonzalo y yo nos miramos y sonreímos.

Si pudiera congelar el tiempo, lo hubiera hecho justo ahí. Hubiera parado el tiempo para poder seguir viendo la sonrisa de Gonzalo. Para poder sentir el abrazo de Valentina que me había recordado lo que era un amor maternal. Para poder observar todos y cada uno de los detalles de esa cocina que tanto se parecían a los de la casa de mis padres. La nevera cubierta de tal cantidad de imanes que en algunas zonas costaba distinguir su color. La servilleta del padre de Gonzalo, anudada para no confundirla con las del resto. La navaja sobre la mesa para poder pelar la manzana. Esas aceiteras, de cristal, que a pesar de limpiarlas continuamente no podían esconder el aceite que se acumulaba en su exterior… Detalles de una vida que a mí me quedaba muy lejana.

Al poco de morir mis padres, en un brote de locura o de ira, o en una etapa natural del duelo, no lo tengo muy claro, metí todo lo que pude en cajas, mientras lloraba amargamente, y las precinté con más ira que pena. Cuando tuve todo listo, y la pila de cajas era tal que ya no se podía entrar en el salón, llamé a la parroquia y ellos se encargaron de llevárselo todo. Ese día lloré más que en el funeral de mis padres, porque para mí esa fue la verdadera despedida. De ellos y de mi vida anterior. Estuve viviendo así unas semanas. Sin nada, rodeada de cajas de *pizzas* y con apuntes de la universidad y fotos de mi antigua vida tiradas por todos los lados.

Una mañana de domingo Inma vino a verme. Cuando entró en casa, no dijo nada. Me ordenó los apuntes, recogió las fotos, las colocó sobre uno de los pocos muebles que aún conservaba y limpió lo poco que había para limpiar.

Yo estaba sentada en el suelo, con unos auriculares escuchando a Amaral.

Llevaba desde que habían fallecido mis padres, hacía un par de semanas, viviendo así. Inma me notaba ausente en clase y pensó que era lo normal. De hecho, no entendía cómo tenía fuerzas para ir a la universidad. Yo estaba obsesionada con seguir con mi vida, seguía haciendo lo mismo, yendo a clase, pero no era capaz de asimilar ni una palabra de lo que allí se hablaba y, cuando llegaba a casa, entraba en colapso, intentando entender unos apuntes vacíos y por qué era tan desgraciada.

Inma se marchó preocupada y volvió por la tarde acompañada de sus padres y de una psicóloga que habían tenido a bien poner a mi disposición los servicios sociales cuando ocurrió el accidente. Inma no paraba de llorar. Tenía miedo de que hiciera una locura. Y yo en aquellos momentos no tenía fuerzas ni para pensar que quizás debería hacer una locura.

En aquella reunión, en la que todo el mundo habló menos yo, se decidió que debería salir un tiempo y marcharme de la ciudad. Desconectar. Los padres de Inma propusieron que me fuera con ellos y su hija unos días a su casa en la costa. Para sorpresa de todos los allí presentes accedí. Ninguno se esperaba que respondiera, pero lo hice. De haberme negado, es probable que se hubieran instalado allí todos conmigo, y eso sí que hubiera sido otro *shock* emocional.

Estuvimos en Málaga desde mayo hasta septiembre. Inma iba y venía a Barcelona y terminó lo que quedaba de curso como pudo. Se presentó a todos los exámenes y todos los suspendió. Yo no podía dejar de sentirme culpable. Así que, en la terraza de su casa, bajo el sol del Mediterráneo, pasamos un verano estudiando todas las tardes y saliendo todas las noches que podíamos.

Cuando llegó septiembre volvimos a Barcelona y aprobamos todas las asignaturas. Los padres de Inma estuvieron con nosotras un mes, hasta que de mi antigua casa hicimos un hogar en el que viviríamos Inma y yo. Ese verano decidí que, aunque mis padres se hubieran marchado, yo seguiría adelante, viviendo como había vivido hasta entonces. Aunque fue duro, de la mano de Inma y con el apoyo de su familia, pasé un duelo tan necesario como doloroso.

Desde entonces, Inma y los suyos se convirtieron en lo más parecido a una familia que tenía. En los últimos años, me había vuelto más independiente y me había distanciado algo de ellos. Aun así, seguían llamándome y tratándome como a una hija. Creo que su mayor ilusión era que conociera a alguien y formásemos un hogar. Aquello era imposible. Tenía miedo a sentir. A sentirme querida y a formar parte de la vida de alguien. No hubiera podido resistir que volvieran a marcharse de mi lado.

Hasta esa noche. Durante aquella cena experimenté unas ganas irracionales de formar parte de una familia. De la de Valentina. A través de sus ojos, veía los de mi madre. Y eso me hacía sentir bien. Despertaba en mí emociones que hacía años que había enterrado. Por miedo a vivir, por miedo a que me abandonaran otra vez.

Después del funeral, los padres de Gonzalo me llamaron día y noche sin cesar. Incluso Valentina me escribió una carta porque quería saber de mí y ver cómo estaba. En ella me contaba que le había hecho la promesa a mi madre de que si algún día le pasaba algo cuidaría de mí. Yo no tenía más familia.

No respondí a ninguna de sus llamadas. De hecho, me cabreaba ver que insistían. El entierro de mis padres fue efímero. Fue en Maldito Pueblo, como ellos hubieran deseado; hasta para eso me dejaban sola en Barcelona. No hice ni misa, para qué. Directamente trajimos sus cuerpos al cementerio, y, por iniciativa propia, Fermín, el cura, dio un responso. Vine acompañada de Inma, sus padres y amigos y compañeros de Barcelona. Cuando llegamos, allí estaba todo el pueblo, alrededor del cementerio, con ramos de flores para mis padres.

Me enfadé, me enfadé mucho. Por su estúpida manía de venir aquí habían perdido la vida en la carretera. El Lunes de Pascua es fiesta en Barcelona y se pasa en familia. Mis padres decidieron regresar el domingo para pasar ese día conmigo tras una conversación bastante fuerte que tuve con ellos por teléfono.

Mi madre estaba convencida de que esa Semana Santa iría al pueblo. Y yo estaba convencida de que no iba a ser así, pero le di largas. El sábado me llamó disgustada para preguntarme si no iba a ir. Y le respondí que era obvio que no. De malas maneras le dije que al menos se dignarían ellos a volver el domingo para pasar el lunes en familia. Mi madre no discutió. Hizo las maletas y el domingo emprendieron viaje de regreso a Barcelona para pasar el Lunes de Pascua conmigo. El conductor borracho de un camión cruzó la mediana con tan mala suerte que chocó contra el coche que conducían mis padres.

Se hizo la oscuridad para ellos y para mí.

No quería ver a nadie de Maldito Pueblo. Tal y como cubrieron los ataúdes, me di la vuelta y me marché en dirección al coche. El séquito de amigos que me habían acompañado desde Barcelona me siguió, dejando allí a todos los vecinos y amigos de mis padres consternados. Entre ellos, Valentina, que lloraba amargamente.

Una de esas llamadas que me hizo después del funeral coincidió con mi estancia en Málaga. Tenía el móvil encima de la mesa y habíamos salido a hacer la compra.

La madre de Inma respondió. Cuando llegamos a casa, me explicó la conversación que había tenido con Valentina. Me pidió permiso para, a partir de ese momento, poder hablar ella con la amiga de mi madre cuando quisiera saber cómo estaba. Accedí. Al fin y al cabo, que el teléfono dejara de sonar de manera insistente era un alivio. También lo era en el fondo saber que al menos dos personas adultas de este planeta pudieran estar preocupadas por lo que a mí me estuviese pasando.

—Isabel, hija, ¿estás bien?

Valentina me trajo de vuelta. Me había quedado absorta pensando en aquella época.

—Las cosas del pasado ya no tienen importancia —me dijo como si de alguna manera pudiera leerme la mente—. Mañana por la mañana, a las once, quedamos en la fuente de la plaza. Necesito que veas algo. Algo que tenías que haber visto hace unos años.

Asentí. En ese momento, habría hecho cualquier cosa que Valentina me hubiera pedido. En ese momento, era la persona más vulnerable del planeta.

Aunque Gonzalo y toda su familia insistieron en que él me acompañara a La Ferroviaria, me negué. Necesitaba andar, airearme y pensar. Necesita ordenar mi mente y mis ideas. Y, sobre todo, me negaba a montar de nuevo en cualquiera de las motos del Gonzalo.

Fue la primera noche de los últimos años en la que al irme a la cama sentí paz por dentro. Al final el pueblo no era tan maldito.

Capítulo 8

Esa noche me quedé dormida sin pensar. Demasiada paz mental en mi interior y demasiadas emociones vividas durante el día. Fue la primera en muchos años en la que conseguía conciliar el sueño sin ayuda de pastillas, o sin haber tenido que quemar Barcelona previamente y haber ingerido más alcohol del recomendado.

La sensación al despertar fue placentera. El sol iluminaba mi cama. La orientación al este dotaba a aquella habitación de La Ferroviaria de un encanto especial. Esa mañana observaba todo con positivismo. Me fijé en la estación de tren, con sus catenarias de cobre que se perdían a lo lejos, dándole una sensación de calma. Calma era lo que yo sentía. Y no estaba acostumbrada, pero me gustaba.

En ningún momento me había planteado qué quería enseñarme Valentina, pero el simple hecho de volver a verlos, a ella y seguramente a Gonzalo, me ilusionaba.

—Un café con leche, por favor.

—Vaya, hoy estás de mejor humor, y no tienes esas ojeras horrorosas del día de ayer.

No terminaba de acostumbrarme a que el dueño de La Ferroviaria me hablara con esa cercanía y quizás ese exceso de confianza.

—Sí, bueno, he dormido bien.

—Me alegro. ¿Ya has ido a ver el local de tu madre?

—No, la verdad es que no.

—Te gustará.

No entendía bien a qué se refería, pero tenía la sensación de ser la protagonista de una historia que todo el mundo conocía menos yo.

Sentía desde que había llegado que en el pueblo todos me miraban como si supieran algo que yo todavía no sabía. Me quedaba poco para descubrirlo.

A las once en punto allí estaba yo. Si algo me define es mi impuntualidad. A ver, en Barcelona es difícil, con un metro que pierdas ya llegas tarde a todas partes. El tiempo que tardé en ir desde La Ferroviaria a la plaza del pilón fue un minuto y cincuenta segundos. Cronometrado. Así es fácil ser puntual.

Valentina lo fue más. Ya estaba allí cuando llegué.

—¿Estás lista? Pues vamos.

Bajamos andando por la calle Mayor; estaba tal y como la recordaba, salvo porque la mayoría de los comercios habían echado el cierre sin intención de reabrir.

—Vaya panorama desolador, está todo cerrado.

—La gente joven os marcháis a las ciudades y aquí no queda nadie, ni para comprar en las tiendas ni para regentarlas. Ahora a todo el mundo le da por ir a Soria. Que digo yo que igual es algo más barato, pero si tienes que estar dos horas de viaje y pagar 200 km de gasolina, muy rentable no puede salir.

—Ya, tienes razón…

Pasamos por la ferretería. Tan imponente y maravillosa como la recordaba.

—El dueño siempre ha apostado por lo de aquí, por lo suyo. Y le va bien. Porque lo trabaja y porque se lo merece.

Asentí. Estaba segura de que así era.

Pasamos por la farmacia, por la peluquería donde yo me cortaba el pelo de pequeña. Ahora tenía una dueña diferente. Se ve que había cambiado bastantes veces de propietaria en los últimos años. Olimos el pan recién hecho que emanaba el horno de piedra, mientras su dueña embolsaba mantecados. Negocios de toda la vida que siempre habían permanecido abiertos.

Y entonces la vi. Vi a lo lejos la tienda de los abuelos, donde tantas horas había jugado de pequeña. Pero estaba diferente. Aunque guardaba la esencia de lo que yo recordaba, la cartelería era distinta y el color de la fachada también. Me evocaba a esas coquetas floristerías que visitaba con mi madre en Barcelona, esas que tanto le habían servido de inspiración y que, a su vez, imitaban a las floristerías de París.

Forcé la mirada para intentar leer qué ponía y entonces me quedé sin respiración.

El local, de un azul turquesa, tenía un cartel en el que se podía leer: «BELLA FLOR». Noté que me faltaba el aire, me costaba respirar. Un calor se apoderó de mi cuerpo y el pecho me empezó a palpitar. El sueño de mi madre estaba delante de mí. La floristería que siempre quiso montar estaba lista para abrir sus puertas, y lucía con orgullo mi nombre. Sin embargo, llevaba años en el olvido.

—Vamos dentro.

Yo seguía sin articular palabra.

Cuando entramos, entre el polvo y los globos explotados, ahora rotos y descoloridos por el paso del tiempo, había una pancarta medio descolgada en la que se leía: «Sorpresa». Unas estanterías de madera, ancladas en la pared de arriba abajo, contenían bulbos de infinidad de flores. Muchos de ellos se habían echado a perder y otros se podía observar que, pese a no estar en tierra, habían brotado. El olor a podredumbre que desprendían era asfixiante. Tuvimos que abrir las ventanas para poder oxigenar un poco el ambiente.

Plantas secas y cubos vacíos hacían entrever que una fiesta de inauguración había quedado truncada.

Un bonito mostrador, en el que mi padre había dejado su sello, daba la bienvenida a la parte más alejada de la puerta. Tras él, una mesa a juego, tan alta como el mostrador para poder trabajar, le confería a la tienda un toque muy rústico y hogareño. Eran de madera antigua y estaban totalmente restaurados. Habían sacado el color original, y la parte de la encimera estaba forrada con baldosas decoradas para protegerla del agua. Esto la había convertido en una pesada pieza, y apenas se podía mover. La mayoría de las herramientas que mi madre iba a necesitar en esta nueva aventura reposaban sobre la mesa, todavía dentro de su plástico. Tijeras, navajas y el pelador de rosas que usaban en las antiguas floristerías de Barcelona en las que me quedaba ensimismada viendo a los floristas utilizarlo. Consistía en una pinza de metal, con unas hendiduras en los extremos, que, al subirlo y bajarlo enérgicamente por el tallo de la rosa, arrancaba los pinchos sin dañarlo.

Lo cogí en un acto reflejo y empecé a acariciarlo. Tenía la seguridad de que ese pelador estaba ahí para mí. Que mi madre lo había comprado, porque sabía que me quedaba ensimismada cuando veía a los floristas utilizarlo. Ella siempre decía que las espinas había que quitarlas una a una, con la mano, y no todas de golpe porque así se acababa con el problema, pero seguro que el tallo sufría. Parecía poder escucharla dándome aquella explicación mientras me cogía de la mano.

Al otro lado de la mesa, la pared estaba forrada de estanterías realizadas también de manera artesanal, con madera de pino, como la que vendían en la serrería del pueblo de al lado. Enseguida la reconocí. Cuando era pequeña me encantaba acompañar allí a papá a comprar tablones con los que hacía muebles para mis abuelos. Luego los colocaba en la despensa que tenían en casa y en ellos se guardaban los botes de conserva que hacían al final de verano. Sobre aquellas estanterías reposaban todos aquellos libros que llegaban a casa por mensajería, muchas veces desde Reino Unido, con manuales de floristas. Mi madre, que nunca había estudiado inglés, veía las imágenes de aquellos volúmenes y, si quería saber algo más en profundidad, tecleaba letra a letra cada una de las palabras de los textos del libro en un traductor *online*.

A veces, cuando llegaba tarde a casa, la sorprendía en el ordenador intentando averiguar qué ponía en aquellos manuales que las fotos no le habían dejado intuir. Me sentaba con ella y yo se los iba traduciendo. Admiraba sus ganas de aprender, y me sorprendía lo iguales que me parecían todos aquellos libros, pero mi madre los veía diferentes y tenía sus favoritos.

Junto a los libros, en aquellas estanterías, estaban las traducciones de los que a ella le parecían más relevantes. También estaba allí una foto del último viaje que hicimos juntas. Un sábado por la mañana me despertó porque quería que los acompañara a Vilassar. Allí estaba el mercado de la flor más grande de España y muchos de los mayoristas tienen su sede en ese lugar. Al llegar, mi madre se empeñó en que me hiciera una foto con ellos, con la entrada al mercado de fondo. Me acuerdo que bromeé sobre el momento en el que, por fin, fuera a Holanda a ver los tulipanes. Ella me respondió que, sin hacer de menos a los holandeses, no los necesitaba para nada, que ella tendría su propia Holanda en Soria. Recuerdo a mi padre en esos momentos, con una sonrisilla cómplice diciéndome: «Lo que no consiga tu madre, Bella, no lo consigue nadie». Me parecían dos tortolitos enamorados, después de media vida juntos, y lo único que acerté a decir fue: «A ver si os vais a dar un beso ahora y vais a hacer que me arrepienta de haber venido».

El resto del día lo pasamos en la playa y haciendo turismo en la zona. Me pregunto si tanto en el viaje de ida como en el de vuelta me podría haber enterado de algo de sus planes inmediatos de convertirse en floristas en Soria, si en lugar de ir con los cascos escuchando música hubiera ido observando y escuchando la conversación de ese par de tortolitos ilusionados por estar a las puertas de abrir el negocio de sus sueños.

Moverme por aquella tienda me estaba resultando muy duro, cada vez notaba más presión en el pecho. Sentía una angustia muy intensa y me costaba respirar.

Justo cuando cogía entre mis manos una taza, que nunca había echado en falta, pero que durante años había estado en mi habitación de Barcelona, en la que ponía «Sonríe, hoy puede ser un gran día», repleta de bolis y marcadores sin estrenar, Valentina me habló.

—¿Estás bien, Bella? ¿Quieres que salgamos?

—¿Cuánto tiempo estuvieron arreglando este local?

Valentina me retiró la taza de las manos, y al dejarla sobre la mesa, que estoy segura que papá había remodelado, hizo un ruido estridente al rozar las dos cerámicas. Mamá detestaba ese sonido, y sonreí: me imaginaba a mi padre apurado, viendo cómo solucionarlo para que ella estuviera bien. Su objetivo en la vida era que las dos estuviéramos siempre bien. Valentina respondió.

—Estuvieron cerca de un año. Primero trabajaron aquí los albañiles y, una vez que terminaron, cuando venían los fines de semana, se metían aquí y poco a poco iban haciendo todo. Estas mesas las hizo tu padre.

—Lo sé.

Valentina me sonrió. Y se hizo el silencio.

—Aquella Semana Santa tus padres tenían todo listo para que conocieras su nueva tienda. Aprovechando que ya estabas en tercero de carrera, querían venirse definitivamente al pueblo y abrir su floristería. Como no sabían cómo te lo ibas a tomar, decidieron que vieras el sueño que tenían ya hecho realidad para darte la noticia. Esa Semana Santa finalmente no viniste y tus padres nunca pudieron regresar.

Cuando crees que el ser humano no puede ser más despreciable es cuando te descubres a ti misma que sí. Que no solo habías sido una niñata engreída con tu familia, sino que además habías estropeado la última ilusión de tu madre justo antes de fallecer por tu manía de querer controlar a todo el mundo.

Valentina suspiró, me cogió de las manos y me dijo que me dejaba sola. Que entendía que necesitaba tiempo para procesar todo. Según salió por la puerta, las piernas me fallaron y me senté en el suelo. Miré a mi alrededor y suspiré profundamente. Cogí aire y respiré varias veces. Cerré los ojos y aguanté. No quise llorar. Quise ser fuerte y, por primera vez, coger las riendas de la situación y dejar de lamentarme por todo lo que me pasaba. Quería ser dueña de mis actos y hacer lo que tenía que haber hecho hacía unos años: apoyar el sueño de mi padre y de mi madre.

Salí de la tienda.

—¿Dónde está Gonzalo?

—Estará en el ayuntamiento, tenía que hacer unas gestiones.

—Vamos.

—Pero ¿dónde vas, chiquilla?

—Necesito hablar con Gonzalo, ¡ya!

Mi ritmo al caminar era tal que la pobre Valentina tenía que esforzarse para seguirme, pero no tenía ninguna intención de perderse lo que iba a pasar cuando viera a su hijo, así que resistió con dignidad, y entramos en el ayuntamiento como dos caballos de carreras desbocados.

Enfilé las escaleras y accedí a la recepción.

—Quiero hablar con Gonzalo —le dije al hombre que me había atendido el día anterior.

—Está reunido, ahora en cuanto acabe le aviso de que estáis aquí.

Vi la puerta que ponía «Alcaldía», me dirigí a ella y la empujé mientras Valentina, la secretaria y la administrativa me voceaban qué demonios estaba haciendo. La secretaria se puso delante de mí y dijo que hasta que ella no me avisara no podía entrar. Nos retamos con la mirada. Mi gesto serio, el suyo más. La esquivé y empujé la puerta del despacho. Entré y Gonzalo, que hablaba acaloradamente con un señor con gafas y cara de pocos amigos, frunció el ceño cuando me vio.

El señor de gafas me miró altivo, pero no habló.

—¿Se puede saber qué pasa, Bella? ¿Qué haces aquí? ¿Te importa salir un momento y ahora te atiendo?

La secretaria, que no paraba de empujarme y de pedirme que saliera, no ayudaba precisamente a calmar la situación.

El hombre se levantó y salió por la puerta mascullando algo ininteligible en voz baja.

Gonzalo empezó a maldecirnos y a intentar disculparse con el señor, pero no fue posible porque este enfiló las escaleras y se marchó levantando el brazo y echándolo hacia atrás para que el alcalde lo dejara en paz.

En esos momentos empecé a ver que mi plan quizás tenía alguna laguna y tragué saliva. La mirada de Gonzalo cuando entró de nuevo en el despacho me hizo tragar más saliva, pero resistí. No me vine abajo.

Lo primero que hizo fue echar a la secretaria y agradecerle que hubiera intentado controlar la situación.

Me miró serio y abatido, y tras unos segundos que se me hicieron eternos habló:

—¿Sabes quién era ese señor?

La cara de Gonzalo se iba transformando por momentos, y de la frustración estaba pasando a la velocidad de la luz al enfado. Fue tanto lo que frunció el ceño que por un momento pensé que ese gesto ya no sería reversible y se quedaría así para siempre. Mi contestación no ayudó:

—Ni lo sé ni me importa.

Seguro que si hay una lista de respuestas desaconsejables para situaciones críticas la mía la encabezaba.

—Ni lo sabes ni te importa, porque la niñita engreída, que lleva años sin aparecer por el pueblo, se cree que puede hacer lo que le da la gana y entrar en el ayuntamiento como si estuviera en un bar. Total, esto es un pueblo y los paletos no tenemos nada que hacer. ¿Pero te has vuelto loca? ¿No sabes que esto es un ayuntamiento? ¿No tienes respeto por el trabajo de todos, repito, todooos tus vecinos? Ah, no, claro, que tú no eres de aquí. Que a ti esto se te quedó pequeño.

Valentina me cogió del brazo y tiró de mí:

—Vamos, Isabel, Gonzalo tiene razón. No hemos estado muy acertadas haciendo así las cosas.

—Ah, genial, mamá, que tú también estás detrás de todo esto. Me parece alucinante.

—Gonzalo, tu madre no tiene nada que ver, le he preguntado dónde estabas y me lo ha dicho, nada más.

—¿Y que estuviera en el ayuntamiento no os ha hecho pensar que estaría ocupado?

—Tienes razón, toda la razón del mundo, si me dices quién es ese hombre, voy, hablo con él, me disculpo y…

—Ni hablar, ni se te ocurra acercarte a él ni a nadie que tenga que ver con el consistorio, de verdad.

—Vale, lo siento, me voy.

Me sentía ridícula, absurda, como si de nuevo tuviera diez años, como cuando abrimos los aspersores del parque de la dehesa y estuvieron gastando agua toda la mañana en plena ola de sequía. Recuerdo que mis padres me hicieron venir a esta sala a disculparnos. Alejandra y yo, cabizbajas y superarrepentidas, pensando que por nuestra culpa íbamos a dejar sin agua a media España y que no íbamos a poder beber agua del grifo ya en todo el verano. Recuerdo los días posteriores, cuando me levantaba yendo al baño rápidamente a abrir la llave del lavabo a ver si ya se había vaciado el depósito por nuestra culpa. A los tres o cuatro días se nos olvidó, porque nunca dejó de salir agua, pero me sentí superculpable. Como una criminal. Ahora me sentía igual, culpable, y además estúpida, estúpida por creerme el centro del universo.

—¿Qué es lo que querías? ¿A qué habéis venido?

—Da igual, soy una estúpida, ya me marcho.

—De eso nada —respondió Valentina—. A ver si me he pegado semejante carrera detrás de ti, hemos montado un circo en el ayuntamiento y ahora me voy a ir sin enterarme de qué es lo que pasa.

Tomé aire. La mejor idea del mundo, esa que resonaba tan bien en mi cabeza hacía solo un rato, ahora me parecía la cosa más absurda que se me había ocurrido en los últimos años. Pero no sé por qué la dije. Respiré profundo y lo solté.

—Quiero abrir la floristería de mi madre.

Gonzalo relajó los músculos de la cara. Me alivió ver que el ceño fruncido no se le había quedado permanente, me alegró tanto como comprobar aquel verano que siguiera saliendo agua de los grifos, al menos hasta que me marché a Barcelona de nuevo.

—¿Qué? ¿Me estás tomando el pelo?

—No, de verdad. Lo he pensado y quiero reabrir el negocio, bueno, realmente abrir el negocio que a mis padres tanta ilusión les hacía y venirme aquí a cumplir su sueño.

Gonzalo pasó del gesto relajado al de incredulidad con sonrisa. Esa cara que ponemos cuando algo nos está gustando, pero no queremos que se nos note, porque en el fondo, aunque nos lo están diciendo o lo estamos viendo, no queremos creerlo o hacernos ilusiones por si acaso no sale. Bueno, cara de incredulidad con sonrisa, o cara de esta tía está majareta. Pero mis años intentando convencer a medio Barcelona, laboralmente hablando, de que lo que les convenía era trabajar conmigo me habían dado esa ventaja de saber leer la cara de las personas.

Empezó a reírse y a murmurar cosas por lo bajo mientras negaba con la cabeza y recogía unos papeles de su mesa. Capté algo así como increíble, no es normal, esta chica no está bien. No pude entenderle bien porque Valentina empezó a gritar:

—Lo sabía, lo sabía…

—¿Te gusta la idea? Haré realidad el sueño de mi madre.

Gonzalo volvió al mundo de los que hablan en un tono de voz normal para que sus receptores los puedan escuchar.

—¡Ah! Pero ¿que habláis en serio? ¿Te has vuelto loca? ¿Y tú, mamá, quieres dejar de animarla?

En la vida hay que saber tomar decisiones. Es importante saber elegir qué es eso que te conviene en cada momento, saber ver la parte positiva de las cosas y ser consciente de las consecuencias negativas que pueden tener. Yo, en cambio, no tenía ni idea de tomar decisiones. Mi cerebro reptiliano hiperdesarrollado me hacía tomar decisiones así, a la ligera. Sin pensar. Por impulsos. Ser tan impulsiva me parecía una virtud. Al fin y al cabo, sabía por propia experiencia que la vida duraba cuatro días y que no podías esperar a hacer las cosas, porque entonces corrías el riesgo de que no pasara nada o de que el mundo se acabara para siempre.

—Pero ¿sabes algo de floristería?

—Negativo.

—¿Y qué demonios vas a hacer?

—Aprender. Tu madre me enseñará.

—¿Yo? Yo no tengo ni idea.

—Pues ya veré dónde aprendo.

—¿Y tu trabajo? ¿Qué vas a hacer?

—Pedir una excedencia.

—Estás loca.

—Es probable. ¿Qué necesito para abrir la tienda?

—Igual, ¿sentido común?

Gonzalo me estaba inflando las narices. No podía creer que no lo vieran tan claro como yo y que solo pusiera pegas. Él también debía de saber leer la cara de las personas porque, cuando me miró, y vio que la del ceño fruncido permanente en esos momentos era yo, dejó de cuestionarme y se metió en su papel de alcalde.

—A ver, necesitas una serie de documentación que tu madre ya tramitó en su momento. Tendríamos que revisarlo y actualizarlo. Pero todo lo demás está en regla.

—Perfecto, ahora falta ver cuándo abrimos.

—¿Lo has pensado bien, Bella? Ayer no sabías ni de la existencia de la tienda y hoy estás dispuesta a dejarlo todo por ella. Es una locura.

—Quizás, o quizás locura es quedarte sin hacer nada mientras ves la vida pasar.

Ese comentario molestó a Gonzalo. Vale, me pasé, no tengo filtro y a menudo hago daño a los que me rodean. Y ahora no estaba rodeada de gente que acabara de conocer o con la que me uniera una mera relación laboral. En estos momentos, Gonzalo y Valentina eran lo más parecido que tenía a una familia, y más estando Inma tan lejos.

—Lo siento, Gonzalo, no quería hacerte sentir mal.

—Eres la persona que más veces me ha pedido perdón en la vida.

—Y las que me quedan…

Me di la vuelta y salí del despacho. Me giré y solté la coletilla:

—En cuanto esté todo listo me avisas, por favor.

—No soy tu secretario, tendrás que hacerlo tú.

Valentina intervino:

—Gonzalo, por Dios, no seas tocapelotas. Poco te cuesta.

Valentina y yo salimos del ayuntamiento. Miramos al frente, sacamos las gafas de sol del bolso en un acto reflejo y nos las pusimos a la vez. Nos miramos y entonces se rompió la magia.

—Pero, niña, ¿tú estás segura de esto? Tu madre sabía algo de flores, y hace unos años había más población en la zona. Ahora, apenas hay gente joven.

—Estoy segura, Valentina. Confía en mí.

—Confío, hija, confío.

Capítulo 9

El miércoles por fin llegó Inma. Sabía que se iba a tomar bien mi decisión. Siempre lo hace. No entiende la mayoría de las cosas que hago, porque a veces no las entiendo ni yo, pero siempre me anima. A veces echo en falta que sea un poco más la voz de mi conciencia. Pero, cuando tienes una amiga que antes de cumplir los veintiuno se queda sola en el mundo, comprendes que es libre y se ha ganado a pulso el derecho a hacer con su vida lo que le dé la gana.

No tener una familia que te espera para cenar en Navidad o se queda despierta un sábado por la noche cuando sales para saber que estás bien hace que pierdas el miedo. No tengo miedo a morir. Pocas personas llorarían por mí: la mayoría de la gente siente angustia de morirse porque piensan en el dolor que provocarían a los que se quedan. Cuando no tienes a nadie a quien provocar dolor pierdes el miedo a la muerte y, de la misma manera, el miedo a vivir. Vives sin miedo. Y te es más fácil tomar decisiones y dar giros de 180 grados en la vida. Eso Inma enseguida lo entendió. Claro que ella iba a llorar por mí si me pasaba algo, pero entendió que me había ganado el derecho a vivir, aunque a veces eso implicara hacer gilipolleces o tirar proyectos por la borda.

Nunca he tenido una relación estable con nadie, porque no quiero que nadie llore por mí y menos llorar por alguien. Si siento que mis actos pueden causar sufrimiento a alguien, me quito de en medio y desaparezco.

Por eso sabía que ella entendería perfectamente mi decisión.

La catenaria empezaba a vibrar y a emitir un ligero zumbido. Anunciaba la llegada de aquel tren en el que Inma viajaba, seguramente maldiciéndolo todo por viajar a un pueblo que no tuviera parada del tren de alta velocidad.

Con una botella de champán en una mano y flores artificiales que había cogido de La Ferroviaria en la otra esperaba el tren en la estación.

Las zapatillas de moda del momento, un abrigo de paño marrón, unas gafas de sol y mi gorra me daban más un aspecto de *influencer* grabando un *reel* que de ser la próxima florista del pueblo.

Inma bajó del tren y nos fundimos en un abrazo. Tenía la sensación de no haberla visto desde hacía meses, aunque solo hacía cuatro días que había llegado al pueblo.

—Pero, tíaaaaa, ¿y ese ramo de cementerio? ¿¿¿Lo has robado??? No puedo dejarte sola.

—Que noooo, es para ti, un regalo de bienvenida. Es que tengo que darte una noticia.

—Venga, dispara, ¿te casas?

—¡Ja, ja, ja, no! Voy a ser florista.

—Tía, tú eres imbécil. Venga, bah, ¿qué pasa? Has conocido a alguien.

—Que no, que me quedo en el pueblo, que voy a ser florista.

—Pero ¿tú estás tonta? ¿Florista de qué? ¿De flores de plástico? ¿Qué te ha pasado? ¿Te has dado un golpe?

—No, que es verdad, que me quedo aquí. Abro la tienda de mis abuelos, mi madre la había remodelado y quería una floristería y…

—¡Basta! —Inma gritó—: Dame el ramo.

Lo tiró a las vías.

—Dame el champán.

Yo dudé de que lo fuera a tirar. Lo descorchó y se bebió media botella de un trago. Cuando terminó, saltó a las vías a recoger el ramo. Los allí presentes nos habían increpado por ser tan poco respetuosas. Cuando subió de nuevo al andén, yo no podía parar de reír.

Inma se sentó en un banco y volvió a darle un trago a la botella.

—A ver, qué es eso que me tenías que contar porque no entiendo nada.

Se lo conté con pelos y señales. No opinó mientras yo me afanaba en explicarle mi nueva ilusión por plantar bulbos de tulipán. Cuando terminé, le pregunté qué le parecía.

Miró al suelo y escarbó con el pie en la arenilla del andén. Lo que empezó con un ligero movimiento acabó con un boquete en el suelo. Con miedo a que nos recriminaran de nuevo un acto incívico, le pedí que se levantara, tapé el agujero como pude y le dije:

—Vamos a La Ferroviaria a por más champán.

Cuando entramos, Inma pidió un tequila. Yo, otro. Me parecía mal no acompañarla y, como ya he explicado, no tenía miedo a la muerte.

Un par de tequilas después, acompañados de unos dónuts para que pasaran, me preguntó si podía opinar.

—La estás cagando, Bella. Creo que se te ha nublado el cerebro. Creo que verte rodeada de tu antigua vida, de tus recuerdos, de tus vivencias de cuando tu familia estaba aquí te está nublando el juicio. No estás pensando bien las cosas. Deberías coger distancia, volver a Barcelona y ver todo en perspectiva.

Asentí.

—¿Vas a hacerme caso?

—No.

—A tomar por saco; otro tequila, por favor.

La tarde transcurrió entre tequilas, risas y carcajadas con el dueño de La Ferroviaria y algunos vecinos del pueblo. No sé si estos llegaron porque el dueño les había avisado de que había dos trastornadas dándolo todo o porque era el bar de referencia para tomarse algo un miércoles por la noche. En cualquier caso, esta segunda opción se me hacía rara teniendo en cuenta que estábamos en un pueblo de Soria y que corría el mes de enero.

A la mañana siguiente me despertó la vibración del móvil.

—¿Sí?

—Soy yo, ¿estás bien?

—Ahh, Gonzalo. Sí, ¿por?

—En el pueblo no se habla de otra cosa que no sea de la salida victoriosa que tuvisteis tú y tu amiga anoche.

—Si voy a ser la florista del pueblo, es bueno que me vayan conociendo.

—Sí, bueno, no tengo claro que sea la mejor manera.

—¿Me has llamado para eso?

—No, te llamaba porque está todo correcto. Tu madre tenía todo arreglado. Si lo deseas, puedes abrir la tienda sin problema.

—Genial. Arreglo unos asuntos en Barcelona y en cuanto acabe tu querido pueblo tendrá otro local abierto al público.

—¿Volverás?

—¿De dónde?

—De Barcelona.

—¿No te estoy diciendo que en cuanto arregle todo vuelvo?

—En cuanto llegues a Barcelona volverás a olvidarte de este pueblo. —Y colgó.

—¿Es guapo? —La voz de Inma me sacó de mis pensamientos.

—¿Quién?

—¿Quién va a ser, con el que hablabas?

—¿Por?

—Aún ando buscando un motivo por el que te quieras quedar aquí.

—Mucho.

—¡Lo sabíaaaaa! Te gusta, ¿a que sí?

—Pareces una cría. Te gusta, te gusta… Ni que fuera una gominola.

—¿Te gusta o no?

—Está bien.

—Vamos, que te gusta. Ahora entiendo todo, por eso quieres ser florista. Para estar con él.

—¿Tú eres tonta? Quiero estar con su madre, que es la que me puede ayudar.

—Aiiiinsss, por favor, yo contigo me meo. Estás fatal.

—Venga, vamos.

—¿A dónde?

—A la tienda, que tengo que trabajar.

Gonzalo me había hecho pensar con su llamada. No quería irme a Barcelona. No por miedo a no volver, sino por miedo de no estar aquí. No me apetecía regresar a la vida de allí; me apetecía estar aquí. En apenas 48 horas mi vida se había transformado y mis necesidades vuelto del revés. Quería empezar cuanto antes con la tienda, pero, sobre todo, quería volver a ver a Gonzalo. Quizás la teoría de Inma no era tan loca y Gonzalo sí que era una gominola.

—Voy a tramitar la excedencia desde el bar.

—Pero ¿a ti qué te pasa? ¿Puedes dejar de decir tonterías? Es que, tía, no paras; pareces boba.

—Pues que voy a ir al bar, le voy a pedir a Rubén la clave del wifi y voy a mandar un *mail* para solicitar la excedencia. Y, acto seguido, pediré un Zoom con Rebeca, mi jefa.

Rebeca, una persona adorable para los que apenas la conocían y el mismísimo demonio para sus empleados. Sin embargo, yo tuve a bien volverme su ojito derecho. De algo me valió ser muy buena en mi curro y haberle salvado el culo más de una vez, cuando el trabajo había sido mío y el reconocimiento para ella. Perder a alguien como yo no le iba a hacer gracia. Pero a mí perder el favor de alguien como ella me daba exactamente igual. Me había acostumbrado a tenerla contenta por el mero hecho de poder disfrutar de mi trabajo. Ahora ya daba igual. Iba a ser mi propia jefa. Fuera Rebecas de mi vida.

Dicho y hecho. Rebeca colapsó y reaccionó como Inma, pero sin champán y diciendo palabrotas. Desconozco si hizo un agujero en la moqueta de su despacho, excavando como una posesa con el pie, como le pasó a mi amiga en la estación. Me importaba cero…

—No puedo creer que acabes de dejar tu trabajo. Estás fatal.

—Mi trabajo es el de florista, Inma, no lo olvides.

—Ayyy, por favor, solo me apetece beber tequila otra vez.

Cuando llegamos a la tienda e Inma vio el local, me abrazó. Se emocionó al ver el nombre.

—Tu madre debía de ser muy buena. Seguro que se siente orgullosa de ti allá donde esté.

Al ritmo de la música nos pusimos a limpiar, a tirar todo lo que no servía y a dejar el local tal y como mi madre hubiera querido que estuviera.

—¡Bueno, pues ya estaría!

—Sí, bueno. Excepto porque no tienes ni una puñetera flor… ¡Vaya florista rara!

—Voy a cultivar mis propias flores, como mi abuela, que estoy segura de que es lo que quería mi madre.

—De verdad que yo contigo no puedo, ¡eh! ¿Ahora también eres agricultora?

—Se dice floricultora, y sí, además, también quiero un boyero de Berna.

—Pero ¿qué es eso? ¿Un pastelero suizo?

—Ay, no me hagas reír, es un perro. Si voy a vivir en la casa de mis abuelos, necesito un perro. Siempre se lo pedía a mis padres y nunca me dejaron. Ahora lo tendré.

—¿Y cuando vuelvas a Barcelona?

—No pienso volver.

—Lo que tú digas.

—Crees que esto es una ida de olla de las mías, pero no lo es. No es un capricho. Es una necesidad. Necesito reencontrarme con lo que fui, con lo que tenía y lo que soy.

—¿Y si no te gusta lo que encuentras?

—Peor que lo que tenía no puede ser.

—Pensaba que te gustaba la vida en Barcelona.

—Y yo. Venga, vamos a buscar proveedores con el wifi de Rubén.

Capítulo 10

Pensaba que encontrar proveedores sería más fácil. Pero estaba resultando una tarea muy complicada. Quizás influía el hecho de que no tuviera ni idea de flores.

Reconocer los tulipanes de Valentina me había hecho creer que aún sabía algo del tema, pero nada más lejos de la realidad.

No iba a tirar la toalla a estas alturas. Así que llamé a David. Lo conocí a través de un reportaje que publicaron en mi revista, coincidiendo con San Valentín. Era florista y profesor en la Escuela Floral de Madrid. En aquellos momentos no entendía de flores (ahora tampoco), pero me pareció un tío buenísimo en su trabajo (claro que no conocía a otro). Es de esas cosas que se notan. Sobre todo, porque curra en la sombra. Y cuando digo en la sombra me refiero a que está en todos los eventos nacionales e internacionales de flores, pero nunca sale en las fotos. En cambio, hay otros floristas que en cuanto se organiza algún sarao en la revista relacionado con las flores ahí aparecen, posando los primeros. Sin embargo, cuando veías sus trabajos, enseguida comprobabas que no tenían nada que ver con los de David.

Le llamé.

—Hola, David. No sé si te acuerdas de mí. Soy Bella, te entrevistamos en la revista… —Y antes de que pudiera terminar la frase me interrumpió:

—Ehhh, sí, claro, sí que me acuerdo de ti. ¿Qué tal todo?

—Esta vez no te llamo por la revista, es por un tema personal… He pensado reinventarme, quiero abrir una floristería…. y, bueno, no sé por dónde empezar.

—¿Has trabajado alguna vez con flores?

—Bueno, sé lo que es un tulipán…

—Ya veo… Trabajar con flores no es fácil, cualquiera puede manipularlas y comercializarlas, pero para que todo fluya se necesita una sensibilidad, un algo interior que no todo el mundo tiene.

—Bueno, ya. La Bella que conociste en Barcelona seguro que no lo tenía, pero la Bella de ahora quiere descubrir si lo tiene.

— OK. En una semana empezamos un curso. Es intensivo y en un mes podrías saber todo lo necesario para regentar un negocio. Después, ya todo depende de tu capacidad y de cómo te enfrentes a él. ¿Dónde vas a abrir la floristería? ¿En Barcelona?

—No, en un pueblo de Soria.

—Ah, bueno, Soria capital aún es grande, aunque no sé cuántas floristerías hay ahora funcionando, pero…

Le interrumpí.

—No. En un pueblo de Soria. Tendrá unos mil habitantes.

—Caray, igual lo tienes más difícil, porque…

Volví a interrumpirle.

—¿Qué tengo que hacer para apuntarme al curso?

Desde que había dicho que quería montar una floristería en el pueblo, todo el mundo me tomó por loca, menos los vecinos, que supongo que ya llamaron loca a mi madre en su momento. Al fin y al cabo veían la continuidad de un negocio que nunca pudo llegar a abrir sus puertas, y que al menos necesitaba una segunda oportunidad.

Durante esos días perdí la cuenta de las llamadas de compañeros y amigos para preguntarme si había perdido la cabeza y que, por favor, volviera a Barcelona.

Pero no volví. La que sí lo hizo fue Inma, que no estaba dispuesta a perder su puesto de trabajo. Yo fui haciendo viajes a Madrid para poder hacer el curso de florista, y empecé, con mucho esfuerzo, a remodelar la casa de mis abuelos. Lo primero fue contratar a alguien que me ayudara a limpiar todo el huerto y el jardín, ya que mi nueva idea de vida implicaba utilizar todos esos espacios. Si iba a vivir allí, qué mejor que hacerlo en mi casa, la que los impuestos adeudados me habían recordado que existía.

Fueron semanas de mucho trabajo, en las que a diario hacía una videollamada con Inma y le enseñaba los avances. Mientras el huerto de mis abuelos empezaba a parecer algo más que un montón de ramas, zarzas y troncos, la casa también iba volviendo a ver entrar la luz por sus ventanas y a dotar de vida sus habitaciones.

Es curioso cómo la decisión de una persona puede cambiar tu vida para siempre. Cómo el momento en el que Valentina convenció a Gonzalo para que me enviara esa carta hizo que toda mi vida se desmoronara para volver a dibujarse en un lugar que nunca hubiera imaginado.

El último día del curso, ya con mi título de auxiliar de florista en la mano, llegaba de nuevo a la estación de tren, como hacía cuatro semanas, pero con menos miedo, más ilusión y, esta vez sí, sabiendo a dónde me dirigía… O quizás no.

—¡Hola, Rubén! ¡Ya estoy de vuelta! Ya he acabado mi curso. Ya soy oficialmente una ayudante de florista.

—¡Enhorabuena, guapa! Me alegro por ti, te lo mereces todo. —Abrió alegremente la cámara que tiene delante de la barra para sacar una botella de champán. Rubén era una persona muy dada a celebrar que se emocionaba y animaba a cualquiera que quisiera hacer algo nuevo en el pueblo.

Durante mis viajes a Madrid para formarme, el pueblo había sido mi base, y concretamente La Ferroviaria. Al ser temporada baja, Rubén me permitía mantener la habitación con mis cosas dentro, a pesar de no cobrarme la estancia los días que estaba en el curso. También recogía los paquetes que me llegaban de todas las formas y tamaños. Desde ropa a enseres y objetos para mi nueva residencia, que pensaba que me iban a hacer falta en mi nueva vida. Cuando por la noche cerraba La Ferroviaria, los cargaba en su furgoneta y los llevaba a mi antigua-nueva casa. Me gustaba la sensación que se respira en los pueblos de ayudarnos entre todos. Se crea una conexión entre las personas que es difícil de explicar y que si no has vivido en una localidad pequeña no creo que conozcas.

Hay tres tipos de niveles, de conexiones diferentes, entre las personas que viven en un pueblo:

Grupo 1. Tus compañeros de viaje. Aquí entra gente de todas las edades o clases sociales. Son esos con los que te saludas y entablas una conversación cuando os veis, aunque los hayas visto hace solo un rato; con los que tomas cafés a cualquier hora, con los que tienes confianza para dejarles un paquete en su dirección si no vas a estar en casa, con los que te juntas en las fiestas o con los que te quedas hasta que acaba la verbena muriéndote de la risa. No necesariamente tienen que ser de tu grupo de amigos de toda la vida, pero sí ser importantes para ti, porque en un momento dado habéis conectado, y probablemente se hayan vuelto parte indispensable de tu vida. Aunque te lleves diez años con ellos por arriba o por abajo y tengan su propio grupo de amigos o vidas totalmente opuestas, ellos son parte de tu día a día. Son amigos de verdad.

Grupo 2. Los de media distancia. Interactúas más con ellos y por supuesto sabes todo sobre ellos. La relación suele ser peor que con los de larga distancia, porque sus decisiones o actos normalmente perjudican o afectan a tus compañeros de viaje o a ti. Compartís escenarios y vivencias, pero cada uno con su grupo. Son personas con un estilo de vida muy parecido al tuyo, pero que obviamente no son de tu núcleo duro.

Grupo 3. Relaciones de larga distancia. Sabes que viven en el pueblo, dónde, a qué se dedican, quiénes son sus amigos, dónde trabajan, qué coche tienen y, seguramente, dónde encontrarlos a cualquier hora del día si te preguntan. La relación es solo de un hola y adiós si te cruzas por la calle. Pero si les pasa algo malo sufres con ellos y si les pasa algo bueno te alegras. Eso es así. Son figurantes de tu vida y te gusta que les vaya bien.

En esos momentos en el pueblo, mis relaciones pertenecían al Grupo 1 o al Grupo 3. En el primero estaban Valentina, Gonzalo y Rubén. Y aunque todavía no había estado en fiestas con ellos, sabía que cuando las hubiera podría compartirlas sin problema con cualquiera de ellos. El resto de la gente pertenecía al Grupo 3, los conocía y empezaba a saber qué posición ocupaban en el puzle que era el pueblo, pero apenas había tenido más relación con ellos que comentarios o chascarrillos cuando me los encontraba.

Lo que más me estaba costando era formar mi Grupo 2. Todos sabían quién era yo, y yo, poco a poco, los iba conociendo a ellos, pero con demasiada frecuencia me sentía sola.

—Bueno, ¿para cuándo inauguramos la floristería? No veo el momento de que abras la tienda. —Rubén era así de directo. Tenía mucha facilidad para pertenecer al Grupo 1 de muchas personas en el pueblo—. Tenemos que hacer una fiesta de inauguración. Que abra un negocio en el pueblo hay que celebrarlo.

—¿Y si no funciona?

—Lo celebramos también. La cuestión es celebrar.

—Muy gracioso, ¿sabes? A veces tengo miedo, mucho miedo. Pienso que me he precipitado y que quizás tendría que haber hecho caso a todos los que me dijeron que volviera a Barcelona.

Estaban siendo semanas duras, de mucho trabajo y de ver cómo mi cuenta corriente descendía haciendo frente a todos los arreglos que hacía en la casa y el dinero que estaba invirtiendo en formación. Por no hablar de que había dejado de cobrar. Enero había sido el último mes en que había entrado una nómina en mi cuenta, porque, aunque de manera *online*, había seguido trabajando hasta final de mes para pasar todos mis proyectos a mi pobre compañera que aún estaba asimilando la que le había caído encima. No podía parar de pensar si, una vez más, la loca de Bella se había dejado llevar por sus impulsos y se estaba equivocando.

—Pues vuélvete —me respondió para provocarme.

—Muy gracioso, esa no es la solución; ya no puedo dar marcha atrás.

—Entonces, deja de quejarte y abre la tienda de una vez, ya verás cómo empiezas a ganar dinero.

Rubén era así, práctico. El bar lo regentaba con su hermana, y todos sus beneficios los invertía. En el pueblo se rumoreaba que había estado liado con muchísimas chicas, pero que a ninguna le había jurado amor eterno. De hecho, le gustaba coquetear con mujeres casadas. Era una persona libre y con dinero, a sus cuarenta años era dueño de una gran fortuna. Estaba segura de que había triunfado en los negocios porque no había dudado ni un minuto en cómo invertir y que en las ocasiones en que no le había salido bien la jugada habría sabido resurgir de sus cenizas. El caso es que yo no. Además, desde que decidí abrir la floristería, no quería ser rica, quería ser feliz. Así que sus consejos tampoco me aliviaban mucho el alma.

Saqué el móvil y llamé a Gonzalo.

Él era una persona más racional, y también más sentimental que Rubén, así que seguro que estar un rato en su compañía me vendría bien. Apenas lo había visto en las últimas semanas; mis viajes a Madrid para hacer los cursos de floristería y el trabajo en la casa de los abuelos y el huerto no me habían dejado mucho tiempo. Se pasaba para ayudarme algunas tardes, y estaba super a gusto con él, tan a gusto que cuando se iba me quedaba vacía. Normalmente, venía acompañado de sus padres.

El marido de Valentina era un hombre de campo, siempre dedicado a la agricultura. Era feliz con su vida y en su pueblo. Apenas cuestionaba las decisiones que tanto Gonzalo como Valentina tomaban en la familia, pero siempre estaba dispuesto a ayudarles. Su mayor afición era salir a echar la partida y tomar unos vinos con sus amigos.

Cuando nos juntábamos en la casa de mis abuelos para hacer las labores del huerto y del jardín, era Valentina la que llevaba la voz cantante y la que nos organizaba para realizar las tareas, por lo que tampoco hablábamos mucho ni estábamos a solas Gonzalo y yo. Alguna vez había venido incluso con Nico, su hijo. Era bonito ver la relación que tenía con él. Sentía mucha pena por lo ocurrido. Estaba claro que no lo había superado, aunque al menos ya no llevaba el anillo de casado, como el día que le conocí. A veces, soñando despierta, me imaginaba una vida junto a Gonzalo, cuidando del pequeño Nico y plantando tulipanes. Luego me sentía tonta por pensar en eso, estaba claro que él no estaba pasando por su mejor momento y necesitaba espacio y tiempo antes de poder rehacer su vida. Además, yo era muy inestable, y tan pronto me veía cuidando hijos con Gonzalo como viviendo mi vida en cualquier otra parte… A los que nos gusta soñar despiertos nos pasa eso muy a menudo, que soñamos mil y un escenarios de nuestra vida, según sea nuestra energía en ese momento. El único problema que veía, y me estaba empezando a preocupar, era que últimamente mi sueño era muy recurrente y Gonzalo siempre aparecía en él.

Este no respondió a mi llamada, así que me despedí de Rubén y me fui a tomar el aire. Era primeros de febrero, y estaban empezando a caer copos. El invierno soriano es muy duro. El frío es seco y continuo, y las madrugadas son heladoras y muy largas. No era raro que el termómetro bajara de cero durante muchas noches consecutivas.

Me había alejado bastante por la carretera general y empecé a sentir mucho frío. Por un momento dudé si dar la vuelta o acercarme hasta el bar que había a la entrada del pueblo. Me decanté por la segunda opción. Allí podría tomar algo caliente y habría algún vecino al que no le importara acercarme luego a La Ferroviaria antes de que la nieve comenzara a cuajar.

Capítulo 11

Al llegar al bar, vi el coche de Gonzalo aparcado. Las tardes que se pasaba a echar una mano con sus padres por mi casa venía con un todoterreno blanco. Pero de la alegría pasé a la desesperación en cuestión de segundos: estaba acompañado de una chica muy guapa, pero muy muy guapa, que trabajaba en la Caja Rural. Había llegado hacía unas semanas al pueblo y todos hablaban de Paulina. Había opiniones muy encontradas porque en los pueblos nunca eres normal. O eres muy muy guapa, como me parecía a mí Paulina y, como acababa de comprobar, a Gonzalo también, o eres «yo no sé qué le veis; tiene la nariz, así como rara, no sé dónde le veis la guapura» o, directamente, «¿que es guapa? Si es feísima… Lo que pasa es que va muy maquillada. Habrá que ver cómo es cuando se levanta».

Que hubiera un sector en el pueblo bastante importante que se refiriera a Paulina como «la chica de la Caja es guapísima y además superamable y simpática» me hacía plantearme cómo me verían a mí, que ni me consideraba guapa, tenía algunos años más que ella, y además quería ser florista, que, por no tener, no tenía todavía ni trabajo.

Alguna vez le pregunté a Rubén qué opinaba la gente de mí y siempre me respondía que lo mejor era que no preguntara aquello cuya respuesta era preferible que no supiera.

Lo decía riéndose y después me decía que era broma, que no opinaban nada. No seguía insistiendo, porque seguramente tendría razón, no en lo de que no opinaban nada, sino en lo de que es mejor que no pregunte lo que es preferible no saber.

Entré directa a pedir una infusión bien caliente que devolviera mis manos a una temperatura de ser vivo.

Cuando los vi a los dos en una mesa, hablando y riéndose mientras cenaban, quise desaparecer. Y lo hice: dejé dos euros en la barra y empecé a salir del bar con disimulo, despacio, pensando que nadie se había dado cuenta de mi presencia. Solo tenía ganas de llorar y no entendía por qué, pero mi mundo se vino abajo. Ver a Gonzalo con esa chica me hundió. Había salido a despejar mi mente, que últimamente dudaba de todo lo relacionado con mi decisión de ser florista y reinventarme a mis treinta y cinco y la única ilusión que me mantenía a flote, que era Gonzalo, había explotado como una pompa de jabón.

Cuando mis dedos ya tocaban el pomo de la puerta y estaba a punto de salir de aquel local en el que me había sentido tan estúpida por pensar que él pudiera estar interesado en mí, se escuchó una voz que hizo que todos los allí presentes, incluidos Gonzalo y Paulina, se dieran la vuelta a ver qué pasaba.

—¡La de las flores! La nieta del Teodoro, majaaa, ¡que no te has tomado la infusión!, ¡que te la has dejado aquí, y no te he dado las vueltas! ¡No tengas tanta prisa, que la nieve no va a sepultar las carreteras! Bébetela tranquila. ¡Estos de Barcelona ven cuatro copos y ya se piensan que se acaba el mundo! Pues ve acostumbrándote, maja.

Era evidente que el dueño del bar era del Grupo 3 y sabía perfectamente quién era yo, aunque hasta ese día no hubiera entrado a su local.

—¡Sí! Ya voy, iba a ver si paraba de nevar. Ya sabes…, los de ciudad, que nos asustamos por cuatro copos. Pero ya me tomo la infusión. ¡Cómo nieva, eh! No puedo dejar de mirar la nieve, uuuuh, qué vendaval.

Me sentí estúpida; todos me miraban mientras yo movía las manos haciendo hondas mientras decía vendaval. ¡Putos nervios!

—¡Cuatro copoos! Qué vendaval ni vendaval. Lo dicho: forasteros.

Eso me dolió en el orgullo.

Estuve tentada de gritarle que no era forastera, que había venido para quedarme y que se ahorrara tratarme como si fuera una turista. Pero no fui capaz, no me salió la voz, simplemente sonreí y asentí, y me acerqué a la barra a tomar mi infusión y a recoger mis vueltas. Ea, ¿no era forastera y catalana?, pues se había quedado sin dinero para el bote. Bella 1 - Camarero 1.

Sonreí de ser tan estúpida. Cuando eres así y todo te sale regular, o aprendes a reírte de ti misma o estás acabada. Al final saqué las vueltas del bolsillo y las eché al bote de las propinas. Mientras, le pedía al karma que tomara nota de mi buena acción, o más bien le suplicaba que, por favor, me diera una tregua para lo que quedaba de tarde.

—Bella, hola, no te había visto. Si no es por Rafa no me habría enterado de que estabas. —La voz de Gonzalo me hizo comprobar que haber metido el dinero de las vueltas en el bote de las propinas no había sido suficiente para contentar al karma esa tarde.

—Sí, Rafa es un ser encantador.

—Supongo que estás siendo irónica, je, je. No te lo tomes a mal, es muy campechano; y, bueno, no piensa lo que dice.

Resulta que tenía algo en común con el bueno de Rafa: él no pensaba lo que decía y yo no pensaba lo que hacía.

—Estoy con una amiga cenando algo. Si quieres, puedes unirte a nosotros y luego te acerco a casa si te da miedo la tormenta.

—No me da miedo la tormenta y no tengo hambre, gracias.

El karma había decidido no darme tregua y jugar un rato a mi costa. Así que Paulina se levantó y se dirigió a nosotros.

—¡Hola! Soy Paulina. Tú eres Bella, ¿verdad? ¿La de la floristería nueva? Gonzalo me ha hablado de ti.

Si ya lo sabe, ¿para qué pregunta? De verdad que no entiendo a la gente. Ella también tenía algo en común con Rafa: hablaba sin pensar. Qué maja la chica esta. Además, de cerca no era tan guapa; yo creo que iba demasiado maquillada. Minipunto y punto para Bella. Paulina pertenecía a mi Grupo 3 de gente del pueblo y ahí se iba a quedar. Que no hiciera por ascender, porque el Grupo 2 estaba sin estrenar y no iba a ser ella quien lo inaugurara y al 1 tenía vetado el acceso.

—Sí, soy yo, Bella, la de la Bella Flor —dije moviendo los dedos con un claro «¿lo pillas?» a la vez que sonreía y me sentía más inútil por momentos—. Bueno, chicos, os dejo con vuestra cita que no quiero molestar.

Me bebí la infusión de un trago. A pesar de llevar un rato en la barra, estaba ardiendo. Noté cómo bajaba por mi tráquea y me quemaba todos los órganos vitales en su descenso al estómago. Se me saltaron hasta las lágrimas, pero disimulé y salí del local disparada.

Cuando me había alejado lo suficiente, abrí la boca mientras andaba y dejaba que los copos apagaran un poco el fuego que salía desde mi garganta. Era una sensación muy placentera notar cómo la nieve caía sobre mi cara y los copos rozaban mis párpados mientras intentaba cogerlos con la lengua. Cualquiera que me hubiera visto hubiera pensado que no estaba en mis cabales.

Ruido de un claxon. Del susto que me pegué, casi me caigo al suelo. Y ahí estaba el bueno de Gonzalo en su coche, bajando la ventanilla.

—¿Te encuentras bien?

—¿Por qué iba a estar mal?

—Te he visto muy agobiada en el bar, y he pensado que verdaderamente te daba miedo la tormenta, pero ahora al verte disfrutar de la nieve, como lo hacen los de ciudad cuando vienen al pueblo, he pensado que igual te interrumpía si te llevaba a casa.

—Pues eso mismo.

—Eso mismo ¿qué?, ¿que te lleve?

—No, que me interrumpes.

—Joder, Bella, eres terrible. No sé qué te he hecho ni por qué estás enfadada. Me estoy empezando a sentir como aquel verano, el que me pusiste el ojo morado. Todos estaban haciendo el mismo chiste, pero yo me comí el bofetón sin saber por qué. Creo que era el que menos gracias hizo con tu nombre.

—Pues solo te escuché a ti.

—Entonces igual es que te gustaba.

—Pero ¿tú eres tonto?

—Yo no soy el que va por el medio de una carretera con la boca abierta haciendo eses.

—Yo no hago eses.

—¿Que no? Ja, ja, te tenías que haber visto. ¿Sabes que no se te da bien mantener el equilibrio mientras andas mirando al cielo?

—Mira, otra de las cosas que no se me dan bien.

—¿Por qué dices eso? A mí me parece que se te dan muchas cosas bien. De hecho, con la tienda lo estás haciendo genial. ¿Vas a subir al coche o no?

—¿Y Paulina?

—Le he dicho que me marchaba, que me preocupaba que fueras sola. También me ha dicho antes de que llegaras que si necesitas algún crédito o financiación puedes pasarte mañana por la oficina, que hay microcréditos para emprendedores que…

—Pero ¿esa es tonta? ¿Tengo yo cara de necesitar un crédito?

Pasó un coche y nos lanzó un largo pitido a la vez que nos adelantaba.

—Venga, sube, te acerco a La Ferroviaria y ya consultas con la almohada si necesitas un crédito o no. Que al final vamos a provocar un accidente.

Accedí. Abrí la puerta y me subí al coche. El calor que sentí fue reconfortante. Gonzalo puso música, la última de Leiva. Me sentía bien, muy bien, me hubiera quedado allí toda una vida. El viaje lo hicimos en silencio, y duró menos que la infusión en la taza, o al menos a mí se me hizo más corto, aunque mucho más placentero.

Antes de abrir la puerta mirando al suelo me dirigí a Gonzalo:

—Gracias. Y perdona por estropear tu cita.

—Qué manía te ha dado con lo de la cita. No es una cita, Paulina es nueva aquí y no conoce a casi nadie; me ha preguntado si podía cenar acompañada y yo le he dicho que sí.

—¿Y no te parece eso una cita?

—Por esa regla de tres el primer día que viniste aquí y te invité a cenar también fue una cita.

—Venga ya, Gonzalo, si fue tu madre la que me invitó e hizo la cena.

—Vale, la próxima vez que Paulina me diga de cenar la llevaré a casa con mi madre.

—¿Así que habrá próxima vez? Es muy guapa.

—No creo que la haya; no se ha quedado muy conforme cuando la he dejado allí con Rafa y he salido corriendo detrás de ti.

—¿Lo ves? Siento haber estropeado tu cita.

—Bella, estoy justamente donde me gustaría estar ahora. No has estropeado nada.

No respondí. Abrí la puerta y le di de nuevo las gracias. Cuando entré a La Ferroviaria, subí dando saltitos y bailando por las escaleras hacia mi habitación. Estaba feliz de lo que acababa de ocurrir.

Rubén, al verme, puso cara de circunstancias y preguntó qué me había pasado para cambiar así mi estado de ánimo desde por la tarde.

—La nieve, Rubén, la nieve. Que soy de Barcelona y los de fuera cuando vemos cuatro copos nos emocionamos. Eso y el karma, que a veces no es tan puñetero como pienso.

GONZALO

Hace 563 días le juré amor eterno a Nico. Unos días después de que Eva se marchara salí con mis amigos; ellos decían que para que olvidara y me despejara. Pero ocurrió todo lo contrario, me hice pequeño y me sentí vulnerable. Echaba de menos a Nico y mi vida con Eva. Me sentía solo y sufría porque la persona más importante del mundo para mí me había traicionado. Bebí más de la cuenta, mucho, tanto que no recuerdo ni lo que hice esa noche.

Al día siguiente, el dolor de cabeza era tan intenso que me metí en la cama y estuve una semana sin salir. El dolor de cabeza realmente se me pasó esa tarde, pero el dolor de estar vivo se iba acrecentando cada minuto y me sentía el ser más despreciable del mundo.

No me levantaba ni para ir a ver a Nico, ni respondía a las llamadas de Eva para ver dónde demonios me había metido.

Una mañana mis padres entraron en casa, subieron todas las persianas, trajeron comida y una sorpresa. Nico los acompañaba. Cuando me vio, echó a correr, se me tiró encima y me dijo: «¿Jugamos, papá?».

Ese día me levanté de la cama y le juré amor eterno a Nico. Nunca nadie entraría en mi vida para ponerla de nuevo patas arriba, porque el verdadero amor de mi vida lo tenía delante de mí: llevaba la cara sucia de chocolate y un balón en las manos.

A ver, uno no es de piedra; luego conoces a chicas, que te resultan atractivas, que quieren saber más de ti…, y al final te conocen en profundidad, claro. A pesar de eso, ninguna de ellas me había atraído lo suficiente como para repetir.

Esa noche había quedado con Paulina. Era una chica preciosa, llevaba tiempo insistiendo en que me debía una cena, y esa mañana cuando fui al banco accedí a quedar con ella.

Me sorprendí a mí mismo, porque desde que Bella había vuelto al pueblo mi mente había empezado a nublarse. Me sorprendía a mí mismo pensado en ella todo el rato, cavilando qué ponerme cuando iba con mis padres a limpiar y preparar el huerto. Me ponía nervioso cuando la veía y me costaba actuar con naturalidad. Me sentía como un adolescente.

Desde que me senté a su lado en el banco del ayuntamiento no había dejado de pensar en ella ni un solo día.

Cuando entró con mi madre en el ayuntamiento irrumpiendo de aquella forma, la hubiera desterrado del pueblo si hubiera tenido potestad para hacerlo. Pero cuando me dio la noticia de que se quería quedar me ilusioné, me ilusioné mucho. Pensar que iba a tenerla cerca más tiempo me ilusionó. Pensaba que esa misma semana se marcharía a Barcelona, pero había decidido quedarse. Lo de la floristería era una locura, pero, si era lo que ella quería, seguro que iría bien.

Espero que no sea por la relación que tiene con Rubén, el de

La Ferroviaria, porque ese chico es incapaz de querer a alguien que no sea él, aunque Bella creo que es igual. No sé si tienen algo, pero, la verdad, es que tiene pinta de que sí.

Así que quedar con Paulina me podía venir muy bien para centrarme y olvidarme de lo que no me conviene.

Sin embargo, me equivoqué muchísimo. No sé si fue el destino o qué pasó, pero en mitad de la cena se abrió la puerta del bar en el que estábamos y apareció ella con la cara llena de copos de nieve y algo desorientada. Pidió una infusión para entrar en calor.

Paulina enseguida giró la mirada para ver qué era aquello que había llamado mi atención.

—Vaya, ¿la conoces? Va hecha un cristo, la pobre.

—Sí, es amiga de la familia. Voy a ver si necesita algo.

Bella estaba distante y tensa, así que imaginé que había discutido con Rubén. Si no, de qué iba a aparecer en aquel bar en mitad de la nada con la que estaba cayendo fuera.

Enseguida se quiso marchar y, aunque había sido bastante borde conmigo, yo me moría por poder acompañarla y estar un ratito con ella. Paulina me sacó de mis pensamientos.

—Bueno, ¿me vas a contar ya cómo acaba la historia? Me has dejado a medias y no me has contado el final.

—¿Qué historia?

—La que me estabas contando.

—Sí, perdona.

Volvimos a la mesa mientras veía cómo Bella se marchaba sola y andando por la carretera, a pesar de los copos que caían, que, aunque no estaban cuajando en el suelo, empapaban a cualquiera.

—Déjala, se ve que quería estar sola. Ya es mayorcita.

Miré el móvil y vi una llamada perdida de Bella; era de hacía más de una hora. No lo dudé, dejé a Paulina con la palabra en la boca y le dije que me tenía que marchar. Si tenía alguna posibilidad con esa chica, la acababa de tirar a la basura, pero la verdad es que no me importaba lo más mínimo.

Salí corriendo del bar, no sin antes tenderle un billete a Paulina para pagar mi parte de la cuenta. Ella lo rechazó, porque se suponía que me debía una cena, a la vez que la mala leche que se le estaba poniendo por la situación empezaba a notársele en la cara.

Cogí el coche, salí en la misma dirección que Bella y no tardé en verla. Allí estaba ella, como un pato mareado, queriendo coger los copos de nieve con la lengua. Seguro que era algún reto viral de los de TikTok que yo desconocía, y me sentí un poco estúpido por seguir a alguien así, con tanto mundo, tan cosmopolita y tan diferente a mí. ¿Cuánto tiempo aguantaría esa chica en el pueblo? Desentonaba completamente.

Al final conseguí, y solo después de decir un montón de estupideces, que se subiera al coche para llevarla a casa (bueno, con Rubén a La Ferroviaria). Estaba supernervioso, me sudaban las manos y me costaba agarrar el volante. Espero que ella no lo notara. No recuerdo ni de lo que hablamos en el viaje. Cuando me pidió que la llevara a La Ferroviaria, quise jugar mis cartas y dejarle claro que, si había alguna posibilidad de conocerla más en profundidad, quería estar en la brecha. Pero a ella no se la veía muy por la labor de que, aparte de nuestra relación familiar, nos uniera algo más. Nada más llegar se bajó del coche; imagino que la bronca con Rubén no había sido tan fuerte y se moría de ganas por reconciliarse. Me sentí estúpido (otra vez), pero no estaba dispuesto a dar por perdida la batalla.

Arranqué mi coche y me marché.

Capítulo 12

Al día siguiente me levanté con la energía renovada y otra vez muy positiva. El sube y baja de emociones de las últimas semanas estaba siendo demasiado intenso.

Nunca había sentido con tanta fuerza ni lo bueno ni lo malo. Desde que bajé de aquel tren de media distancia por primera vez, todo dentro de mí había cambiado. Mi manera de sentir y, especialmente, de expresar mis emociones.

A veces me asustaba. Me perdía pensando en Gonzalo. Nunca me había pasado con nadie. Jamás. Nunca había sentido por nadie la ilusión que sentía por él. ¿Te puedes enamorar a tus treinta y pico años por primera vez?

Gonzalo no era el prototipo de hombre en el que me hubiera fijado en Barcelona. Era demasiado sencillo y sin ambiciones en la vida, más allá de la de cuidar de su hijo y hacer las labores de alcalde de la mejor manera. Su situación sentimental y sus ganas de ayudar a todo el mundo le habían regalado un cargo oficial durante al menos cuatro años, que, de momento, daba la sensación de que le había dado más disgustos que alegrías.

Además de alcalde era guarda forestal. A modo de chascarrillo, siempre le decía que era un hombre de ley, velando por la seguridad y el bienestar del bosque y de los animalitos.

Si en pleno Barcelona mis amigas y yo de fiesta nos hubiéramos encontrado a Gonzalo, estoy segura de que lo hubiéramos ignorado. ¿Qué clase de persona dedica su vida a cuidar animalillos por el bosque? No puedo creer lo cretinas que podíamos llegar a ser. En cambio, desde que llegué al pueblo, Gonzalo me parecía una especie de superhéroe, siempre dispuesto a velar por la flora y la fauna sorianas.

Además, si una ventaja tenía es que era un hombre de campo y, como tal, me estaba ayudando con la segunda parte de mi objetivo en mi nueva vida: tener una granja de flores en Soria, donde la gente de las ciudades pudiera venir a desconectar y reencontrarse con la naturaleza, de la cual yo obtendría las flores necesarias en la época estival para mi floristería.

Era lo que siempre habían hecho mis abuelos con las flores y las hortalizas, pero ahora había un movimiento en redes y en prensa en el que se ensalzaban muchísimo los productos de proximidad cultivados de manera tradicional, y estaba decidida a subirme a ese tren. Solo me faltaba contárselo a Gonzalo porque necesitaba su ayuda.

Miré por la ventana. No había ni un copo de nieve en las calles, nada, ni en los tejados. Rafa, el del bar, tenía razón; ni vendaval ni nada, era una simple nevisca del mes de febrero que tal y como trae la nieve se la lleva y aquí no ha pasado nada.

He de admitir que me desilusioné. En la lista de cosas que había comprado para mi nueva vida de pueblo, y enviado a La Ferroviaria por mensajería, estaba un conjunto de guantes y gorro para la nieve que no veía el momento de estrenar.

Ya me veía con Gonzalo y Nico tirándonos unas bolas y haciendo un muñeco de nieve…

Volví al mundo real; ni había nieve ni había vuelto a saber nada de Gonzalo desde la noche anterior. Miré el móvil. Nada, cero mensajes. Me desilusioné, como con la nieve. Tenía las mismas ganas de ver la nieve que de recibir un wasap de Gonzalo. Pero no había nada.

Bueno, el día no había empezado como quería, pero decidí pensar que, a partir de ese momento, solo podían mejorar las cosas. Y así fue.

Pitó un wasap.

Número desconocido:

«Hola, Bella, espero que no te moleste. Soy Mariela, de la cafetería Dulces. Rubén me ha dado tu teléfono. Me han dicho que vas a abrir en los próximos días una floristería, y necesitaba unas rosas para mañana. Es San Valentín y había pensado regalar una con cada caja de bombones».

¡¡Entré en bloqueo!! Pero ¿qué clase de florista era que me había olvidado de San Valentín? Y, más importante aún, ¿quién se creía la Mariela esta que iba a regalar rosas? ¿Acaso iba a regalar yo bombones con cada rosa que vendiera? ¿Y de dónde sacaba yo rosas para el día siguiente? Tenía que abrir sí o sí y dejar de pensar en tonterías del amor. Gonzalo me estaba nublando el juicio.

De nuevo pitó el móvil.

Número desconocido:

«Perdona, no me he dado cuenta de decirte que quiero que me cobres las rosas al mismo precio que las vas a vender. Así no te hago la competencia y hago publicidad de tu tienda. Si quieres, pásate por la cafetería y te explico mejor. Mil gracias y mucha suerte».

Ayyy, qué mal me sentí, qué manía de prejuzgar a la gente. Ahora era cuestión de vida o muerte conseguir rosas.

Respondí:

«Okei, cuenta con ellas. ¿Cuántas necesitas? Gracias a ti».

Mensaje de nuevo.

«Yo creo que con treinta estaría bien».

Bajé las escaleras de La Ferroviaria a toda pastilla.

—¡¡¡Rubén!!! ¡Necesito un coche, por favor! Que me han hecho un pedido.

—Y yo un Ferrari, y aquí me tienes.

—No, en serio, necesito un coche, tengo que ir a Madrid, a un mayorista de flor. Necesito rosas para mañana.

—¿Vas a hacerte 300 km para comprar flores? Eso es tener pasión por tu trabajo y cero conocimientos de las finanzas. Vas a palmar pasta; ya te lo digo.

—Me da igual, Rubén. Mañana es San Valentín. Tengo que abrir la tienda. Sí o sí.

—¿Y esto no podías haberlo pensado hace una semana? Vamos, no sé, se me ocurre. Que yo sepa, San Valentín siempre cae el mismo día, el 14 de febrero. Si me dices Jueves Santo, que lo cambian todos los años. Pero lo de San Valentín podías haberlo visto venir.

—Bueno, ya está. ¿Me puedes ayudar? ¿Dónde puedo conseguir un coche?

Rubén me tiró a la barra las llaves de su furgoneta.

—¡Gracias, gracias, te debo una!

—Me debes el mes y unas cuantas cosas más.

Salí pitando de La Ferroviaria, subí a la furgoneta y arranqué. En ese momento agradecí que la nieve del día anterior solo hubiera servido para refrescarme la boca después de la chamusquina de la infusión.

Según salía del pueblo, un imbécil se saltó un ceda el paso, y pité, pité muy fuerte.

No podía creerlo: con toda su calma circulaba por el pueblo como le daba la gana.

Vi a Gonzalo andando por la calle y bajé la ventanilla.

—Ya decía yo que quién sería esa loca que pitaba así en mitad del pueblo.

—A ver, ¿no eres la autoridad? Pues detén a ese hombre. No puede ir por el pueblo saltándose señales y a paso de tortuga. Haz algo.

—A ver, soy el alcalde, no la autoridad, y la que no puede ir pitando con el coche por mitad del pueblo y asustando a la gente mayor eres tú.

—¿Perdona? ¿Ves esto normal?

—No te digo que sea lo normal. Te digo que a veces pasa y que te tranquilices. Además, ¿adónde vas con tanta prisa?

—A Madrid a comprar flores. Mañana abro.

—¿Y eso? No sabía que abrías ya.

—Ni yo, así que o quita del medio o sube al coche y ayúdame.

Ni yo fui consciente de que acababa de invitar a Gonzalo a venir conmigo, ni creo que él fuera consciente de que se subía al coche.

Fuera como fuese, acabamos los dos en la furgoneta de Rubén rumbo a Madrid a por mi primer pedido de flor para la Bella Flor.

Tardamos menos de dos horas en llegar a San Fernando de Henares, donde encontramos al primer mayorista de flores dispuesto a atendernos en pleno día previo a San Valentín. Los camiones cargados con rosas procedentes de Ecuador salían rumbo a todas las floristerías de España. Las grandes cajas alargadas, rebosantes de rosas, eucalipto y paniculata, se dirigían a las floristerías donde pronto les darían forma.

—Hola, soy Manuela, ¿en qué puedo ayudaros? Me ha dicho mi compañero que necesitáis flores para mañana. Os habéis retrasado mucho en hacer vuestro pedido; espero poder tener al menos parte de lo que necesitáis.

—¿Tienes rosas rojas?

—Nos queda algo de las de ochenta, son de las más caras, pero de muy buena calidad. ¿Cuántas necesitas?

—Por lo menos treinta.

—¿Treinta paquetes o treinta cajas?

—Treinta rosas.

—¿Treinta rosas? Aquí no vendemos a particulares, vendemos al por mayor, por paquetes.

—Sí, sí, somos floristería. Mira.

Le enseñé las fotos de mi local.

—No necesito fotos, necesito el alta fiscal en la actividad para comprobar que sois una actividad comercial.

Me quedé blanca, ni idea de qué hablaba.

Gonzalo intervino.

—No te preocupes, mañana inauguramos y está todo en manos de la gestoría. Les llamamos y les decimos que os envíen toda la documentación que necesitéis.

Miré perpleja a Gonzalo. Además de ser la autoridad del bosque y el alcalde del pueblo, también tenía una facilidad tremenda para salir de los problemas airoso.

—OK. —Nos extendió una tarjeta—. Que nos lo manden a esta dirección de *email*. ¿Cuántos paquetes queréis entonces?

—¿Cuántas rosas van en cada paquete?

—Veinticinco.

—Vaya, ¿no los tienes de treinta?

—Por favor, no me hagáis perder el tiempo que hoy es un día complicado.

—Vale, pues cuatro paquetes —respondió Gonzalo.

—¿Cuatro? —Le miré perpleja,

—Vamos a ver, ¿no vas a ser capaz de vender setenta rosas mañana?

Tragué saliva. Aquí habíamos venido a jugar. ¿Qué podía salir mal?

—Añade también paniculata y eucalipto, por favor.

—¿Cuántos paquetes?

—Pues yo qué sé, los suficientes como para poder vender setenta rosas en ramos.

—Te pongo un paquete de paniculata y seis de eucalipto. Yo creo que tendrás suficiente. ¿Eso es todo?

—Supongo que sí.

Manuela vio en mi cara el miedo del que compra productos pereceros para una tienda que ni siquiera ha abierto sus puertas y que no sabe cómo va a funcionar.

—¿Por qué no te llevas flores que sequen bien? Así, si no las vendes, podrás hacer arreglos de flores secas, y al menos parecerá que tienes género en la tienda cuando entren los clientes.

Aquello me sonó bien. En el curso de florista que hice, me hablaron de esas flores, e incluso las había trabajado y había hecho ramos con ellas, pero todo se había precipitado tanto que ni me había planteado cómo hacer mi primer pedido.

Manuela nos preparó un *pack* de flores que secaban bien y que creía que podrían encajar en la tienda. También añadió esponja floral, bases para hacer centros, papel para envolver, rollos de cinta, tijeras de florista, y como regalo de la casa un cúter y dos delantales.

Cargamos todo en la parte trasera de la furgoneta y emprendimos la vuelta al pueblo.

—¿Tienes miedo?

—Mucho

—Todo va a salir bien.

—¿No crees que me he precipitado?

—Creo que las cosas que quieres de verdad hay que pelearlas, y tú lo estás haciendo. Mañana serás la mejor florista, capaz de vender setenta rosas, estoy seguro.

—Si vendo treinta y una habré ganado a Mariela, la de la pastelería.

—Pues entonces habrá que vender las setenta para que no haya dudas.

El resto del viaje lo hicimos en silencio. Estaba demasiado nerviosa. La sensación era de caída al vacío cuando lo único que había arriesgado era una cuenta de unos quinientos euros. Parte de ella sabía que la iba a recuperar, y la otra, si se daba mal, al menos podría reutilizarla como flor seca.

No era la inversión de dinero lo que me preocupaba. Mi ilusión y mis sueños de las últimas cinco semanas viajaban en la parte trasera de esa furgoneta. Que saliera bien la venta de esos productos sería lo que me daría fuerzas para seguir adelante. Cinco semanas de ilusiones no son muchas, pero para mí eran un mundo. No recordaba haberme apasionado nunca tanto por algo. Desde el accidente de mis padres había vivido sin rumbo y sin un propósito claro. Disfrutaba de la vida a mi manera. Supongo que no tener un padre o una madre, o unos abuelos con los que compartir mis logros, hacía que no los celebrara tanto como notaba que, por ejemplo, lo hacía Inma cada vez que en la facultad sacaba una buena nota. Según la veía sacaba el móvil para llamar a su madre y compartirla con ella. Yo no tenía a nadie con quien compartir mis logros, y eso hizo que mis sueños siempre fueran materiales. Mis ilusiones siempre se basaban en el placer que me iban a dar a mí.

Con la floristería y la vuelta al pueblo todo había cambiado. Sabía que Valentina se alegraría por mí, pero no era ese el motivo por el que lo hacía. Desde que había regresado no estaba sola. Sentía la presencia de mi familia alrededor. Aunque ya no estaban, en su pueblo, en sus calles, en su casa, en su local, les notaba cerca de mí. Y la decisión de quedarme no solo la tomé por mí, sino también por ellos.

Me arrepentía de todos y cada uno de los días que me negué a volver al pueblo, desde el incidente del puñetazo de Gonzalo, y de haberme perdido los últimos años de vida de mis abuelos y las ilusiones que mis padres habían depositado en aquel local.

Por primera vez desde el accidente en el que murieron sentía que lo que estaba haciendo lo hacía por alguien y, aunque ellos ya no estaban para verlo, seguro que allí donde estuvieran se alegrarían por mí.

Llegamos sobre las cuatro de la tarde al pueblo y colocamos todas las flores en los cubos que mi madre tenía listos para la inauguración.

Cuando terminamos, me dio un bajón tremendo. Se podría decir que las flores que habíamos traído no llegaban a ocupar ni el diez por ciento de la superficie del local. Asumí que me estaba enfrentando a uno de los retos más grandes de mi vida, a pesar de ser aparentemente el más sencillo.

Gonzalo lo debió de notar. Apoyó su brazo en mi hombro, y me dijo:

—Va a salir bien, confía en ti. Vamos a mi casa; seguro que mi madre nos da algo de comer y ves todo con más calma.

Antes de ir a casa de Valentina pasamos por la de Mariela para dejarle las rosas. Su cafetería estaba cerrada, pero Gonzalo sabía que vivía en la puerta de al lado. Llamamos y abrió ella. Al verla la recordé: Mariela era amiga del grupo de toda la vida. De las que estaban la horrible noche del puñetazo a Gonzalo. De las que hizo los chascarrillos con mi idea (para ellos absurda) de cambiarme el nombre. Cuando La Mari, la confitera del pueblo de toda la vida, se jubiló, les traspasó el negocio a Mariela y a su marido. Habían montado una cafetería, con obrador propio y les funcionaba muy bien. Tuvieron a bien mantener los cucuruchos de merengue de La Mari, que cuando era la fiesta de la primavera siempre los vendía en un puesto en la plaza, y todos los niños hacíamos cola para comprarlos.

Mariela se había ido a estudiar fuera. Salió huyendo del pueblo, pero se enamoró de un chico de aquí y volvió.

—Gracias, Mariela. Te agradezco mucho que te hayas acordado de mí para tu campaña de San Valentín.

—Bueno, tampoco se le puede llamar campaña. Aquí en el pueblo no se celebra mucho, pero siempre se vende algo más, al menos las parejas se endulzan el día.

—¿Cómo estás?

—Bien, supongo que Gonzalo ya te habrá puesto al día: soy una de las pocas del grupo que sigue por aquí. La mayoría salió corriendo y ahora solo vuelven en verano y Semana Santa con sus familias perfectas de las ciudades. Yo me quedé aquí con Mario, tuvimos tres niñas y la verdad es que no me puedo quejar.

Tres niñas, eso resonó en mi cerebro. ¿De verdad ya teníamos edad para ser madres de tres niñas? ¿Nuestra vida fértil tenía capacidad para parir tres hijas? Estaba haciendo yo mis cálculos mentales cuando Mariela dijo que la mayor acababa de cumplir diez años. ¡Y tanto que habíamos tenido tiempo! Tenía treinta y cinco años y la sensación de tener veinticinco. Debía hacer algo con mi vida, aunque, realmente, se suponía que estaba precisamente en la puerta de Mariela porque estaba cambiando mi vida. De todas maneras, lo de las tres hijas para mí quedaba descartado.

—¿Y tú? Mal te has tenido que ver para volver al pueblo.

—Bueno, la verdad es que en Barcelona me iba bien y estaba muy contenta. Pero al volver aquí todo mi mundo se puso patas arriba y decidí quedarme.

—Claro, claro, y por eso te haces florista. Si te ha ido mal, pues ya está. No eres la primera ni la última. No te amargues, que no pasa nada. Si no, mira a Gonzalo: con lo que le hizo Eva y ahí lo tienes, aguantando el tipo.

Mi cerebro no procesaba tanta maldad disfrazada de buenas voluntades. ¿De verdad esta mujer había fingido una buena acción, como la de ser mi primera clienta, y luego estaba repartiendo dentelladas sin parar tanto a Gonzalo como a mí?

—Bueno, Mariela, disculpa. Tengo prisa, que tengo que preparar los encargos de mañana. Te dejo las rosas, que se nos hace tarde.

—¿Qué pedidos? Si no tendrás ninguno, ¿no?

Me quedé callada, y de nuevo intervino Gonzalo:

—Más de los que piensas, Mariela. Este pueblo es una caja de sorpresas y quien menos te lo esperas regala flores para quien no debe. Vamos, Bella, que se nos hecha el tiempo encima.

Menos mal que Gonzalo tiró de mí para sacarme de allí, porque no podía parar de reírme de la cara que se le quedó.

—No le hagas caso, no es mala chica, pero le gusta sentir que todo le va bien, y la manera de autoconvencerse es que a los demás les vaya peor.

—Pues qué joyita de persona. Así da gusto tener amigos. ¿Sabes qué es lo más triste, Gonzalo? Que es verdad que no tengo ni un solo pedido.

—Claro, porque no has abierto aún. Aquello que me dijiste de plantar flores… Tienes que empezar a hacerte con semillas. Y necesitamos un invernadero para los planteros. Tenemos que pensar en hacerlo pronto.

Miraba a Gonzalo con curiosidad, porque me sonaba todo a chino. No entendía ni una palabra de lo que me estaba diciendo, pero me gustaba todo lo que oía.

Capítulo 13

Miércoles, 14 de febrero. Primer día de florista. Los nervios no me habían dejado descansar nada esa noche, apenas había dormido y madrugué para tomar un café con Rubén.

La casa de mis abuelos ya estaba preparada. Para no irme a vivir a ella me escudaba en que el sistema de calefacción que tenía era a base de leña y no me veía preparada, ni física ni mentalmente, para alimentar la estufa de manera continuada, asegurando así una temperatura confortable en casa. En el fondo sabía que simplemente era una excusa para no marcharme de La Ferroviaria y disfrutar de la compañía y las charlas con Rubén.

Con lo convencida que estaba de quedarme en el pueblo y ser florista, y ahora que estaba en el pueblo y tenía la floristería dudaba de mi estúpida decisión. Al final, iba a tener razón mi madre: cuando se enfadaba conmigo siempre me echaba en cara que era una niña caprichosa. También llevaba razón Mariela. Rubén me había comentado que había estado por La Ferroviaria con unas amigas (que también lo eran mías de la infancia y habían venido a pasar un fin de semana) y había afirmado delante de todo el bar que la tienda era un capricho de una niña de ciudad, que cuando viera que no vendía nada me largaría de aquí.

En un momento dado pregunté a Rubén por Alejandra. Desde que llegué al pueblo había pensado en ella y quería saber qué había sido de su vida. Pasé por su casa en varias ocasiones y pude comprobar que sus padres seguían viviendo allí, pero no había tenido el valor de llamar a aquella puerta. No sabía qué opinión tendría de mí. De la noche a la mañana, desaparecí de su vida por el follón con Gonzalo y jamás había vuelto a hablar con ella. A pesar de que había llamado a mi casa de Barcelona y me había mandado alguna carta, la pobre nunca obtuvo respuesta. Me sentía como una imbécil de manual que no había sabido mantener lo importante de mi pasado, y ahora ya era tarde.

—¿Alejandra estaba con ellas?

—¿Alejandra? ¿Ale, la de casa del antiguo correos? No, qué va, no se junta con ellas.

—¿Y dónde está?

—Estudió Medicina y ahora es médico. Trabaja con niños, y en cuanto tiene algunos días libres siempre viene por aquí.

—¿Está bien?

—Todo lo bien que se puede estar cuando trabajas con niños, que hacen falta ganas, pero es lo que ella decidió, y sí, se la ve muy bien.

Me alegré mucho. Al final era cierto que los del pueblo podían utilizar las mismas carreteras que los de ciudad para salir y conocer mundo. Alejandra, de pequeña, siempre decía que quería ser médico, pero anestesista, no sé en qué película había visto que eran los que más cobraban. Pero tenía una sensibilidad especial y le encantaban los niños. Así que era inevitable que en su trabajo estuviera rodeada de niños.

—¿Por qué no la llamas? Si quieres, te doy su teléfono.

—No creo que quiera saber nada de mí.

—Tan malo no sería lo que le hiciste.

—Yo creo que sí.

—Conociéndola, seguro que lo ha olvidado.

—Me lo pensaré.

Rubén me siguió contando que, cuando Mariela dijo eso en La Ferroviaria hacía una semana, él la había increpado. Le había dicho que si me iba bien ya se encargaría ella de fastidiar mi negocio, que si le daba miedo que la gente comprara flores en lugar de pasteles.

Ella se ofendió y, con cara de perrito degollado, respondió que me ayudaría, que a ella le encantaba que les fuera bien a los negocios del pueblo. A lo que todas sus amigas le dijeron: «Claro que sí, tía, si nosotras te entendemos».

El siguiente martes fue cuando recibí su mensaje de las rosas. Esa misma tarde, Mariela se había encargado de ir diciendo que me estaba ayudando con el negocio en lo que podía, que me echaría una mano en todo lo posible.

El nombre de un animalito con orejitas puntiagudas que habita en los bosques es lo que me vino a la mente.

Cuando abrí la puerta de mi tienda, mi preciosa tienda, y la vi, me animé. Sentí de nuevo el abrazo de mi familia, el motivo por el que estaba allí. Así que empecé a preparar rosas con paniculata y eucalipto, tal y como había aprendido en el curso que había hecho las semanas anteriores. ¡Hay que ver de qué calidad eran los materiales que compré en San Fernando! Estaba quedando todo perfecto.

Al coger cada rosa, limpiar sus hojas, quitar sus pinchos y ponerle paniculata y eucalipto para que la abrazaran me sentía mejor. Quizás esa era la sensibilidad de la que me había hablado David que se necesitaba para trabajar con las flores. Me fui animando y empecé con el resto de las flores, que con tanto acierto me había recomendado Manuela, y mientras las combinaba se me olvidaron los problemas.

A las once vino Valentina. No podía creer lo que veía. Se quedó fascinada de todo lo que había vendido.

NADA.

—¿Qué tal van las ventas, Isabel?

—Bueno, eres mi primer cliente.

—Ya, la gente en este pueblo no es de madrugar. De todas maneras, ¿por qué no sacas el género a la calle? Si lo ven, igual se animan a comprar. Tus ramos son preciosos.

—Define precioso.

—Que están muy bien. No te infravalores. Ven, vamos a sacarlos fuera.

Acabamos enseguida. Total, solo tenía setenta rosas para ese día y algunos ramos.

Valentina se marchó a hacer la compra.

A las 11:35 se abrió la puerta. El estómago me dio un vuelco. Entró una señora mayor, no era el perfil de quien compra rosas, pero el amor es así. Siempre sorprendiendo.

—Hola, maja, habéis traído hortalizas también.

—No, señora. Esto es una floristería.

—¿Y solo vendes flores?

—Claro, bueno, y traeré semillas y bulbos.

—¿Traerás semillas de zanahoria?

—No, solo de flores.

—Tus abuelos aquí tenían de todo, era el negocio más próspero del pueblo.

—Ya, lo pensaré.

—Bueno, pues ya pasaré si cambias de idea.

—¿Quiere una rosa?

—¿Para qué? Mi Lorenzo está en el campo santo.

—¿Y por qué no se la lleva?

—¿A dónde, al campo santo? Tiene flores artificiales que me trae mi hija de Soria en Santos. ¿Tú tendrás flores artificiales? Porque si vas a tener, le digo a Tere que no traiga.

—No lo sé, seguramente sí.

—Bueno, pues ya pasaré, y cuando traigas las semillas de zanahoria me avisas, y si hay de perejil, también. ¡Hasta luego!

Visto lo visto, llenar la tienda de flores de cementerio y semillas de zanahoria quizás era el mejor homenaje que podía hacer a mi familia.

Al poquito se volvió a abrir la puerta. El estómago me dio otro vuelco.

—¿Tienes claveles?

¡Claveles! ¿Cómo era posible que no me hubiera acordado de comprar claveles?

—No, lo siento, no me quedan.

—¿Y quién se los ha llevado?

—Una señora, una señora que quería semillas de zanahoria. Pero, si quiere, le pido para mañana. Si pido antes de la 13:00 me los traen en el transporte.

Manuela me había dado unas claves para poder hacer pedidos *online*. Ahora los mayoristas de flores trabajaban así, y era genial, porque no tendría que coger el coche cada vez que me hicieran un pedido.

—Vale, pues tráeme media docena.

—¿Seis claveles? ¿Solo? —Mi cabeza pensaba en los paquetes de claveles que habíamos usado en el curso y que, evidentemente, contenían más de seis unidades. Si no era capaz de vender rosas en San Valentín, ¿qué iba a hacer con los claveles? Igual no era tan mala idea vender hortalizas.

—Sí, mis padres están en un nicho en el cementerio y no caben muchos más.

123

Que afición en este pueblo por ir al cementerio a llevar flores.

—Pase mañana, que los tendré listos.

—Vale, en rojo, que resalten con el mármol, que es blanco, y si los pongo blancos no se ven.

—Vale.

Entré en la página web de la empresa en la que trabajaba Manuela. Sección Flor Natural (me sorprendió ver que no tenían de hortalizas o semillas de zanahoria, pero sí de flores artificiales), Sección Clavel, filtrar color: rojo. Ítems encontrados: cero. ¿Cómo que cero? ¿Pero qué clase de mayorista no tiene claveles rojos?

Llamé a Manuela.

—Hola, Manuela. Soy Bella, la que ayer se llevó las flores para la tienda nueva.

—Ah, sí, ¿ya has enviado la documentación de autónomos a mis compañeros?

—Está en ello mi gestor. Una cosa, necesito claveles rojos para mañana.

—No hay.

—¿Cómo que no hay?

—No hay porque en San Valentín todo el mundo pide la flor en rojo y se han agotado. Nos llegan el próximo domingo.

—Los necesito para mañana, es mi único encargo desde que he abierto la tienda.

—Vaya, lo siento, ¿cuántos necesitas?

—Seis.

—¿Seis paquetes? Imposible.

—No, seis claveles.

—Pero el pedido mínimo para que no pagues portes es de doce paquetes. Y un paquete lleva veinte claveles.

—Me explota el cerebro, Manuela.

—Elige cincuenta euros en productos de la web para que te salgan los portes gratis y, cuando hayas hecho el pedido, me llamas y te meto algún clavel rojo en la caja que han quedado sueltos por aquí. Así sales del lío.

—¡Mil gracias!

Vale, ¿y ahora qué compro? Se me encendió la bombilla. Flor artificial, filtrar ramos de cementerio…

Entró Gonzalo.

—¿Qué haces? Veo que va despacio la cosa.

—¿Despacio? ¿Me tomas el pelo? No he vendido nada. Ni a tu madre, que ha estado aquí.

—Bueno, mi madre seguro que te compra, lo que pasa es que…

—Es broma, Gonzalo, no quiero que compre nada. Era una gracia para que vieras cómo me va.

—¿Y qué haces en el ordenador?

—Pedir flor.

—¿Vas a pedir más? Entonces has visto que hay movimiento y que se puede vender.

—Emmmm, bueno, estoy pidiendo cincuenta euros en flores artificiales para que me regalen seis claveles rojos que necesito para mañana.

—Suena superinteligente todo. Cómo se nota que has estudiado *marketing*, eres una fiera. Solo una pregunta: ¿vas a hacerle la competencia a los del bazar?

—¿Qué bazar?

—El que hay al lado de las escuelas.

—No lo he visto nunca.

—Pues es un bazar regentado por asiáticos que en octubre llenan la tienda de ramos y centros artificiales a precios supereconómicos y al que viene gente de toda la comarca a comprar.

—Pues la mujer de Lorenzo, que en paz descanse —Gonzalo se rio de mi forma de hablar tan de pueblo—, me ha dicho que su hija Tere se los trae de Soria.

Gonzalo no podía parar de reírse.

—Pero eso lo dicen todas. No reconocerían que las compran en el bazar por nada del mundo. El caso es aparentar.

—Vale, genial, ¿y qué compro para gastarme cincuenta euros?

—Pide más claveles de otro color, seguro que se venden. Y alguna margarita, y verde que no sea eucalipto. Pide helecho.

—¿Y tú por qué sabes tanto de flores? Eres como su ángel de la guarda.

—Porque me gustan, porque llevo viviendo aquí toda la vida y sé lo que compran los vecinos, y porque cuando voy a hacer alguna gestión a Soria mi madre siempre me encarga claveles, margaritas y helecho para hacer los ramos de flores que lleva al cementerio.

No lo había visto venir. Pero aquello del cementerio igual era un nicho de negocio. Se alejaba un poco de mi imagen mental, de una florista coqueta y rural, con clientela de toda la comarca que venía a mi tienda por lo original de mis ramos, pero el negocio era el negocio y eso es lo mejor que había aprendido en la carrera.

Pedí un total de 50,27 euros para que el porte me saliera gratis. No entendía por qué tenía tanto miedo de gastarme dinero en flores cuando luego no tenía ningún problema en comprarme otras Adidas Samba por cien euros para añadirlas a mi colección de zapatillas deportivas. No sé si me aterraba comprar flores y no venderlas o a lo que realmente tenía miedo era a fracasar.

«Hola, Manuela. Soy la loca de los claveles rojos para la floristería que no vende en Soria. Si puedes añadirme seis a mi pedido 063251, te estaré eternamente agradecida. Bella».

La suerte estaba echada.

La puerta se abrió de nuevo. Era Mariela.

—Buenos días, reina. ¿Tienes más rosas? Se me han agotado, ha sido una mañana de locura. Las ventas, mejor que ningún año. Se ve que los vecinos saben dónde está la calidad. Uy, pero si no has vendido nada, cariño. No te desesperes, que seguro que esta tarde vienen todos. Aunque, bueno, ya sabes que aquí en el pueblo donde está la venta es por la mañana. Dame las rosas, anda, que te las vendo y te hago un favor.

—Están vendidas.

—Uy, qué graciosa, ¿y por qué están todas expuestas?

—Porque están encargadas. Ya sabes, las ventas por la mañana, pero me las recogen por la tarde.

—Uy, pues me alegro… Pero ¿son todas para la misma persona?

—Secreto profesional, no puedo dar más detalles. Si no, mis clientes no confiarán en mí.

—Vamos, que no has vendido nada.

—Te he dicho que están reservadas. Si me disculpas, ahora mismo tengo cosas que hacer.

Aún no había salido por la puerta cuando sonó mi móvil.

—¿Sí?

—¿Te quedan doce rosas?

—¿Estás de coña, no? ¿Has llamado para reírte de mí?

—Qué no, que necesito doce rosas. Arregladas y por separado.

—¿Tienes doce novias, Rubén?

—Podría ser, pero no, las quiero para otra cosa. ¿Tienes o no?

—¿Me las estás comprando porque te doy pena?

—Pero ¿estás tonta o qué? ¿Tengo yo cara de ser una ONG? Te las compro porque tienes una floristería.

—¿Seguro?

—Pero, vamos a ver, ¿me las vendes o me voy a Soria a buscarlas?

—Te las vendo. Sin problema.

—En un rato bajo a buscarlas.

A mediodía cerré la tienda con un saldo de cuarenta y dos rosas vendidas, las de Mariela y Rubén, y cincuenta y ocho por vender, media docena de claveles rojos encargada y 50,27 euros gastados en más flor.

Todo comenzaba a ser frustrante. Estaba enfada y empezaba a pensar que era una auténtica estúpida. Una caprichosa a la que un buen día se le había ocurrido ser florista. Como si vivir los sueños de otros, por mucho que fueran los de mi madre, me fuera a hacer mejor persona. Era una imbécil de manual. Y estaba harta de claveles, de rosas, de flores artificiales de cementerio y de semillas de zanahoria. Porque era una auténtica mierda todo.

Para colmo, en Maldito Pueblo empezaba a llover y, como además de florista me había vuelto una *hippie* de la vida (más bien una imbécil de manual), no tenía coche, porque aquí no hacía falta. Contaminación cero. *Stop* cambio climático. El agua estaba helada y me entraba por el cuello del abrigo como si fueran puñales. ¡Qué idílico el invierno soriano! ¡Pues para ellos! Que se lo coman los sorianos y me dejen con mi clima de Barcelona. Mi furia no menguaba, y andaba sin control. No tenía ninguna gana de llegar a La Ferroviaria.

Sin saber por qué me dirigí hacia los huertos, y vi mi casa a lo lejos. Entré al huerto, y allí, rodeada por las montañas, empecé a gritar.

—¿Por qué, por qué me dejasteis sola? ¿Por qué os tuvisteis que ir todos? ¿Y desde allí arriba también me queréis fastidiar la vida? —Me caían unos lagrimones de odio descomunales—. ¿Por qué me habéis dejado venir aquí y meterme en esta mierda? ¿Por qué? ¿No se supone que teníais que ser ángeles de la guarda o algo así? Pues lo estáis haciendo fatal. Ya os lo digo, fatal. —Me arrodillé y seguí llorando empapada por la lluvia.

—¿Ya has terminado?

La voz de Valentina me pegó tal susto que el corazón se me puso a cien por hora.

—¿Qué?

—Que si has terminado el teatrillo.

Me quemaba la cara del rubor que me estaba dando pensar que Valentina me hubiera estado viendo llorar como una loca bajo la lluvia. Que hubiera visto el espectáculo me resultaba muy violento. Sus comentarios y su cara de cabreo me hicieron pasar de la rabia a la humillación en apenas unos segundos.

—No me mires así. Estás demostrando ser la misma niña ingrata y caprichosa que se marchó de aquí hace muchos años, enfadada porque te habían herido el orgullo. No te marchaste por vergüenza, como le decías a tu madre, por haberle soltado un guantazo a Gonzalo. Te marchaste humillada, porque tuviste que pedirle perdón. Y ese fue tu problema. Tener que pedir perdón, reconocer públicamente que la culpable eras tú cuando era más fácil echarles la culpa a los demás por no haber querido llamarte Bella. Tu decisión afectó a toda tu familia. Tu madre nunca se perdonó haberte traído a rastras a mi casa para que le pidieras perdón a Gonzalo. Se marchó de este mundo sintiéndose culpable por haberte hecho pedir perdón, y que, a consecuencia de eso, jamás hubieras querido volver al pueblo y apenas vieras a tus abuelos.

»Yo le decía que era una lección de vida, que recapacitarías y que, aunque ahora todos nos sintiéramos mal por tu decisión, seguro que algo habías aprendido.

»Y ahora compruebo que no, que sigues siendo la misma niña ingrata, capaz de echarle la culpa a los que ya no están porque algo te ha salido mal. Y lo que te ha salido mal no es que no hayas vendido ni una sola rosa el primer día que has abierto tu negocio, cuando apenas aún te conocen. Lo que te duele es que Mariela ha vendido más y te sientes humillada.

No reaccioné. No fui capaz de articular palabra. Quería tragar saliva y el dolor que sentía en mi garganta era descomunal.

—¿Piensas quedarte ahí todo el día o vamos dentro? —Valentina señaló la casa de mis abuelos con la vista.

Capítulo 14

Comencé a andar por inercia hacia la casa. Con aquellas palabras Valentina había removido todo mi ser. No estaba enfadada con ella. No me había molestado en absoluto lo que me había dicho, simplemente había atravesado todo mi ser como un ciclón. Por primera vez en no sabía cuánto tiempo sentía que alguien me había hablado como se le habla a quien se quiere. No como a una persona a la que aprecias y tienes miedo de que se enfade. Habían sido palabras de amor, las palabras de amor más raras que había escuchado nunca.

Entramos en casa, seguía sin reaccionar. Valentina sacó unas toallas y unas mantas de unas cajas de las que Rubén había ido recibiendo en La Ferroviaria y que todavía no me había molestado en abrir. Tenía miedo de gastarme cincuenta euros en unos claveles, y me había dejado media tarjeta en compras para una casa que aún no me había molestado en habitar.

Valentina encendió la chimenea y puso mi ropa a secar.

—¿Estás mejor? Siento si he sido muy brusca.

—Supongo. Me acuerdo cuando era pequeña y mi abuela madrugaba para limpiar la chimenea y encenderla. Intentaba no hacer ruido para no despertarme. Y yo, en cuanto la intuía, salía corriendo de mi habitación para estar con ella. Cuando ya la había encendido, me preparaba un vaso de leche con miel y un bocata de bacón. Yo me pasaba la mañana con ella hasta que mis padres se levantaban; mientras, mi abuelo estaba por el huerto.

—Aquí no puedo prepararte un bocadillo de bacón ni leche con miel, pero en cuanto te seques un poco, y entres en calor, vamos a mi casa y allí te los hago.

—¿Por qué haces esto, Valentina?

—Tu madre era la mejor persona que he conocido. Te adoraba. Le costó mucho traerte a este mundo y vivía por y para ti. Todo lo que hacía lo hacía pensando en ti.

—¿Y por eso quería venirse a vivir aquí y dejarme sola en Barcelona?

—Tu madre odiaba Barcelona, vivía allí porque es donde tenían el trabajo. Siempre que podían, tus padres venían aquí. Cuando dejaste de acompañarlos, les partiste el corazón. Ella pensó que, si vivían aquí, vendrías más y estarías más con los abuelos. Eres lo único que me queda de ella. Y te conozco desde que naciste. Te quiero, Bella, por eso hago esto por ti.

—Gracias, Valentina.

Fui incapaz de decir lo mismo. De decir te quiero. Siempre había sido incapaz de pronunciar esas palabras. Y, cuando las había escuchado de boca de otra persona, había salido huyendo.

Lo más parecido a te quiero que le había dicho a alguien es a un gato que trajo Inma a casa y del que me encariñé. Solía decirle cuando llegaba: «¿Dónde está el amor de mi vida?». Y él salía a recibirme. Un día, la puerta de la calle se quedó entornada y se marchó. Y ahí se terminó todo. El amor de mi vida se marchó. Nunca más tuve mascotas, aunque siempre había querido tener un perro.

Eran las tres de la tarde cuando Valentina, con mi ropa ya seca, me despertó; supongo que, del sofocón o de la sensación de sentirme querida por alguien, me relajé tanto que me quedé dormida cuando entré en calor. Eso o que desconecté mi cerebro y hubo un apagón general de tanto amor y exaltación de la amistad de la última conversación. Demasiada información que asimilar.

Me vestí y salimos a la calle. El marido de Valentina nos esperaba y nos llevó a su casa. Entramos en la cocina y preparó dos bocadillos de bacón y dos vasos de leche con miel.

Comimos en silencio.

—Y bien, ¿qué vas a hacer esta tarde?

Tragué saliva y noté cómo bajaba por mi garganta. Quería haberle dicho a Valentina que quedarme toda la vida en esa cocina, comiendo bocadillos de bacón y bebiendo vasos de leche con miel. Pero no pude.

—Supongo que abriré la tienda.

—¿Supones?

—Abriré.

—¿Te sobran rosas?

—Cincuenta y ocho.

—¿Puedes coger cuatro, que tenemos que ir a un sitio antes?

—Claro.

Nos montamos en el coche, no tenía ni idea de a dónde íbamos. Paramos en la tienda y entré a por las cuatro rosas.

Cuando salíamos de Bella Flor en dirección al coche, escuché a Mariela desde el otro lado de la calle:

—Acuérdate de avisarme si te sobran rosas. A ver si te las puedo vender y solucionamos un poco la papeleta que tienes.

—¡Genial, Mariela! Gracias. Te digo algo.

Subimos al coche y nos echamos a reír.

A veces, la vida se trata simplemente de eso. De tomarte en serio solo aquellas cosas que tienen importancia y de decidir qué otras quieres que te afecten y cuáles debes dejar pasar.

Valentina paró en la entrada del cementerio.

No hablamos nada. Anduvimos por el camino central entre los cipreses hasta el panteón que tenía mi familia.

Deposité las cuatro flores junto a sus nombres. No había estado allí desde el funeral de mis padres.

—Ahora, Isabel, ya tienes cuatro rosas menos que vender: ellos te han ayudado. Nadie va a venir a ayudarte o regalarte nada. Pero tus actos con la gente que quieres son los que harán que tu vida siga hacia delante.

Cogí a Valentina del hombro y le dije:

—Entonces, tú te mereces todas las rosas del mundo.

—No fastidies, que yo no estoy muerta.

Nos reímos, otra vez.

Capítulo 15

A las cinco abrí. No vino nadie, pero las palabras de Valentina y la visita al cementerio habían hecho mella en mí. Pensando, en la soledad de mi tienda, me di cuenta de que apenas había hablado desde que acabamos de comer y acudimos a visitar el panteón familiar. Lo único que necesitaba era estar cerca de ella. Los actos demuestran más que las palabras, y creo que Valentina notó que, aunque no había cambiado, sí que al menos tenía la intención de hacerlo y que mi carácter iba mejorando. De no haber cambiado, podría haberle puesto el ojo morado, igual que ya hice con Gonzalo.

La puerta se abrió.

—¿Tienes rosas para la mujer?

Esa frase tan de pueblo me hizo sentir bien, por la espontaneidad y por lo que implicaba para mí.

La tarde no fue tan mal. Vendí seis a ese señor, dos a un padre para sus dos hijas, y el bueno de Gonzalo vino a por una docena que le había encargado un amigo. Estas no las conté como venta porque estaba segura de que el pobre Gonzalo habría estado toda la tarde calentándole la oreja a algún amigo para que le regalara rosas a su mujer. Y de que, de no ser por él, jamás habría vendido el último ramo. Pero, al fin y al cabo, eran doce rosas más que no se habían quedado en la tienda.

Cogí veinte rosas de las que habían quedado y salí a la calle. Hacía frío, bastante frío, pero me planté en la puerta de la tienda a regalar una rosa con una tarjeta de la floristería a los vecinos que pasaban.

Desolación total cuando vi que apenas había gente por la calle. Los pueblos, cuando cae la noche en invierno, es lo que tienen.

Me dirigí de nuevo al cementerio. Llegué con dieciséis rosas, ya que solo me había encontrado a cuatro personas por el camino, y las coloqué junto a las cuatro que había traído con Valentina.

—Mamá —me sentí rara diciendo esa palabra. No era consciente de que llevaba casi quince años sin utilizarla—, esto es muy difícil. No sé qué visión de negocio veías tú aquí en el pueblo, cuando apenas hay gente y a lo único que se dedican es a comer dulces de Mariela.

»No sé si es que no tenemos visión de negocio o es que las mujeres de esta familia nos volvemos locas en un momento determinado de nuestras vidas y hacemos tonterías. Apenas ha venido gente a la tienda, mamá. Yo quería cumplir tu sueño y no estoy sabiendo hacerlo. Pero no pienso rendirme, mamá, porque tu sueño, ahora, también es el mío.

»Me gusta estar aquí; ahora, mamá, aunque tarde, te estoy entendiendo.

Tuve unas palabras con el resto de mi familia, amigables, no como a mediodía en la huerta, y me marché a La Ferroviaria.

Cuando llegué, estaban todas las mesas preparadas para parejas y una rosa en el centro.

—¿Te gusta? Todos los años pongo algún detalle en medio. El año pasado compré unos corazones de nata a Mariela, así que este año he comprado en otro negocio del pueblo.

—¡Me encanta, Rubén! ¡Qué de parejas tienes para cenar! ¿Tanta gente hay en el pueblo?

—Hago un menú de San Valentín y siempre viene gente. A ver esta noche qué tal. Siéntate y come algo.

—No tengo hambre, he comido tarde. Pero si me preparas un vaso de leche caliente con miel, te lo agradezco.

—Eso me lo hacía mi abuela. Qué rara eres, Bella.

—Hay que retomar viejas costumbres —dije y sonreí.

Le conté a Rubén mi fracaso como florista. Él no lo veía así: era el primer día y tenía que darme a conocer. Poco a poco.

Ojalá tuviera razón, porque ya me veía transformando la tienda en un bazar y vendiendo flores artificiales y semillas de zanahoria.

Subí a la habitación triste y emocionalmente muy inestable. Había sido el San Valentín más duro y penoso de mi vida. Al abrir la puerta me vino un aroma a eucalipto que llegó a revolverme el estómago después de haber estado todo el día con su olor penetrante en mis fosas nasales. Pero cuando levanté la vista y vi un ramo de doce rosas rojas en el escritorio de la habitación empecé a temblar, solo me faltaba que se riera Gonzalo de mí. Enseguida reconocí el ramo que se había llevado.

FELIZ VIDA, BELLA.
Feliz vida porque mereces ser feliz.
Espero que tu tarde haya acabado bien, y que no me tires las rosas a la cabeza cuando veas que eran para ti. Las hubiera comprado igualmente, aunque no fuera tuya la tienda.
Un abrazo,
Gonzalo.

En vez de un ramo de rosas con una nota, para mí aquello fue como una carta bomba. Cuando abrí la nota, toda yo me hice pedazos. Por un lado, me enfadaba que Gonzalo hubiera comprado las flores para mí. ¿Lo había hecho porque quería flores o porque le daba pena que no vendiera una triste flor? En la nota ponía que me las hubiera regalado igualmente, pero el bueno de Gonzalo ya sabe cómo me las gasto y el genio que tengo.

Ponía «FELIZ VIDA». Y no «Feliz San Valentín». ¿El feliz vida era porque quería vivir un eterno San Valentín conmigo? ¿O porque quería que quedara claro que no era un regalo de San Valentín? No, ahí ponía bien clarito que me merecía ser feliz yo, no que nos merecíamos ser felices.

Conclusión: eran unas rosas de amistad, en plan, has tenido un día *mierder*, toma unas rosas que además te hago gasto y mato dos pájaros de un tiro.

Las metí en el baño. Estaba saturada de rosas.

Me tumbé en la cama y le escribí por wasap.

—Gracias, ha sido un detalle muy bonito.

—Me alegra que te hayan gustado. La florista es muy maja y me ha dicho que a la persona que las iba a recibir le encantarían.

—Sí, así ha sido.

Me habían encantado a mí y al baño donde no pudiera verlas, pero eso no se lo iba a decir.

—Por cierto, feliz San Valentín. Creo que no te lo he dicho.

Según envíe el mensaje, todo mi cuerpo tembló. Eso es lo que se dicen los enamorados, ¿no?

Mierda. Entré en bloqueo. Ya la había liado. Yo y mi impulsividad. Borrar mensaje. Borrar para todos.

Ufff, por los pelos.

—He visto lo que habías puesto. La próxima vez tendrás que ser más rápida. Lo dicho, feliz San Valentín.

138

Ahí sí que me dio un vuelco el estómago. Había visto mi mensaje, había visto que lo había borrado y, aun así, me deseaba un feliz San Valentín. Entré al baño, saqué el ramo de rosas y lo puse donde pudiera verlo. Al final, mi problema no era que no me gustaban las rosas, era que Gonzalo no me quisiera… Es curioso cómo nos ponemos excusas a nosotros mismos para negar nuestros sentimientos. Con lo bonito que es sentir…

Me tumbé en la cama, cogí el móvil y escribí «FELIZ SAN VALENTÍN», así, en mayúsculas. No le di a enviar. Lo borré y dejé el móvil. Es curioso también que, además de negar nuestros sentimientos, todavía nos cueste más expresarlos. Fui incapaz. Estaba agotada. Apagué la luz y me dormí.

Capítulo 16

Después de la resaca de San Valentín y de dormir como un oso (no sé qué pasaba desde que había llegado al pueblo, pero dormía como una reina), me dispuse a ir a la tienda. Mirada al frente, con orgullo, como la que lo ha petado vendiendo en San Valentín y es otra mujer, hecha a sí misma, con actitud. Inma, siempre que tenía alguna presentación en el trabajo, me decía esas frases sin sentido; una detrás de otra. Pero yo me las creía y salía con más fuerza de casa. La actitud me duraba lo suficiente como para brillar con luz propia en cualquier evento o presentación al que asistiese.

Aquí el talante me duró hasta que vi a Rubén detrás de la barra y me soltó un:

—Pero ¿dónde vas mirando así, que pareces una Kardashian?

Al instante perdí todo el glamur que me quedaba y me hice pequeñita.

—A la tienda, a recoger, y a ver si hago unos ramos de flores secas.

—Pues enseguida acabas de recoger, verás —dijo con una sonrisa pícara y, a la vez, de no haber roto un plato en su vida.

—Eres tremendo, Rubén.

—Ya lo sabes, que vaya muy bien el día. ¿Quieres hoy leche con miel o ya eres mayor de edad?

—Pues… ponme un café con leche, anda.

Cuando llegué a la tienda comprobé que Rubén tenía razón, pronto acabé de recoger. Total, no había vendido nada prácticamente el día de antes…, así que me quedé esperando a que llegaran los claveles que tenía encargados. Mi desesperación fue en aumento cuando ningún repartidor apareció por la zona.

Pasó un furgón amarillo de mensajería. Salí corriendo detrás de él. Paró en la ferretería.

—Hola. Creo que te has pasado de largo con mis flores.

—¿Qué flores?

—Las que me tenías que entregar hoy.

—¿Eres la mujer del ferretero?

—No, soy la de la floristería.

—Entonces no, porque solo llevo para la ferretería.

—¿Estás seguro?

—Tan seguro como que me llamo Santiago.

—Gracias, Santiago.

No sé si tendría mi teléfono guardado en el móvil, pero yo hubiera guardado mi contacto como «Clienta tocapelotas», «La loca de la tienda de Soria», «La pelma» o directamente me habría marcado como *spam*.

Manuela contestó. Estuve tentada de preguntarle cómo me había guardado, pero Rubén ya me había explicado que es mejor no preguntar las cosas que no queremos saber.

—Dime, Bella.

—Hola, Manuela.

—Ha pasado el repartidor y no me ha dejado el paquete.

—Nuestras flores viajan por DJV. ¿Es la mensajería que ha pasado?

—Umm, pues no.

—Pues ya te llegarán.

—¡Gracias!

Manuela colgó. Debía de tener prisa.

Llamé a Gonzalo, necesitaba saber sobre qué hora pasaba la mensajería por el pueblo.

—Y yo qué sé, Bella. No tengo ni idea, no sé a qué hora pasan por el pueblo.

—Pero ¿no eres el alcalde?

—¿Y eso qué tendrá que ver?

—Pues bien que sabías que os debía dinero.

—Mira, Bella, déjalo, que tengo cosas que hacer. Pregunta a Maricla, ella lo sabrá; siempre le llegan los productos de sus proveedores por paquetería.

—Ni muerta.

—Pues pregunta a algún vecino, yo qué sé.

—De verdad que así es imposible trabajar.

Qué poca organización había en ese pueblo...

La mujer entró en la tienda a por ellos.

—Pues mire, señora, aún no los tengo, porque llegan por DJV y todavía no han pasado.

—Uy, hija mía, esos no pasan hasta las tres de la tarde.

—¿En serio?

—Y tan en serio. A mí, cuando pido cosas por internet, me las traen después de comer.

—¿Y puede esperar?

—A ver, qué remedio. Llevamos esperando a que haya flores en el pueblo desde que cerraron tus abuelos, así que podré esperar a esta tarde. ¿A qué hora abres?

—¿A las cinco le va bien?

—Perfecto, hija. A las cinco estoy aquí.

Esa misma tarde regresó a la tienda, donde yo ya tenía dispuestas todas las flores que el mensajero de DJV, como había previsto la mujer, me había dejado a las tres de la tarde. Colocadas y, según mi intuición, listas para ver cómo se morían porque nadie las compraba.

A las 5:05 se abrió la puerta. La mujer llegó acompañada de sus amigas. A todas les había parecido buena idea comprar flores para el cementerio antes de ir a jugar al cinquillo al hogar del jubilado.

En mis planes de florista rural nunca había pensado en dedicarme a vender flores para los muertos, pero supongo que era parte del camino que tenía que andar para llegar a ser La Florista que había dibujado en mi mente, y supongo que mi madre en la suya.

Los días fueron transcurriendo, y fui cogiendo el truquillo a los del pueblo y sus pedidos para el cementerio, la iglesia, los cumpleaños e incluso un nacimiento que hubo.

La sensación era extraña, ya que el negocio empezaba a arrancar y eso me hacía estar ilusionada. Pero no se parecía en nada a lo que había imaginado.

Gonzalo y Valentina me estaban ayudando muchísimo con el huerto. Estábamos recuperando viejas plantas de rosales, bulbos que a pesar de no haber sido cuidados durante años seguían brotando, y quitando toda la broza y labrando el huerto. Era una labor titánica, pero merecía la pena cada minuto que invertíamos en ello. El huerto empezó a cambiar, a tener otro aire, a recuperar su esplendor a pesar de estar todavía en invierno.

Con la ayuda de Valentina habíamos conseguido hacer una lista de las semillas, bulbos y raíces que necesitábamos para al menos intentar recuperar todas las flores que mis abuelos tuvieron plantadas y que sabíamos que podían dar muy buen resultado. Bueno, todas menos unas: las peonías de mi abuela.

Ese fin de semana Inma, como era tradición ya, uno sí y uno no, vino a visitarme.

—Chica, le estoy cogiendo el gusto a esto del pueblo. Al final me vengo a vivir contigo. Aunque no me querrás como inquilina, seguro que prefieres a Gonzalo.

—Mira que dices tonterías, Inma. No paras.

—¿Qué es una tontería? ¿Lo de que me venga aquí contigo o que prefieres a Gonzalo de compañero de piso?

—Las dos.

—Sí, ya, no te lo crees ni tú.

—Ni tú. Ni loca te vendrías aquí.

—La verdad es que no. Por eso espero que te líes con Gonzalo de una vez para no tener que estar pendiente de ti.

—¡Tendrás morro! ¿Por eso vienes? ¿Porque te doy pena?

—Ya sabes que no, vengo porque me encanta vender claveles a las mujercillas del pueblo.

—Serás boba…

—Bueno, ¿y qué tal con Gonzalo?

—Igual. Y ahora, mientras cenamos, estate callada y no hagas ningún comentario sobre el tema, por favor, que Gonzalo te está cogiendo manía.

—Me callo, lo prometo.

Aún no habíamos entrado a casa de Valentina y Ramón cuando la buena de Inma le soltó la primera pulla a Gonzalo. La verdad es que habían congeniado muy bien. Inma, con su acento malagueño, resultaba muy simpática en el pueblo, y especialmente a la familia de Gonzalo. La veían como lo más parecido que yo tenía a una familia. Además, Valentina estuvo muchos años hablando con su madre para ver cómo estaba yo, y entre ellas, aunque de manera virtual, se había creado una bonita amistad. Valentina siempre insistía a mi amiga para que trajera a sus padres en la próxima vista, y ella trataba de excusarlos porque no había manera de sacarlos de Málaga.

La cena transcurrió entre risas y anécdotas de otras vidas: la que pasé junto a mis padres y la que pasé junto a Inma en Barcelona. Con treinta y cinco años ostentaba el récord de estar experimentado una tercera vida y siempre bromeaba con el tema. Aunque, en realidad, tenía la sensación de continuar una que nunca debió de truncarse.

—Bella, cuéntanos la historia de las peonías de tu abuela para que Gonzalo e Inma sepan por qué son tan importantes. —Valentina me guiñó el ojo.

—Esto me huele a encerrona… —dijo Gonzalo.

—No seas aguafiestas, Gonzalito, que te va a gustar la historia. Ya verás. Pues a ver, mi abuela siempre me contaba que cuando era niña era común desplazarse entre los pueblos cercanos de la zona. La mayoría estaban unidos prácticamente entre sí por bancales de huertos. Y era común que algunas familias tuvieran tierras de cultivo. Los veranos, muchas familias se desplazaban de un pueblo a otro con las mulillas para cosechar las tierras. Mi abuela, una niña entonces, tenía un cometido: llevar al mediodía la comida a sus padres y hermanos, que estaban arando. Se pegaba caminatas diarias de una y dos horas para poder llevar el almuerzo hasta el punto en el que estaban trabajando, así que se conocía el campo, el bosque y los senderos de la zona como la palma de su mano. Era capaz de moverse de un punto a otro sin ningún problema y sin miedo a perderse.

»Un año, para las fiestas de mayo, su madre le mandó ir al pueblo de al lado, necesitaba que llevara unas telas a sus tías. Mi abuela, ya de vuelta de hacer su encargo, enfadada porque iba a perderse la verbena de esa tarde, se separó del camino y decidió explorar. Al llegar a una vaguada, descubrió unas flores de color rosa fucsia que nunca había visto. Eran como pompones rebosantes de pétalos de un color tan intenso que brillaban bajo el sol. Tenían un tamaño tan grande que sus cabezas caían hacia abajo, ya que sus tallos no podían sujetarlas. Ella, ensimismada por tanta belleza, perdió la noción del tiempo y, cuando vio que empezaba a anochecer, cortó algunas de esas flores y emprendió el camino de regreso.

»Como tardaba más de lo previsto en llegar, sus padres alertaron a todos de que la niña no había vuelto. Los vecinos, nerviosos, salieron en su búsqueda. Ya de noche, apareció en el pueblo con las flores en las manos. Todos la miraban perplejos, porque no entendían de dónde podía haberlas sacado. Mi bisabuela la abrazó con fuerza y se quedó atónita ante tanta belleza. Puso las flores en un jarrón, y al día siguiente se las ofreció a la Virgen como agradecimiento por haberle devuelto a su niña sana y salva. Fue tal la expectación que crearon que los vecinos del pueblo decidieron que ese año esas flores serían las que engalanarían la imagen para la procesión.

»Todos querían saber de dónde las había sacado, pero ella nunca lo contó. Pasadas unas semanas, su hermano Juan la convenció para que le enseñara dónde crecían y ella accedió a mostrarle el lugar, pero cuando llegaron no había nada. Continuó yendo al sitio todo el verano, pero nunca más volvió a ver aquellas flores. Ella y prácticamente la mayoría del pueblo atribuyeron su aparición a un milagro de la Virgen.

»Ya de adulta, cuando vivía con mi abuelo y abrieron la tienda, un viajante les ofreció bulbos de tulipán, y ellos, que los habían visto en las revistas de la época, decidieron comprar algunos. No vendieron ni uno, así que antes de que se estropearan los plantaron en el huerto. En el mes de abril, los tulipanes florecieron, y todos los vecinos se acercaron hasta su huerto para ver aquellas flores tan bonitas que brotaban antes de que la primavera despertara.

»Al año siguiente, todo Maldito Pueblo compró tulipanes, y gracias a mis abuelos, durante dos o tres semanas, los huertos y jardines se llenaban de sus colores. Mi abuela comprendió entonces que aquellas flores tan bonitas que había encontrado gracias a la Virgen cuando era pequeña debían de ser parecidas a los tulipanes. Por eso, cuando quiso mostrar a su hermano Juan el lugar donde las había cogido ya no quedaba rastro de ellas.

»Ese año, una semana antes de las fiestas de mayo, mis abuelos madrugaron e hicieron siguieron el mismo camino que ella había recorrido de niña. Se salieron del sendero y se adentraron entre los árboles hasta llegar a la vaguada. Y allí estaban las flores, tan bonitas como mágicas, que ella vio de niña. Cortaron algunas y regresaron al pueblo. Mi abuela comenzó a leer manuales de botánica de la época buscando pistas sobre esas bellas flores hasta que un día que visitaron Soria, en la biblioteca municipal, encontró por fin cómo se llamaban: peonías.

»Entonces buscó toda la información que pudo sobre ellas, y ese invierno, de madrugada, acudieron de nuevo al lugar donde brotaban aquellas peonías. Excavó en el suelo y encontró las raíces que año tras año florecían llenando de color aquella parte del bosque. Recogió algunas y partió las más grandes. Bajaron al pueblo con seis o siete raíces y la felicidad del que lleva el mejor regalo de su vida. Mi abuela se había obsesionado con encontrar la manera de plantarlas en su huerto para después venderlas como flor cortada, pero hasta ese momento le había sido imposible. Ahora, con sus raíces en la mano, sabía que sería la mujer más afortunada del mundo porque podría disfrutar todos los meses de mayo de esa explosión de color.

»Y así fue, consiguió propagar las peonías y tener tal cantidad de plantas que todos los meses de mayo el huerto era una explosión de color. Venía gente de toda la comarca a su tienda para disfrutar de las peonías y comprar algún arreglo que poner en casa o en la iglesia.

»Eran el orgullo de mis abuelos y de mi madre.

»Mamá siempre me narraba esta historia cuando de niña le pedía que me contara un cuento.

—Y esto es lo que vamos a hacer nosotros este fin de semana —interrumpió Valentina.

—¿El qué? —preguntó Gonzalo.

—¿Quieres ir a la vaguada donde su abuela encontró las peonías? La historia, desde luego, es preciosa. Le encantaría a cualquier redacción de una revista.

—Eso es, Inma, veo que estás más despierta que Gonzalo. En lo de la revista no, en lo de recuperar las peonías.

—Hay cientos de vaguadas en estos montes, ni siquiera sabemos en qué orientación está o por dónde empezar a buscar. Tu abuela fue la única que las encontró de todo el pueblo, tenía que ser un punto recóndito.

—Bueno, mi abuela fue la única que pasó por allí mientras estaban en flor y las pudo ver. Eso no quiere decir que por esa zona no pase nunca nadie.

—Ya, pero ¿eso en qué nos ayuda? No nos sirve de referencia.

—Mi abuela volvía de Abejales, el pueblo de al lado, que está a 4 km de aquí. Eso quiere decir que tardaría una hora en ir y otra en volver. Una vez allí, no se demoraría mucho en emprender la vuelta. Pon que fueran dos horas y media efectivas de ruta. Si salió de casa por la tarde, cuando era la verbena, debería de haber estado de vuelta a las ocho, más o menos. En las fiestas de mayo anochece sobre las 9:30, así que, como mucho, tuvo que desviarse del sendero que va a Abejales unos cuarenta y cinco minutos para que en la hora y media que perdió tuviera tiempo de ir y venir.

—Buaaaaaaala, Bella, eres como un libro abierto. Tía, qué lista que eres.

Inma parecía completamente convencida según escuchaba mi explicación.

—No lo veo, es supercomplicado. El sendero de Abejales tiene 4 km de largo y, aunque demos por hecho que se desvió una hora del camino, no sabemos en qué momento lo hizo.

Gonzalo esa noche no estaba muy por la labor de dejarse llevar por otra de mis locuras.

—Gonzalo, necesitamos los mapas topográficos de la zona. Por favor.

Mi mirada parece que surtió efecto y asintió. Prometió hacerse con ellos al día siguiente.

Tras la cena, Inma y yo regresamos, como ya era costumbre, caminando hacia La Ferroviaria. Me resistía a instalarme en mi casa. Aunque Rubén no estaba siempre en el hostal, era mi amigo y me reconfortaba su presencia. Pensar en irme sola a esa casa tan inmensa me daba miedo.

—¿Has pensado en las posibilidades de explotar todo esto?

—¿A qué te refieres?

—Jolín, pues a la historia de tu abuela. ¿Has perdido tu olfato *marketiniano*? Me parece superinteresante para la revista en la que trabajas. Bueno, trabajabas.

—¿En serio? No es más que una historia de pueblo.

—No, tía, suena muy interesante. Yo creo que con esas flores puedes pegar el petardazo, incluso convertirte en tendencia y la reina de las redes.

—Anda, no digas tonterías.

—Tú piénsatelo, aún tienes tiempo hasta que florezcan.

—Eso si las encontramos.

—No me cabe duda, con la cabezota que tienes.

Cuando llegamos a La Ferroviaria le contamos a Rubén la «excursión» que teníamos previsto hacer. Le pareció una idea genial para escaquearse del bar ese fin de semana que estaba su hermana por el pueblo.

Capítulo 17

A la mañana siguiente Inma y yo bajamos a tomar café. Habíamos quedado en La Ferroviaria con Gonzalo para analizar juntos los mapas topográficos con el objetivo de buscar las posibles vaguadas donde mi abuela encontró las peonías. Rubén, desde detrás de la barra, nos increpó:

—Buenos días, dormilonas, como habéis tardado y he visto que no íbamos a acabar nunca, me he tomado la libertad de buscar ayuda. Así que he quedado con alguien que nos quiere ayudar.

—¿En serio? Esto es secreto, no se puede enterar nadie. ¿Por qué lo vas diciendo por ahí?

Mi enfado era evidente, pero él no se achantó en absoluto, lo que me pareció increíble.

—Si la he invitado es porque estoy seguro de que te va a guardar el secreto y de que no te importa que sepa el secreto.

—Vamos a ver, Rubén. No sé quién será, pero a las únicas personas que les confiaría este secreto sois tú, Inma, Gonzalo y a sus padres.

—¿Segura?

—SEGURÍSIMA.

—Vale, entonces voy a llamar a Alejandra y le voy a decir que no venga, que no pierda el tiempo.

—¿Alejandra está aquí? ¿Dónde?

—Ahora no te lo digo. Por chula.

—Ayyy, Rubén, no digas tonterías. ¿Dónde está?

La puerta de La Ferroviaria se abrió y entró Alejandra con Gonzalo. Sabía que entre ellos había continuado la amistad y tenían mucha relación, pero Alejandra, debido a su trabajo, venía poco por el pueblo.

Cuando la vi, me di cuenta de que la hubiera reconocido en cualquier lugar del planeta. Seguía teniendo esos bonitos ojos, esos labios gruesos, esa naricita respingona con su pendiente en la nariz. Su preciosa melena, recogida en una coleta alta y su sonrisa eterna.

Desde que había llegado a Maldito Pueblo, la buscaba en cualquier cliente que entrara en la tienda o entre las caras de la gente que me cruzara por la calle de más o menos su edad, pero no había tenido suerte. Sin embargo, tenía miedo de no haberla reconocido, y que ella no hubiera querido reconocerme a mí porque aún estuviera dolida por mi marcha y no haber querido saber nunca más de ella.

He de decir que cuando la vi con Gonzalo sentí algo de celos. Eran la pareja perfecta; no podía ser más guapo ninguno de los dos.

Alejandra seguía siendo el ciclón que era de niña: según me vio, corrió y se abalanzo sobre mí.

—¡¡¡Qué alegría verte!!! Me habían contado que habías vuelto, pero quería verlo con mis propios ojos. ¿Cómo estás, Bella? ¡Qué alegría tan grande!

Nos fundimos en un abrazo eterno al que yo no sabía qué responder. Me había quedado muda; una vez más, sin saber cómo afrontar la situación, ni verbalizar lo que sentía.

—Suéltala, que los demás también queremos saludarla.

Rubén me salvó y consiguió que me separa de Alejandra.

—Bueno, Bella, espero que no te importe que esté aquí.

—Me encanta que estés aquí.

—¿Lo ves, plasta? Que eres una plasta.

Rubén se sentía tan orgulloso como herido por el hecho de que hubiera dudado de él.

—Jo, no puedo creerlo. Ha pasado tanto tiempo… Lo siento, yo…, cuando me fui…

—Chsssssst, calla, ¿te acuerdas de cuando eras niñas y te marchabas? Estábamos todo el año sin hablarnos. Como mucho, nos mandándonos cartas hasta Navidad. Luego nos olvidábamos, y cuando llegabas con tu madre en junio, en el tren, no pasaba nada. Yo te iba a buscar y seguíamos siendo tan amigas. ¿Lo recuerdas?

Por supuesto, como si hubiera sido ayer mismo. A la vuelta de las vacaciones, el primer día que estaba en Barcelona, lo primero que hacía era escribirle una carta a Alejandra. Decoraba el sobre a conciencia, con frases tipo «Corre, corre, cartero, que es para la amiga que más quiero». Cada día, cuando regresaba del cole, iba como loca al buzón a esperar la carta de Alejandra. Siempre intercambiábamos dos o tres. Después, ambas perdíamos la ilusión, y nuestra vida escolar hacía que olvidáramos la estival. Recuerdo que me moría de envidia porque Alejandra se quedaba en el pueblo y seguía viendo a Gonzalo y al resto de los del grupo. Se supone que los afortunados éramos los que nos marchábamos y podíamos salir del pueblo. Pero los verdaderamente afortunados eran ellos, cuya infancia era una aventura continua con amistades de verdad. Estoy segura de que ninguno de ellos lo valoraba, y todos se morían de envidia imaginándonos en nuestras ciudades, rodeados de gente y yendo a mil sitios interesantes (a los que en raras ocasiones íbamos, pero sí, nosotros al menos teníamos la opción de ir).

—Me acuerdo —dije con una lágrima en los ojos.

—Entonces hagamos como que no ha pasado una vida, hagamos como si hubiera pasado un curso escolar.

Sonreí y me emocioné.

Alejandra sonrió, y detrás de esa mujer hermosa volví a ver a mi amiga de la infancia, la que me quitaba las penas y me llenaba de vida.

Siempre había pensado que no me quedaba nada; que estaba sola. Pero me quedaba todo, una vida, un sitio, un lugar al que pertenecía. Y le había dado la espalda.

Alejandra seguía siendo la misma. La misma en todo, aunque era inevitable ver el paso del tiempo por su rostro, como por el de todos. Se parecía mucho a su madre. Tenía un no sé qué, ese no sé qué que tienen algunas personas, y no puedes evitar que te atraigan. No me refiero a lo físico, sino al conjunto. Hay personas que las ves y brillan, porque tienen un carácter especial, una manera de relacionarse y de ser, que hacen que te gusten y te sientas bien a su lado. Era curioso porque solo me había pasado con dos personas. Solo había visto ese no sé qué en Gonzalo y Alejandra.

En los últimos años, me había planteado que quizás era debido a la edad con la que los había conocido. Desde que dejé el pueblo no volví a conocer a nadie así. Al coincidir con mi época adulta, pensé que quizás era porque había dejado de creer en las personas y en su magia. Que, en realidad, no existía nadie especial, y que eso debía de ser cosa de cuando eres niña. Inma era un pilar indispensable en mi vida, pero ella tampoco tenía esa magia que desprendían Gonzalo y Alejandra. A mí no me importaba porque para mí era perfecta.

Pero cuando volví a encontrarme con Gonzalo después de tanto tiempo noté ese no sé qué en él. Es un conjunto de carácter, físico, gestos, manera de moverse…, y sabes que los otros también lo aprecian. Cuando se presentó para alcalde, ganó por aplastante mayoría, y la gente en el pueblo le adoraba. Su puesto de trabajo, el cual yo a menudo ridiculizaba, era superimportante. Y, sin embargo, era la persona más sencilla y honesta que te podías echar a la cara. La única persona que, por lo que pude deducir, había dejado de creer en su magia era su exmujer, por suerte para mí. Pero, claro, tampoco sabemos la magia que tenía el profe de pádel... Habría que verla.

Con Alejandra sentí lo mismo. Es de esas personas que entran en los sitios y todos las miran con una mezcla de cariño y admiración. Además, era médico y había salvado de algún embrollo a más de un vecino. Pero el cariño que le tenían ya le venía de niña.

Me alegró descubrir que aún existen personas con magia y con un no sé qué. Mi duda ahora era si solo existían en los pueblos o es que en Barcelona me había rodeado de la gente equivocada. Probablemente, era la segunda opción.

Dos cafés más, y muchas conversaciones y risas después, nos habíamos puesto al día sobre la vida de los allí presentes y de todo lo que habían hecho Gonzalo, Alejandra y Rubén en Maldito Pueblo desde que yo me había marchado. Inma flipaba por que no hubiera querido venir, y se planteaba cómo podía tener más acción un pueblo de Soria de 1.000 habitantes que la propia Costa del Sol, que es donde ella veraneaba.

—Ya, pero allí hay playa, y aquí no hay de nada. Mira cómo son los inviernos —le decía Alejandra. La buena de Alejandra siempre intentando hacer sentir bien a los demás y hacer de menos lo suyo.

Gonzalo cortó la conversación:

—Bueno, equipo explorador, vamos a hacer lo que hemos venido a hacer, que me habéis hecho buscar todos los mapas topográficos de la zona y son para usarlos.

Entre todos extendimos los mapas en las mesas del restaurante de Rubén, que a esas horas aún permanecía tranquilo. Marcamos el sendero hasta Abejales, calculamos la distancia que se podía recorrer a pie en una hora y delimitamos la zona. Una vez hecho esto, por las líneas topográficas fuimos localizando todas las vaguadas y numerándolas.

Nos salían treinta y siete. Eran muchas, pero seguro que entre todos las visitaríamos. Hicimos grupos de dos y nos las repartimos por zonas.

Inma se puso con Valentina en la más cercana al pueblo, que tampoco tenían ganas de mucha acción.

Alejandra y Rubén eligieron la zona intermedia.

Y a mí pues me tocó con Gonzalo. No lo hice aposta, de verdad. Todos eligieron antes que nosotros y nos dejaron solos.

Emprendimos la marcha hasta la zona más lejana. Todos a pie, separándonos en el punto del camino de Abejales en el que comenzaba nuestra ruta para ir en busca de las peonías.

—Gonzalo, ¿sabes una cosa?

—Dime.

—¿Sabes que, aunque viviera mil vidas, no tendría días suficientes para agradeceros todo lo que hacéis por mí? Nunca nadie había hecho nada desinteresadamente por mí. Salvo Inma y su familia.

—Siento que digas eso.

—¿Por qué?

—Porque entonces es que en todo este tiempo solo has tenido un amigo de verdad, que es Inma.

—¿Crees eso?

—Sí.

—¿Y tú lo haces porque eres mi amigo?

Me miró y me sonrió.

Yo esperaba expectante su respuesta. Era fácil decirme que sí, pero mi corazón albergaba la esperanza de que me dijera algo así como «sí, pero me gustaría ser algo más».

No me podía creer lo que sentía. Y lo peor de todo es que era incapaz de pararlo.

Yo, la Gran Bella, que había roto más corazones que amantes había tenido, estaba entregada completamente a una persona que ni siquiera sabía si me correspondía. Me estaba volviendo rematadamente loca.

Sus palabras sobre la amistad me hicieron reflexionar; quizás no es que yo no hubiera tenido más amigos que Inma, sino que yo tampoco había querido acercarme o abrirme a nadie más. Siempre había mantenido una barrera. Una barrera que, en Maldito Pueblo, se había venido abajo, como un castillo de naipes, y ahora mi corazón sentía lo que es el amor por primera vez. Estaba estrenando un montón de sentimientos. Cuando me encontré a Gonzalo y a su madre, con solo unos minutos de su presencia mi gran escudo personal había desaparecido. Pum, volatilizado, y ahí estaba yo, vulnerable y loca a partes iguales, intentando encontrar mi sitio.

En el momento en que Gonzalo y su padre pusieron los tablones en las ventanas y las puertas de la casa de mis abuelos, mi corazón se oscureció, y el día que Gonzalo y yo los quitamos a mi regreso, volvió a iluminarse todo, en mi casa y en mi corazón.

—Mira, por allí tenemos que desviarnos hacia la zona de la vaguada que tenemos marcada. —Gonzalo señaló hacia unos árboles.

Pero ¿por qué no había respondido? Era obvio que era su amiga, en la conversación ya lo daba a entender, pero el no haber respondido... ¿Por qué era? Porque realmente me quería como yo a él o porque realmente nos estábamos pasando de largo del punto marcado en el mapa.

No podía creerme que le diera vueltas a esas cosas; me sentía tan estúpida como cuando tenía quince años.

—Bella..., una cosa. Espera, por favor. Quieta ahí.

—Dime, Gonzalo. —El corazón a mil por hora. Yo quieta como una estatua. Esperando un beso de amor.

—Eso de ahí que estás pisando…, quita el pie despacio.

Mi gozo en un pozo o mi pie en un matojo. Como lo quieras llamar.

Quité el pie despacio.

—Es que son bulbos. Pero no, no son peonías. Son narcisos silvestres. Nada, ten cuidado de no pisarlos y, sobre todo, lleva cuidado de por dónde pisas.

Mi cerebro cortocircuitó y lo reinicié en modo flores. O me centraba o lo único que iba a hacer esa tarde era el ridículo.

—De todas maneras, Rubén también es importante para ti, ¿no? Me imagino que también estará haciendo cosas por ti. Si estáis juntos, qué menos.

—¿Cómo? ¿Rubén y yo? ¡Qué va! Para nada. ¿Por qué dices eso? ¿En serio piensas que estoy con Rubén? ¡Ni de coña!

—Vale, vale, que a mí no me tienes que dar explicaciones. Pensaba que estabais juntos, sin más.

Sonó el móvil. Era Inma. Me fastidió la llamada, quería hablar este tema con Gonzalo y dejarle claro que no teníamos nada Rubén y yo. Pero Gonzalo, que estaba entregado a la causa de encontrar las peonías como si fueran un verdadero tesoro y realmente el único motivo por el que estaba allí, me apremió a responder por si habían tenido suerte.

—¿Qué pasa, Inma?

—Madre mía, madre mía, estoy en *shock*.

—¿Has visto un oso?

—Tía, ¿aquí hay osos? ¿Y por qué no avisas? Madre mía, no me digas eso que yo…

—Inma —la interrumpí—, céntrate, para. No, no hay osos en Soria.

—Ah, vale, genial, porque Valentina dice que ha encontrado las peonías. Yo solo veo hojas, lo distingo de una lechuga, por ejemplo, pero realmente no sabría haber distin…

—Inma, para, por favor. Céntrate. ¿De verdad las habéis encontrado?

—Sí, Valentina dice que sí. Pero ¿no tienen flores, eh? Te lo advierto.

—Claro, es que florecen en mayo. Ahora solo estará la planta.

—Pues, hija, eso se avisa, porque me imagino a Rubén y a Alejandra buscando pompones rosas como yo y sin encontrar nada…

—¿Dónde estáis?

—Os paso a Valentina.

Valentina confirmó el hallazgo y le indicó la situación a Gonzalo.

Avisamos a Rubén y Alejandra, que efectivamente andaban buscando pompones rosas. Quedamos en recogerlos en un punto y en ir a donde estaban Valentina e Inma. Estaba muy nerviosa. Habíamos encontrado las peonías de mi abuela. Pero ahora no sabía qué iba a hacer…, porque mi instinto me decía que no se podrían coger.

Y mi instinto no falló. En cuanto llegamos al lugar, pude comprobar que aquello no iba a ser fácil.

—¿Y por qué sabéis que son peonías? Yo estaba buscando pompones fucsias y aquí lo único que veo son unas matas que parecen malas hierbas.

—Qué exagerado eres, Rubén. Son peonías, pero aún no han dado flor, y no parecen malas hierbas.

—Por mí las piso y nos vamos a casa.

—¡Noooooo! ¡Ni se te ocurra!

—Pero a ver, Gonzalo, ¿te crees que soy tonto?, que no las voy a pisar.

Inma empezó a reírse de manera descontrolada. No sé qué le dio, pero no podía parar, y Alejandra de verla, tampoco. Hasta que Valentina y Rubén empezaron a reírse también.

Gonzalo rompió el encanto.

—¿Se puede saber qué pasa, Inma?

—Nada, que ha sido gracioso lo de Rubén, y que tú te lo creyeras y… —Siguió riendo.

—Madre mía, cómo estáis —dijo Valentina.

Me había fijado ya en algún detalle de Inma, en el que se la veía embobada con Rubén. Y era muy curioso, porque eran como el agua y el aceite. Inma trataba a Rubén como un paleto. De hecho, le llamaba el tabernero. Y Rubén a ella, como a una pija descerebrada. Me daba miedo lo que pudiera surgir de ahí.

—Vale, vamos a lo que hemos venido, que al final se nos hace de noche.

Gonzalo volvió a poner orden. Ahí estaba, mi guardián favorito del bosque, tomando los mandos de la nave antes de que nos estrelláramos y pisáramos todas las peonías, que ni siquiera todavía estaban en flor.

—Delimitamos la zona y la dibujamos en el mapa. Necesito fotos desde todos los ángulos, y hay que medir la superficie del terreno ocupado por las peonías. También quiero que fotografiemos y midamos un par de plantas y que hagamos una descripción lo más concisa.

—Pero ¿qué dices? Que parece que hemos venido al levantamiento de un cadáver y somos de la científica.

Inma no paraba de vacilar al pobre Gonzalo. Y Rubén, de seguirle el juego.

—Este ha visto más películas desde que se separó… Se ha tragado todas las series de crímenes de los canales que solo ven los que están todo el día en casa sin hacer nada.

Inma y Rubén no paraban de decir tonterías y reírse entre ellos. A mí, la verdad que me divertían, pero hacía lo imposible por no reírme, ya que la cara de Gonzalo era de todo menos de que le estuviera haciendo gracia.

—No puedes ir por el monte arrancando flores, está penado por la ley, y más estas peonías que ni siquiera están catalogadas como flora de esta zona.

—¿En serio? ¿Y ahora qué hago? Yo quería las peonías para mi huerto. Mi intención no era contribuir con la flora y la fauna de Castilla y León.

—Tranquila, informaremos de que las hemos encontrado y buscaremos la manera de que nos permitan recolectar las necesarias para poder plantarlas en tu huerto.

—Ay, Gonzalo, hijo, qué aguafiestas eres. Cogemos unas pocas, nos las llevamos y decimos que ya estaban en el huerto.

—Mamá, por favor, vamos a hacer las cosas bien, que luego vienen los disgustos.

—Esto me parece surrealista. ¿En serio? Que estamos recogiendo flores en Soria, no estupefacientes en una playa al amanecer. ¿De verdad hace falta tanta tontería?

—Sí, Inma, y no son tonterías. ¿Me vais a ayudar o vais a estar todo el rato protestando?

Y ayudamos, claro que ayudamos; no podíamos contradecir al guardián del bosque.

Capítulo 18

Esa noche, en la cama, me sentía inmensamente feliz, y no solo por haber descubierto las peonías de mi abuela, ahora todavía la sentía más cerca, sino por reencontrarme con Alejandra. Mi vida se iba recomponiendo. Un accidente hizo que perdiera a las personas más importantes, pero había sido mi egoísmo el que me había llevado a alejarme de aquellos que podrían haberme ayudado. Tenía derecho a estar enfadada con el resto del mundo y a no querer saber nada de nadie después del fatal desenlace de mi familia. Pero una vez superado el duelo, que realmente tenía dudas de haberlo logrado, podría haberme preocupado por volver al pueblo, porque sin duda aquí estaba mi sitio. No tenía claro si iba a estar toda la vida en él, no porque no quisiera, sino por si económicamente iba a poder permitírmelo o no, y tendría que volver en algún momento a Barcelona. Pero lo que sí tenía claro es que, diera las vueltas que diera la vida, aquí estaba mi sitio.

Así que esa noche, sin ningún miedo, y con la tranquilidad que otorga el saber que estás haciendo lo correcto, tomé la decisión de dar un paso más en «Ya no Maldito Pueblo» y trasladarme a la que fue la casa de mis abuelos. En apenas una semana tenía la mudanza hecha. Fue muy duro volver, volver sin ellos, sin la sintonía de la televisión de fondo o el olor de los guisos de mi abuela. Cuando hacía tortilla de patata, con lo que sobraba, a la mañana siguiente hacía un guiso con champiñones que inundaba con un olor inconfundible la casa. Si la tortilla para cenar había estado buena, guisada al día siguiente en su cazuela de barro estaba espectacular. Podía sentir en mis fosas nasales ese olor tan característico de la casa cuando estaba llena de vida.

Yo no tenía intención de cocinar mucho, más allá de las cuatro cosas que sabía hacer, así que con una freidora de aire que había comprado hacía unas semanas y unos cuantos botes de especias estaba lista para hacer «mis guisos».

Poco más cambié de aquella casa. Me quedé la habitación en la que dormía cuando era pequeña, sustituí algunos muebles por otros más prácticos de la marca escandinava y actualicé la cama con unos nórdicos y sábanas.

En el salón, la tele seguía funcionando, pero era impensable poder ver los canales de pago a los que toda España habíamos sucumbido, así que fue otro de los cambios que hice: la tele y unas fundas para el sofá. Para darle más vida a la casa, si es que se podía después de tanta desgracia, coloqué unas plantas en el salón que yo misma había traído a la floristería para vender a mis queridos vecinos y que poco a poco (muy poco) se iban vendiendo.

—Ahí las plantas se van a morir. No puedes poner una planta tan cerca de la chimenea, y a esa en ese sitio, no le da la luz.

No tuve pruebas, pero tampoco dudas, de que mi madre hablaba en boca de Valentina.

—Qué susto, me habías parecido mi madre con esa frase. Solo te ha faltado decir que recogiera los zapatos que he dejado tirados en la entrada.

—Está vez te los he recogido yo, pero a la siguiente no dudes que te lo diré. Está Gonzalo fuera con todo lo que te faltaba traer de

La Ferroviaria y con comida que te he traído en túperes para la nevera. A ver si empiezas a comer bien, que entre la máquina esa de aire y que llevas semanas en un hostal no comes nada sano.

«Sano» eran un montón de guisos con mucha salsa que Valentina había decidido que necesitaba.

Dejé uno fuera y los demás los congelé. Mi cuerpo hubiera sido incapaz de digerir tanta «comida sana» en unos días. Busqué si había uno de tortilla guisada, pero se ve que esa magia de hacer tortilla con champiñones solo la sabía hacer mi abuela.

Cuando Gonzalo y Valentina se marcharon, me quedé con el corazón partido. No porque no fuera a ver a Gonzalo, sino porque ahora sabía lo que era la soledad. La auténtica soledad es lo que se siente cuando la gente que te alimenta el alma no está presente. Y no se cura por rodearte de más gente. Esa soledad se cura cuando te rodeas de los que de verdad te quieren.

Cuando me quedaba en Barcelona sola en casa porque Inma estaba fuera, siempre encontraba algún plan alternativo que hacer con mucha gente. Pero esos días había aprendido que estar acompañada no significaba no estar sola. Si ahora me hubiera teletransportado a Barcelona, y me hubiera rodeado de esa misma gente, me habría sentido igual de sola. Porque un hueco de mi corazón lo habían ocupado mis antiguos amigos del pueblo, o mejor dicho, mi nueva familia. Y cuando ellos se marchaban lo que yo sentía era soledad. No estaba del todo mal, porque esa soledad le recordaba a mi maltrecho corazón que también tenía un motivo para levantarme al día siguiente. Y era estar de nuevo con ellos.

Salí al jardín y sola, bajo la luz de la luna, paseé por los huertos. Ahí aprendí lo que era la tranquilidad. Poder estar sola, sin compañía, en medio de la oscuridad y no sentir miedo. Eso debía de ser la sensación más parecida a vivir en paz del planeta.

Capítulo 19

Los días en el pueblo cada vez eran más largos. La Tierra, con sus vueltas alrededor del Sol, nos recordaba que estábamos próximos al estallido de la primavera, y el campo se preparaba para recibirla. Las jornadas en la tienda cada vez se me hacían más amenas, y, aunque no tenía una clientela lo que se dice para tirar cohetes, las facturas se iban pagando, y yo iba sacando un saldo positivo al cerrar.

Esa mañana, después de hacer un ramo a una cliente utilizando algunos de los tulipanes del huerto, por lo que no podía estar más feliz, entró Gonzalo a poner mi día patas arriba.

—¿En serio quieres que vaya al cumple de Nico? ¿Y yo ahí qué pinto?

—Pues que eres una amiga de su padre, y a su padre le apetece que estés y a Nico, también.

—A Nico le apetecerá que estén los Fruittis o algo así, pero no creo que le haga especial ilusión que vaya yo.

—¿Qué dices de Fruittis? —Gonzalo rio a carcajadas.

Recuerdo desbloqueado. Nico no sabe ni que existen.

—¿Lo ves? No pinto nada, no me gustan los niños, no entiendo

165

de niños, y que yo vaya a ese cumpleaños para Nico debe de ser lo más parecido a que vaya un marciano.

—Un marciano le haría ilusión.

—Ah, ¿un marciano sí y los Fruittis no? Fantástico.

Gonzalo no podía parar de reír.

—Mira, Bella, no te preocupes, si a Nico le gustas tanto como a mí, estará encantado de que vayas.

KO técnico. Me había dejado sin palabras. ¿Qué significa eso de que si a Nico le gusto tanto como a él? No fui capaz de preguntar, o no quise; en esos momentos tenía la cabeza en ebullición.

Gonzalo había traído el permiso de la Junta para poder coger bulbos de las peonías y trasladarlos al jardín de mis abuelos. Dijo que habría que esperar al invierno, a que la parte aérea desapareciera para no dañar el bulbo, pero que, cuando florecieran, en apenas unas semanas, podríamos cortar algunas y enseñárselas a todo el mundo. Al no estar registradas, había que esperar a ver a qué especie y género pertenecían para catalogarlas e incluso nombrarlas.

Lo de presentarlas me había dejado descolocada por todo lo que podía implicar. Si hablaba con la redacción de la revista en la que había trabajado en Barcelona, seguro que podíamos crear algún artículo interesante y salir en los medios a nivel nacional. Eso sería el empujón definitivo para Bella Flor y para mi vida de florista en Ya no Maldito Pueblo.

—Ahora solo hay que esperar a que la primavera venga bien, y que la planta prospere y florezca. Si la historia que nos contó tu abuela no está equivocada, para la feria de las flores de mayo tendremos peonías.

—¿Cómo que si la primavera viene bien? ¿Cómo viene una primavera mal? Pero ¿qué estás diciendo, Gonzalo?

—Puede haber una gran helada que estropee las plantas, y que estas no florezcan. O, si el invierno no ha sido muy duro, quizás los bulbos no estén tan fuertes como nos interesaría y no florezcan en condiciones. Son plantas, la naturaleza es impredecible.

—Pero ¿qué estás diciendo, Gonzalo? ¡Cómo va a helar en abril, y cómo que el invierno no ha sido duro, si casi morimos congelados!

—Tranquila, no tiene por qué pasar, pero a veces en Soria ha nevado hasta en el mes de mayo.

Suspiré, un suspiro de esos de amargura. De sentirte idiota, porque todo tu porvenir depende de los caprichos de la naturaleza. De algo que no entendía, pero que, sobre todo, no podía controlar yo, que me gustaba controlar hasta el último detalle de mi mísera existencia.

—Y hay otra cosa que quería comentarte y que deberíamos de darle una vuelta… No es por agobiarte, pero me da miedo que los animales se coman las peonías y…

—Pero ¿¿¿qué animales??? ¿Las ardillas? ¡Pues les echamos pienso o cacahuetes o qué sé yo!

—Qué ardillas, si aquí no hay. Me refiero a los ciervos y los corzos.

—Madre mía, pero ¿que aquí hay de eso? Pero ¿esto qué es, un zoológico? ¿Y qué hacemos, los exterminamos?

—Deja de decir tonterías, anda. Hay que ir a la ferretería, comprar malla y hacer un cercado en la zona de las peonías. No creo que las toquen, pero por prevenir no pasa nada. Y coge unas cuantas garrafas de agua mineral.

—¿Les vamos a dar de beber a los corzos también? Madre mía, ni a Copito de Nieve lo teníamos tan cuidado.

—Es para asustarlos: si pones garrafas de agua vacías en la valla, se asustan y no se acercan.

—Y eso lo has leído en…

—Eso lo sabe todo el mundo en los pueblos. La sabiduría está en lo que cuentan los que han vivido una vida antes que tú.

Tres horas después, paseaba por el pueblo con una carretilla con ocho garrafas de agua, una valla a prueba de corzos y una mochila Pokémon para el cumpleaños de Nico.

Con mi buena fortuna, me encontré a Mariela.

—¿Qué? ¿Ya te has hartado de la vida del pueblo y te vas a vivir a mitad del monte? Pues atención, *spoiler*, las bolas de Pokémon no sirven con los zorros.

—¡Qué zorros!, pero ¡qué dices! Aquí hay corzos y ciervos. Ardillas, no, y zorros, no me consta.

—De verdad que no te entiendo. Si necesitas ayuda, o estás sola, o tienes miedo en la casa de tus abuelos, que no me extraña, allí sola en mitad de la nada… Sea lo que sea que necesites, puedes contar conmigo o buscarte un buen psicólogo.

Juro que lo intenté, que lo intenté mucho y muy fuerte, pero no puede evitarlo. Levanté mi mano, a modo de cuaderno, y con la otra mano simulé tener un lápiz y escribir sobre el cuaderno.

—Voy a apuntarlo en mi lista imaginaria de cosas que me dan igual.

—Estás fatal, de verdad. Suerte, porque la vas a necesitar, bonita.

Odiaba el tono de condescendencia de algunas personas en el pueblo. De creerse mejor que yo porque siempre habían vivido allí. Y que daban por hecho que no iba a aguantar ni un invierno, que me hartaría porque no sabría adaptarme y me marcharía.

A mis abuelos y a mis padres también los había oído hablar así de los forasteros, pero es verdad que, cuando venía alguien, como unos vecinos del pueblo de al lado, y abrieron aquí una carnicería, nadie apostaba por ellos y ahora llevan ya más de veinticinco años aquí trabajando. En el momento en que se asentaban, la mayoría dejaba de cuestionarlos. Pero conmigo estaba segura de que había una porra y que hasta el bueno de Gonzalito había apostado. Tenía que preguntarle a ver qué había puesto.

Esa misma tarde instalamos la valla en la zona en que Valentina e Inma habían encontrado las peonías y en otras dos que Gonzalo había localizado, más pequeñas que la primera, pero en la misma área. Pusimos las botellas a modo de espantapájaros, bueno, espantaciervos, pero a mí no me convencían en absoluto. Aquello me parecía más un reclamo para los paseantes del tipo: «Ehhh, aquí hay peonías y las podéis coger y fastidiar el sueño de toda la familia De la Fuente». Este plan me daba la sensación de que tenía las mismas fisuras que poner tablones en la casa de mis abuelos para que no entrara nadie. En Barcelona, hubiera sido una invitación a entrar porque la casa estaba vacía.

—Nadie va a venir a coger las peonías. Está vallado, y además he puesto estos carteles de la Junta donde se indica que es una zona en estudio de la flora y que está prohibido acceder.

—Mariela me ha visto con la valla, las garrafas y la mochila Pokémon. Si pasa por aquí, sabrá que esto es nuestro y seguro que lo pisotea.

—¿Qué mochila Pokémon?

—Da igual, no quieras saberlo. ¿Qué estás haciendo?

—Nos vamos, nosotros y las garrafas.

—Pero ¿y los corzos?

—Me da más miedo tu amiga Mariela que los corzos. No sé qué le habrás hecho, pero me ha llamado mi madre para decirme que estaba en el bar de Rubén poniéndote de vuelta y media.

—No le he hecho nada.

—Ya, bueno, por si acaso. Me parece a mí que tu historia con ella no va a acabar bien, y no quiero que las damnificadas sean las peonías.

Brutal. Llevaba solo unos meses viviendo en el pueblo y ya tenía mi primera enemiga. Desde que había llegado no paraba de vivir novedades. Me hizo gracia, porque me dio igual. En mi anterior vida, la de Barcelona, siempre procuraba caer bien a todo el mundo y llevaba fatal las críticas. No soportaba que a alguien no le gustara mi trabajo, mi forma de ser o de vestir y me afectaban mucho los comentarios negativos. En cambio, con Mariela me hacían mucha gracia. No sabía muy bien por qué; quizás fuera porque la época de mi vida en la que más vulnerable y perdida me sentía era en la que más segura de mí misma me creía.

Capítulo 20

Y el cumple de Nico llegó. Y junto a Valentina fuimos a casa de Gonzalo. No había estado nunca allí, siempre que nos reuníamos lo hacíamos en la de sus padres, o cuando quedábamos lo hacíamos en la mía, mejor dicho, en mi jardín rodeado de sus adorables planteros o en algún lugar del pueblo.

La decoración estaba igual que cuando su mujer vivía allí, era evidente. Gonzalo no había cambiado nada. Era una casa grande, adosada a otra. La fachada principal tenía la puerta de entrada y un garaje. En la planta de abajo estaban el salón, un baño y la cocina. Detrás de la puerta de acceso a esta última todavía colgaban dos delantales que tenían bordados: «A la mejor mamá del mundo» y «Mi papá es el mejor cocinero».

Gonzalo me sorprendió mientras analizaba todo.

—Tengo que deshacerme de algunas cosas… Oficialmente ya es mi casa. Le he comprado a Eva su parte y ahora ya soy el propietario.

—¿Y quieres cambiar las cosas?, ¿no están bien así?

La verdad es que no tenía ni idea de qué se dice en estos casos, y estaba un poco ruborizada, porque era evidente que Gonzalo me había descubierto examinando su casa con una confianza que no me correspondía.

—Hay muchos recuerdos de otra vida, que supongo que no me benefician. No se puede vivir anclado en el pasado. Ahora es mi casa, y la de Nico los fines de semana. Antes era la de mi familia…

Lo dijo con un tono tan nostálgico que no supe qué responder. Me había vuelta una experta en la venta de ramos de flores y en hacer surcos en el huerto, pero mis dotes sociales dejaban mucho que desear.

—Vamos fuera, que ya están todos —dijo Gonzalo.

¡Y vaya si estaban todos!

Podría asegurar que allí había más gente que la que habría en el pregón de las fiestas de la primavera, que este año caía en miércoles.

A todos los niños de la clase de Nico había que añadir los «amiguitos del parque», los «hijos de los amiguitos de Gonzalo del pueblo» y lo que era peor…: sus padres.

Los niños, asilvestrados, corrían y saltaban por el jardín de la parte trasera a la vez que sacaban del garaje todo lo que les parecía interesante para poder jugar. Balones, patines, la bici, raquetas… He de confesar que me dio una angustia increíble y recordé la promesa que había hecho en Barcelona en multitud de ocasiones, cuando salía con mi grupo de allí, bebíamos algo de más y al brindar decíamos: «Por una vida sin hijos ni complicaciones». Desde que había regresado al pueblo, me había acordado en alguna ocasión de esos brindis de mujeres de acero invencibles, y me había sentido ridícula. Pero, en esos momentos, me dieron ganas de coger una copa de vino y buscar a alguien con quien volver a beber por una vida sin hijos. Lancé una visual en búsqueda de una mujer dispuesta a brindar conmigo, pero me resultó imposible. Allí solo había madres sentadas comentando hazañas de sus retoños o padres de pie, cerveza en mano, hablando de sus logros en el pádel o haciéndose chistes casposos unos a otros sobre el físico para sentirse un poco mejor que los de alrededor. Localicé a una niña de unos dieciséis años, pero no me pareció buena idea darle una copa de vino, y tampoco creo que entendiera lo de «por una vida sin hijos».

La tarde discurrió con normalidad, mientras la gente se me iba acercando, formulándome preguntas sobre mi nueva vida pueblerina, o directamente preguntándome sobre si tenía cualquier variedad de planta en la tienda o si la iba a traer. También aprendí lo bonitas que tenían determinadas plantas en su casa y lo que les hacían para que estuvieran así de bonitas. Lo que no entendía muy bien es cómo acto seguido me preguntaban qué podían hacerle a otra que se estaba estropeando. Ya agotada mentalmente, a la abuela del mejor amigo de Nico le dije que por qué no la ponía junto a la otra planta que ella me había contado hacía un rato que tenía tan bonita en la galería. Me miró con cara de circunstancias y dijo:

—Si quisiera tenerla ahí, ya la habría puesto. Quiero mantenerla en el salón.

—Pues tiene que decidir si la quiere viva en la galería o muerta en el salón.

Y me bebí de un trago el refresco que llevaba en la mano, como si se tratase de un tequila de los que tomaba con Inma cuando había que olvidar.

No os imagináis lo que cuesta ser florista (afirmación esta que supongo extensible a cualquier profesional) cuando la gente te hace preguntas aleatorias sobre qué o cómo cuidar una planta que no ves, no tocas y cuyo historial de vida sufrido hasta llegar a esa situación desconoces. Dar consejos genéricos es lo único que podemos hacer. Pero a la inmensa mayoría no le sirven y quieren sacar más chicha. No es que nos guardemos el secreto profesional. Es que normalmente no tenemos poderes para ver la planta.

Tras muchos consejos de la Doctora Plantas y varios encargos, que se me estaba haciendo un mundo recordar, llegó el ansiado momento de la tarta. De pronto se hizo el silencio. Todos los niños dejaron de gritar y corretear alrededor de la mesa, y el resto de invitados adultos centró su atención en la tarta. Fue solo un oasis en medio de tanto caos, porque de repente todos se pusieron a gritar como fierecillas salvajes y a cantarle el *Cumpleaños feliz* al pobre Nico.

—Pero canta —me dijo, dándome un codazo la abuela del mejor amigo de Nico.

Sonreí. Y lo intenté, pero pasado el *Cumpleaños feliz* no tenía ni idea de cómo seguir. Creo que estaban cantándole algo como «es un chico desobediente». Cuando creía que había cogido el ritmo, la canción se acabó y Nico sopló las velas.

Tras la tarta, el momento familiar. Valentina, Ramón y Gonzalo se pusieron a posar con Nico antes de cortarla.

Nico me llamó. En las últimas semanas casi todos los miércoles los habíamos pasado juntos, y los fines de semana que le tocaba a Gonzalo la mayor parte del tiempo habían estado en casa o en el huerto, ayudándome o disfrutando del tiempo libre. Así que el niño había empezado a verme como a alguien de su entorno cercano.

—¡Bellaaaaaaaa! Hazte una foto con papá y conmigo con la tartaaaaa.

Y Bella, cual Godzilla, aplastando niños y empujando madres móviles en mano para inmortalizar ese bonito instante, se puso en la foto tal y como le había pedido Nico. La verdad es que le hubiera dado la Luna si me la hubiera pedido.

Y nos hicimos la foto. Eso sí, ante la perpleja mirada de todos los allí presentes, que no entendían cuál era la relación que teníamos Gonzalo y yo, y por qué no habían sido informados de que tuviéramos algo oficial.

Oficial lo único que teníamos era el documento que nos habían mandado de la Junta para la recolección de las peonías. Pero yo en esos momentos no tenía ningún interés en desmentir rumores ni en romper aquel mágico instante.

Claro que, como en todo cuento de hadas, siempre hay una villana. Y Mariela, que había acudido al cumpleaños con sus hijas, habló como hablan las villanas:

—¡Gonzalo! ¡A ver si te centras, que menudo lío tiene el pobre Nico!

Todos los allí presentes sonreímos con esa cara de circunstancias que se pone cuando una mala persona suelta su ira, y decides reírle la gracia para evitar que te caiga a ti la siguiente y a la vez quieres pasar desapercibido. Ese momento acoso escolar que a los niños los destroza y al que los adultos vamos aprendiendo a no darle importancia. Pero en el fondo ponemos sonrisa de «me he reído para que no descargues tu ira contra mí, aunque con desgana, que no parezca que me ha hecho gracia».

Por fortuna, Nico ya había salido corriendo y Gonzalo empezó a cortar el pastel como si la cosa no fuera con él. Yo en esos momentos me hice tan pequeñita como una ardilla y me alejé de la tarta, de Gonzalo y de lo más parecido a una familia que había tenido en los últimos años.

Tuve ganas de llorar, pero no pude. No porque no tuviera ganas, sino porque Ramón me empezó a hacer gestos para que me acercara mientras mandaba callar a Valentina.

—¿¿Has oído?? ¿¿Has oído a esa desconsiderada?? Es que no tiene idea buena. Como el perro del hortelano, que…

—¿Qué perro, abuela? —preguntó Nico, que llegaba con un trozo de pastel para sus abuelos.

—Ninguno, cariño, ninguno. Corre a jugar con tus amiguitos —respondió ella y siguió despotricando de Mariela.

—Valentina, no te pongas así, es el cumple del niño y te estás llevando un disgusto que *pa'qué*. Además, Nico y Gonzalo están bien, no le han dado importancia.

—No me doy mal rato por ellos, mi niña. Me doy mal por ti, porque esa mujer no pierde la oportunidad de atacarte en cuanto estás cerca.

—Pues me pongo un escudo antivillanos y ya está. Valentina, no te des un mal rato, y menos hoy. Gonzalo y Nico no se lo merecen.

Y le abracé.

Y me abrazó, y se relajó, y se deshinchó como un globo. Y nos comimos la tarta que había hecho la villana del cuento de mi vida. Pero no estaba envenenada, como la manzana, estaba riquísima.

—Es que encima todo lo hace bien, la *jodía* —dijo Valentina. Y nos reímos, ahora sí, de verdad, como se ríen las familias.

Ramón respiró tranquilo, también se rio y repitió tarta.

Para mi sorpresa, el cumpleaños transcurrió sin más altercados. Ningún niño tuvo que ser atendido por los servicios médicos, ni ningún padre o madre se olvidó de algún hijo.

Eso sí, por allí parecía que había pasado un huracán, así que me quedé a ayudar a recoger a Gonzalo junto con Valentina y Ramón.

La madre de Nico vino a recogerlo; no la conocía, nunca había coincidido con ella. No entendía por qué no había estado presente. Según me había dicho Valentina, el cumple del peque fue el lunes, y como ellos no pudieron verlo porque le tocaba con su madre, el miércoles, el día que le tocaba con su padre, Gonzalo había preparado la fiesta con sus amigos de toda la vida, aunque, al haberse mudado, ya no los veía a diario.

—Menos mal que el pueblo es pequeño y siguen viéndose. Ahora Nico es un veraneante, como lo eras tú. Me toca hacerlo bien para que siempre quiera venir —me dijo.

—Eres el mejor padre del mundo, siempre querrá estar contigo.

—Bueno, ya, espero que piense como tú.

La nueva familia de Nico, de la que ahora formaba parte el profesor de pádel, pitó desde el coche para que el niño saliera. Él cogió todos sus regalos y cargado como un *sherpa* se fue.

Gonzalo y sus abuelos miraban a Nico con tal cara de pena al verlo marchar que me hizo comprender muchas cosas.

Entendí por qué Gonzalo era así. A pesar de ser el de siempre, tenía un aire triste y pesimista, y, aunque procuraba y hacía ver a los de alrededor que estaba bien, no lo estaba.

El verdadero amor de su vida ahora tenía cinco años, vivía en otra casa y apenas le veía.

Me dieron ganas de llorar y de darle un abrazo, pero disimulé y empecé a descolgar una guirnalda de globos.

Capítulo 21

Aquel invierno, con todos los cambios y emociones que había traído, me había transformado. Es lo que tiene poder vivir en la calma. Aunque tu mundo dé un giro de 180 grados y rompas con todo lo que te rodea… Aunque te ocurra una fatalidad que haga que todo se derrumbe y no sepas por dónde seguir… En el pueblo, donde se supone que no tienes nada que hacer, salir a la calle, rodeado de esa nada que se supone que hay, te llena de calma. O al menos así me sentía yo.

Salir de casa y escuchar el silencio, que algunos nunca pueden disfrutar, a mí me daba paz.

Ir a La Ferroviaria a tomar un café, y que te lo pongan sobre la barra directamente, sin tener que decir cómo lo quieres, acompañado de «una sonrisa y un buen día». Forzarte a saludar a todos los presentes, porque todos te conocen, y aunque pueda parecer lo contrario, me da paz.

El que todos te conozcan, así dicho, puede sonar un poco estresante. Pero, al final, supongo que es como vivir en una gran familia y llegar a la cocina por la mañana y que todos te saluden. No hace falta que muestres efusividad o que dediques un rato a hablar con cada uno. Simplemente con un buenos días y un gesto de la mano ya estás ubicado en una zona de confort.

A menudo me planteo cómo habría sido el proceso de asumir que estaba sola en el mundo si hubiera estado en el pueblo. En mi día a día, si en lugar de salir a la calle y bajar al metro hubiera caminado estas calles. Si en lugar de mirar las vías del metro con curiosidad, jugando con la posibilidad de lo bien que me sentiría si acabara todo, hubiera mirado la calle donde está Bella Flor, tan llena de vida gracias a los allí presentes, que, aunque éramos pocos, nos conocíamos.

No todos podemos vivir en un pueblo; nuestras vidas, trabajos o estudios están en las ciudades, como me pasaba a mí. Y seguramente la mayoría de las personas sean felices con la melodía del metro de fondo. Yo lo fui, supongo, o eso pensaba hasta que vine aquí. Aunque no tuve el valor de lanzarme a las vías del metro y comprobar qué se sentía al acabar con todo, de alguna manera lo hice el día que decidí no regresar al pueblo y no disfrutar de esta vida que ahora me había devuelto las ganas de vivir.

La primavera estaba siendo un poco más ajetreada, pero no por la vida diaria, que también, sino por los eventos sociales que los fines de semana se multiplicaban y repercutían en mi faceta de florista. El trabajo con el buen tiempo se hacía muy intenso. A las labores de cuidar y mantener mi «granja de flores», como la había bautizado mi amiga Inma, había que añadir las festividades religiosas, como la Semana Santa, o la afición, hasta entonces desconocida por mí, de llenar de geranios y petunias todos los balcones y ventanas de las casas del pueblo y dar cursillos acelerados de cómo cuidarlos. Al principio, solo trasladaba la información que me daba el vivero que me las suministraba. Pero en poco tiempo había aprendido muchísimo y, sin darme cuenta, ya sabía de lo que hablaba.

Todas las mañanas las pasaba en la tienda, y las tardes, en mi granja de flores, donde, poco a poco, íbamos viendo los avances de los planteros y trasplantando al suelo las nuevas plantitas cuando ya habían crecido lo suficiente. Allí terminarían de crecer y en unas semanas, si todo iba bien, empezarían a regalarnos las primeras flores.

La granja me permitía compartir mucho tiempo con Gonzalo. A veces, tenía la impresión de que él estaba más ilusionado que yo en que el proyecto de plantar flores fuera bien. No entendía cómo podía hacerlo, encargarse de Nico, de las labores del Ayuntamiento, de su trabajo y, además, sacar adelante las flores del jardín de mis abuelos.

—Estas no hace falta que las riegues, no quieren tanta agua. Cuando riegues, pon así la tierra, que haga barrera y que no pueda pasar la humedad por aquí —me decía azada en mano mientras me señalaba los caminitos que había hecho en los surcos del suelo para que circulara el agua.

Le miraba concentrada. Con la concentración de quien quiere aprender todo, con la seguridad de que no me iba a acordar de nada y con la admiración hacia alguien que sabe mucho.

Todo eran indicaciones, nombres, técnicas, truquillos y construcciones con los surcos que yo en mi vida me había planteado saber y que ahora me encantaba aprender.

—¿Crees que te acordarás?

—Creo —dije con poca convicción.

—Bella, esto es importante: de que vaya bien, depende toda la plantación de flores de verano. Si consigues tener una granja de flores, como dices tú, podrá venir mucha gente a comprar, conocerte y disfrutar del huerto de tus abuelos. Me parece un proyecto espectacular.

—Lo de la granja no lo digo yo, lo dice Inma. En Estados Unidos las llaman así, pero tienen más flores y son más grandes, y sus dueños saben de flores…, pero, en fin, seguro que va bien.

No sé si existe la expresión de estar disociada. Inma y yo la utilizábamos mucho en Barcelona. La usábamos para referirnos a algo que nos da vértigo, que va a ser difícil de conseguir, que incluso no depende solo de nosotras, y, sin embargo, teníamos el convencimiento absurdo e infundado de que iba a salir bien. Por ejemplo, cuando abordaba a una famosa o a una *influencer* y le pedía que hiciera algo de dudoso beneficio para ella, pero muy bueno para la marca a la que representaba. Era complicado conseguirlo, y me sentía desmotivada porque lo lógico es que no saliera, pero mi cerebro desconectaba de sus propios pensamientos negativos y no paraba de buscar la manera de sacar adelante el proyecto. Es algo así como si tu cabeza remara en dos direcciones opuestas y, dependiendo del momento, ves la luz y avanzas o ves la oscuridad y te haces pequeña. Aun así, como sabes que lo vas a conseguir, al final la luz vence a la oscuridad.

Con el huerto, perdón, granja de flores, me pasaba eso. Era un proyecto titánico en el que los conceptos y aprendizajes me desbordaban. Sin embargo, tener la certeza de que iba a salir bien hacía que no tirara la toalla.

—Me da igual quién lo diga, pero ese nombre me gusta.

La vida no deja de sorprenderte. Cuando menos te lo esperas, ocurre algo que nunca hubieras podido pensar que pasaría.

—¿Te gusta el nombre? ¡No puedo creerlo!

—¿Por qué? ¿A ti no? —La cara de Gonzalo era de desconcierto. La mía, de cachondeo total.

—No sé, es como moderno, y tú eres… más tradicional, un hombre de campo…

—¿En serio piensas eso de mí? —Su cara de orgullo herido lo decía todo.

—Bueno, a ver, ha sido idea de Inma y sois polos opuestos.

Creía que simplemente por eso era imposible que te gustara. Y…, pues eso, que tú eres más tradicional.

Gonzalo me rodeó con su brazo por encima del hombro, me estrechó contra él y con el nudillo me frotó la cabeza.

—Así que soy tradicional. ¿Eso piensas de mí? ¡Te vas a enterar! —me dijo riéndose.

Conseguí separarme de él entre risas. Le tiré un terrón de tierra y salí corriendo. Por el camino me llevé por delante tres surcos y destrocé algunas plantitas.

La cara de Gonzalo fue un poema. La mía no debía de ser mucho mejor; los dos nos quedamos callados. Yo miré la que había liado, pensando cómo disculparme por ser tan boba de haber boicoteado mi proyecto de granja de flores antes de llegar a ser siquiera algo con flores. Granja, huerto, jardín, como lo quisieran llamar Inma y el común de los mortales.

Gonzalo, que había dejado de reírse, se agachó, cogió un terrón de tierra y volviéndose a reír lo tiró con poca fuerza contra mí.

—Yo sufriendo por los corzos y tú por las ardillas, y aquí la única plaga que hay que vigilar eres tú.

Los dos reímos a gusto, me acerqué a Gonzalo y nos abrazamos. Uno de esos abrazos que te colocan las cosas en su sitio. Desde los huesos, que se recomponen, a todos los músculos de tu cuerpo, que recuperan su posición natural. Los músculos de la cara se colocan concretamente en la posición que te dibuja una sonrisa de oreja a oreja, y acto seguido de conseguir este ajuste óseo-muscular, una paz interior te recorre el cuerpo. Desde la cabeza hasta los pies. Y lo único que quieres es que se pare el tiempo. A pesar de que lo que más desees es que pase rápido para que todo se inunde de flores, en ese instante lo único que anhelaba es que se detuviera, porque yo ya sentía estar rodeada de flores, de cosas bonitas y, sobre todo, de vida.

No sé cuánto estuvimos abrazados. Seguramente nada. Pero para mí fue un momento importante de mi vida. De esos que el cerebro almacena y cataloga como trascendentales. De esos que, según ocurren, sabes que no lo vas a olvidar nunca y que en unos años podrás recordarlo y contarlo, como uno de los más felices de tu vida.

Gonzalo rompió el encanto. Así era mi Rusti Hombre. Te daba una de cal y otra de arena, o te daba un terrón de tierra y un abrazo. Ahora tocaba terrón.

—Entonces, ¿te has enterado de algo?

—Me ofendes, sabes de sobra que sí.

—Bueno, saber, saber… No tengo claro que te hayas enterado, pero no dudo de que lo vas a hacer perfectamente.

Si es que era perfecto, sabía de mi cerebro disociado. De que era capaz de buscar la solución y lo que se esperaba de mí, a pesar de ser prácticamente imposible que pudiera hacerlo.

Me vine arriba.

—¿Qué haces esta noche? —dije mirando hacia la montaña de enfrente para hacerme la interesante.

—¿Por qué?, ¿quieres ir a la montaña?

Me giré, le miré y, entre risas, le dije:

—¿No te tomas nada en serio?

—La verdad es que cuando estoy a gusto soy un poco guasón.

—Guasón, madre mía, ¡guasón! ¿De dónde has sacado esa palabra? ¿La RAE descataloga palabras? Esa seguro que está descatalogada, como guateque. Deben de ser de la misma época —dije contorneando mi cuerpo como si estuviera bailando.

—Si querías invitarme a salir de fiesta, podías haber sido más directa y no decir tantas tonterías —dijo riéndose—. A las 11:00 te recojo, y te voy a llevar de guateque, ya verás.

Y se fue…, digno…, sin volver la vista atrás.

Capítulo 22

Mi primera idea era salir a cenar con él, y fundirnos en un abrazo todo el rato. Hasta que se hiciera de día. El mismo rato por lo menos que tarda en cargarse un móvil. Que ahora son tan inteligentes que son de carga rápida. Pero en mis planes estaba recargarme con Gonzalo por el método tradicional. Como los teléfonos que tenían que estar toda la noche enchufados y aún por la mañana los dejabas un rato más para que estuvieran a tope de batería cuando salías de casa. Pero se ve que el «guasón» de Gonzalo quería fundir la poca energía que me quedaba en un guateque.

—Lo que sea, pero contigo —dije en voz baja mientras lo veía alejarse.

Llegué a casa bastante nerviosa. Desde que había llegado a Ya no Maldito Pueblo no había salido de «guateque», y entre la lista de cosas que le encargué a Inma que me trajera de Barcelona no había apenas nada de ropa para arreglarme. ¿La gente en los pueblos se arregla para salir? Si se están viendo todo el día, ¿qué necesidad hay de restaurarse en exceso para salir a tomar algo al único pub que había abierto en esta época?

Recordaba cuando era adolescente, antes de que se me girara el cerebro y decidiera no volver a su ser nunca más, que nos pasábamos el verano con unos *shorts* y una camiseta cualquiera y cuando salíamos por la noche nos poníamos la ropa más apretada posible, que se supone que era la de salir. Nos maquillábamos en casa de Alejandra, que, como vivía aquí, era la que tenía el baño más grande y más productos, la mayoría de su madre, que utilizábamos para pintarnos como puertas.

La verdad es que aquel recuerdo me dio nostalgia, y aproveché para escribir a Alejandra. Todos los fines de semana que venía se pasaba por la tienda y charlábamos un rato. Retomar aquella relación me había venido muy bien. Me fascinaba lo parecida que seguía siendo a cuando era una niña. Conservaba esa magia y esa sonrisa que curaba el alma. Además, ahora sanaba el cuerpo también. Ser médico le iba perfecto a su personalidad, aunque yo siempre me la había imaginado de profesora con niños pequeños o personas con necesidades especiales. En cualquier caso, ella era feliz y a mí me hacía muy feliz verla.

Coincidió que estaba en el pueblo, pero le pareció muy sorprendente que quisiéramos salir, así que no se unió al plan. Aproveché para preguntarle por el *dress code,* y me dijo que al ser un viernes no era necesario arreglarse demasiado.

A las 11:00, como un clavo, arreglada como si fuera a salir por Barcelona, pero con menos sombras de ojos y un pintalabios más sutil (que era viernes y estábamos en el pueblo), esperaba a Gonzalo.

Me imaginaba el reencuentro como en las películas, él pitaba con el coche, yo salía a la puerta y él silbaba impresionado por lo estupenda que me había puesto para él.

La única laguna que veía en el plan es que viniera con la moto del tío Nicolás, que hacía perder glamur a la historia. Pero en esos momentos hasta la moto me servía.

A las 11:10 Gonzalo no había dado señales, pero no quería llamarle para ver dónde estaba porque no quería parecer desesperada.

Entonces me entró un wasap:

«Vente a La cuestecilla. Te espero mejor allí».

Lo hubiera matado, lo juro. Tiré los tacones contra la pared superenfadada, y acto seguido pasé la mano por donde habían golpeado para ver que no hubiera roto nada y solté un «lo siento, abuelos, por el golpe» mirando al cielo. Me sentí ridícula. Pero a la vez fue una sensación de liberación poder verbalizar por fin que ya no estaban aquí. Hasta el momento había hecho como si nunca hubieran existido. Desde que estaba en el pueblo, todo en mi mente y en mi corazón se iba colocando en su sitio y empezaba a no doler tanto.

Me calcé unas zapatillas, las Samba de Adidas tan de moda entonces, y me dirigí a La cuestecilla. Desde el huerto hasta allí hubiera sido un suicidio ir con tacones.

Al llegar, antes de entrar suspiré. Esa noche pensaba lanzarme con Gonzalo. Lo necesitaba.

La puerta se abrió de repente y me golpearon en la nariz. El golpe fue tal que el chico que me dio estaba preocupadísimo. Insistía en que no esperaba encontrarse a nadie plantado en la entrada de aquel *pub* y que lo sentía mucho.

La culpa era mía: me había plantado en la entrada, cual futbolista haciendo su ritual de suerte cuando salta por primera vez al Camp Nou y se juega la Liga.

Tras convencer a aquel muchacho de que no era nada y que no tenía que ir al centro de salud, recibí otro wasap:

«¿Va todo bien? Tardas».

—¡Pero a ver, iluminado! Cómo no voy a tardar si me has hecho venir andando desde la otra punta del pueblo —dije en voz alta al móvil.

—¿Seguro que estás bien? —insistió el chico del golpe en la nariz.

—Sí, tranquilo.

Y decidí entrar a La cuestecilla, porque al final me veía de guateque con aquel muchacho. Enseguida distinguí a Gonzalo en la barra, con Alejandra (la que se supone que no salía) y un montón de caras conocidas que no había vuelto a ver desde aquel fatídico verano. Según los miraba, sus nombres me iban viniendo a la mente. Seguramente estuvieron aquella noche, cuando le pegué el puñetazo al bueno de Gonzalo.

Gonzalo enseguida me sacó de mi ensimismamiento. Levantó el brazo para llamarme. Saludé como si los acabara de ver y me acerqué, dando gracias de haberme quitado los tacones antes de relacionarme con aquel nutrido grupo, en el que la mayoría no había pasado por casa desde esa tarde y lucía hasta algún pantalón corto porque habían estado jugando a algún deporte. Por sus nutridas barrigas apostaría que PÁDEL.

Me recibieron con efusividad, como si de verdad, como decía Alejandra, solo hubiera transcurrido un curso escolar y no una vida. Todos tenían interés por saber qué había sido de mí, cómo estaba, y me felicitaban por mi regreso y mi recién inaugurada floristería. Ninguno de ellos, salvo Gonzalo y mi amiga la de la pastelería, que también estaba allí presente, vivía ya en el pueblo, y solo venían en vacaciones o los fines de semana.

—¿Y esta encerrona? —le pregunté a Gonzalo.

—¿Qué encerrona? Te he dicho que te llevaría de guateque y aquí estamos.

—¿Y has convocado a la selección soriana de pádel para impresionarme?

—Ja, ja, ja. No, están aquí porque este fin de semana ya nos juntamos las cuadrillas para preparar las fiestas de mayo. Solo quedan un par de meses y tenemos que ir preparando la carroza y la peña. Y ya, claro, comemos en la peña, cenamos...

—¿La carroza? ¿Qué sacáis, a los Tres Reyes Magos?

Gonzalo no podía parar de reírse.

—No puedo creerme que no te acuerdes. Cuando llegan las fiestas, cada peña saca una carroza decorada. Por cierto, con flores, y este año hemos decidido que seas tú la que decore la nuestra. Y vamos de romería a la ermita, a comer todo el pueblo, y, bueno, es una fiesta muy divertida, se bebe vino…

—No la recordaba así para nada.

Alejandra, que se había unido a la conversación, intervino:

—Eso es porque es novedad. Antes no se hacía así, pero para atraer a la gente al pueblo se ha ido innovando y ampliando la fiesta.

—Yo recuerdo ir a misa con las cestas de flores o de frutas.

—Pues ahora llevamos carrozas. Este pueblo nunca dejará de sorprenderte —aclaró ella.

—Entonces, ¿qué? ¿Quieres encargarte tú de decorar la carroza de nuestra cuadrilla? —preguntó Gonzalo.

—¿Y las demás carrozas quién las decora? —quise saber.

Estaba alucinando de que faltaran apenas dos meses para las fiestas y nadie me hubiera dicho que era probable que tuviera que adornar muchas carrozas.

—A ver…, solemos hacerlo nosotros mismos, compramos flores y nos las arreglamos como podemos. Es más económico.

—Pero nos queda fatal —dijo Alejandra—. Seguro que nada que ver con lo bonito que lo harás tú este año. Va a ser la mejor carroza.

—Y luego están las cuadrillas con más dinero, que se traen a una florista de Soria y hacen unas carrozas espectaculares.

—¿Y por qué de Soria? ¿Por qué no me lo dicen a mí? ¿Este año igual quieren que lo haga yo siendo del pueblo?

—No creo… —respondió él—, ya ha venido la de la floristería de Soria por aquí esta semana. A ver qué van a hacer este año.

Me quedé perpleja y cabizbaja. No podía creer cómo había herido mi orgullo que estando yo aquí y siendo florista fueran a traer a alguien de fuera. ¿Es que no estaba a la altura?, ¿no confiaban en mí…?

Gonzalo y Alejandra lo notaron, pero no tuvieron tiempo de reaccionar. El bueno de Nachete, al que hubiera reconocido aunque me lo hubiera encontrado en la otra punta del planeta, porque tenía la misma cara y altura que de niño, pero sin apenas pelo, me dio un golpe en el hombro, que consiguió desplazarme contra Gonzalo, mientras gritaba:

—¡Isabelita! ¡Qué bueno verte de nuevo y que te hayas decidido a venir!

Algo bueno tuvo el golpe y fue el impacto contra Gonzalo. Al menos pude sentirle cerca. En esos momentos solo tenía ganas de llorar. Y no por el golpe ni porque me hubiera llamado Isabelita. Me había vuelto a sentir de nuevo humillada, rodeada de mi grupo de amigos de toda la vida. A pesar de que ellos habían pensado y confiado en mí para decorar su carroza, aunque entiendo que, obligados por Gonzalo y Alejandra, no les habrían dado alternativa, el resto del pueblo me había dado la espalda.

Gonzalo me trajo de nuevo al mundo real; si por mí hubiera sido, me hubiera quedado incrustada en su jersey toda la noche. En ese instante de contacto contra su pecho noté calma y un lugar seguro. Así que no estaba dispuesta a separarme. Gonzalo me cogió por los dos hombros y me echó hacia atrás.

—¿Estás bien?

No respondí, me di la vuelta, me reincorporé al grupo y les di las gracias por contar conmigo para hacer la carroza.

¿Sabéis ese amigo que hay en todos los grupos que siempre habla más de lo que debe y nunca se calla, aunque el resto le lance miradas de odio y reprobación? Pues para sorpresa de nadie, en mi grupo de la infancia, también lo había. Y ese era Víctor. Cuando éramos pequeños, su padre era el alcalde. Un alcalde de los de antes. Y eso le había enseñado a tener autoridad para hablar de lo que le daba la gana sin tener consecuencias. Cuando eres niño y vives en un pueblo, hay dos personas a las que se respeta de manera incuestionable. En primer lugar, a la señora que cuando ni siquiera ha acabado la fiesta de madrugada aparece con la escoba a barrer la plaza, te pega cuatro gritos y sales corriendo a casa por lo que pueda decir o hacer. Y, luego, al alcalde, porque es lo más parecido que hay en el pueblo a un famoso. Su figura está magnificada, es como un ser divino. Luego creces y te das cuenta de que debería de haber habido más señoras de las que barren la plaza y quizás no hubiera sido necesario tener alcalde. El orden en el pueblo estaría mejor. Dejas de admirar al político y comienzas a juzgar todo lo que hace, insinuando muchas veces que seguro que ella lo habría hecho mejor. La naturaleza humana de criticar al que se expone, supongo… En cualquier caso, Víctor tuvo la suerte de que su padre fuera el alcalde cuando todos éramos niños, y fuera una persona admirada y no cuestionada.

—La carroza la haces tú porque se han empeñado Gonzalo y Alejandra, pero yo, si me va a costar mucho más dinero, no estoy de acuerdo, ya te lo digo.

Esa bonita frase, contundente y dolorosa, hizo que, si era posible, me sintiera aún más dolida y humillada.

En esos momentos entendí que nadie en el pueblo me veía florista, porque, de ser así, habrían confiado en mí para la carroza. Me veían como la niña pija de ciudad jugando a cumplir los sueños de su familia.

La verdad es que la mayoría le recriminó la frase, bueno, la mayoría de los que estaban pendientes de la conversación. Alejandra, Gonzalo y dos chicas con las que había jugado mucho de pequeña. Aunque al verlas recordé sus nombres, las tenía totalmente olvidadas. Me sentí un monstruo. A pesar de haber formado parte de mi Grupo 1 de amigos del pueblo, las había conseguido casi olvidar.

El resto se había puesto a jugar al futbolín o a los dardos, o miraban el móvil, aburridos de estar con su cuadrilla de toda la vida y buscando la excusa perfecta para escaquearse.

En esos momentos, hasta la no cita de esa noche con Gonzalo me dio igual. Al menos había venido Alejandra. Había decidido salir finalmente, porque Gonzalo le había dicho que iban a decirme lo de adornar la carroza y quería ver la cara que ponía de ilusión.

Pues no, Alejandra, no tengo cara de ilusión, mi cara no es de ilusión, mi cara es de humillación, derrota, de abatimiento... Lo pensé, pero no se lo dije.

—Gracias por haber salido, Ale, y gracias por haber pensado en mí para la carroza. Verás cómo queda muy bonita.

—Sé que lo vas a hacer increíblemente bien. Como todo. —Y me sonrió.

Una sonrisa de esas de corazón, de las que necesitamos para seguir avanzando y no derrumbarnos y caernos al suelo. Desde que había llegado al pueblo me había convertido en una coleccionista de sonrisas. Había empezado a valorarlas y a darme cuenta de lo importantes que son. Al bajar del tren había cambiado. En Barcelona no necesitaba la sonrisa de la gente porque sabía que era buena en lo mío. Sabía que era la mejor. Y lo peor de todo: no estaba dispuesta a regalar sonrisas a nadie. Recuerdo a algún becario que aparecía por la redacción y me sonreía tímidamente. En raras ocasiones le devolvía la sonrisa, por no decir en ninguna. Para evitar entablar una conversación y no perder el tiempo. Ahora lo pienso y me siento el ser más despreciable del planeta. Pienso en esos becarios, inseguros y mal pagados, perdidos en la redacción, buscando algo de aliento, sonriendo a los dinosaurios allí afincados, y a mí como una inútil girándoles la cara. A veces me daban ganas de buscarlos en la agenda y enviarles una foto de mi cara sonriendo con el mensaje: «Te la debía». Pero luego me acuerdo de que era tan déspota que ni siquiera había guardado su número en la agenda, a pesar de haber estado meses con ellos trabajando e incluso de que alguno de ellos se hubiera quedado en la oficina de manera definitiva.

La sonrisa de Alejandra me dio aliento y a la vez me hizo recordar la clase de persona que había sido. Hacía ya unos días que me había prometido sonreír, siempre sonreír a la gente. Una sonrisa no me suponía nada y muchas veces cura el alma a la persona que la recibe y, sobre todo, a mí cuando la daba.

Aguantaría apenas media hora más allí. Me despedí con la excusa de que a la mañana siguiente trabajaba y estaba muy cansada. Salí de La cuestecilla triste y abrumada. Emprendí la marcha bajo la luz de las farolas, y en algunas partes bajo la luz de la luna, porque ni el padre de Víctor, ni ahora Gonzalo, se habían dignado a poner farolas en el camino de los huertos.

Un coche alumbró el camino y se paró a mi altura.

Ver a Gonzalo hizo que una carga de energía me sacudiera el cuerpo, las ganas de vivir y las ganas de sentir.

—¿No te ha gustado el guateque?

Pero mi maldita manía de no abrir mi corazón a nadie se apoderaba de mí en más ocasiones de lo que desearía…

—¿Estás de coña? He estado en reuniones de resultados en la empresa, y créeme que con malas noticias, mucho más vibrantes y divertidas que tu guateque.

—Vaya, pensaba que te gustaría reencontrarte con la pandilla. Tendría que habértelo dicho. Pensé que sería una sorpresa emotiva, pero veo que ha sido una metedura de pata.

—No es eso. Esa parte ha estado bien. Por cierto, ¿qué le ha pasado a la mayoría en la cabeza? ¡¡¡Están medio calvos!!!

Se rio.

—Sube al coche, te llevo a casa. Supongo que para todos pasa el tiempo. ¿Qué es lo que ha pasado entonces?

A Gonzalo se le veía realmente preocupado.

—Cosas.

—Bella, así no puedo ayudarte. Y de verdad que quiero.

—No te preocupes, no es ayuda lo que necesito.

En silencio llegamos a mi casa. Gonzalo paró el coche y me dispuse a bajar. Me cogió del brazo.

—Bella, espera, yo…

Me giré y le miré. Tenía una sensación extraña en el estómago, esa que me acompañaba desde que vivía de nuevo en Ya no Maldito Pueblo, y estaba a solas con Gonzalo. Me mordí el labio inferior, y sentí cómo el calor me subía por la cara.

Nos miramos, y en mi cabeza retumbaba aquella frase de la canción de Los Delinqüentes que había escuchado justo antes de salir del bar: *Yo te quiero como las peras a los peros.*

Fue un momento, un momento fugaz, en el que Gonzalo se acercó y me besó. En el que el silencio, de repente, lo inundó todo. Las manecillas del reloj se habían parado y mi cabeza solo pedía a gritos que nunca acabara.

Pero Gonzalo se retiró, me miró, le volví a mirar, y volví a morderme el labio. Pasó su mano por detrás de mi cabeza y acarició mi pelo.

—Yo, Bella, quiero que sepas…

Sonó un ruido inmenso en la parte de atrás del coche. Eran las vecinas, que venían de pasear a la fresca. Gonzalo se asomó para escuchar:

—Mira a ver si arreglas la luz de esta zona, que algún día va a pasar algo, y luego dirán que es culpa tuya.

Él les daba la razón y les decía que no se preocuparan, que el lunes hablaría con los del Ayuntamiento.

—Baja, hijo, baja y lo ves.

Y Gonzalo bajó.

Y se marchó con las vecinas.

Y yo hui, como una tonta. No sé por qué lo hice, pero salí del coche y me metí en casa. Cerré la puerta y me metí en la cama. No entendía qué me estaba pasando, ni por qué había reaccionado de esa manera tan infantil, pero de lo único que tuve ganas es de desaparecer. Aunque sabía perfectamente que lo que me pasaba es que tenía un miedo aterrador por lo que sentía por Gonzalo. Temía que un día se acabara y volviera a quedarme sola.

Toda mi vida, desde que fallecieron mis padres, me había autoconvencido a mí misma de que si no había nadie importante en mi vida no podría hacerme daño si se marchaba. Y me había funcionado hasta el momento. Lo que yo no sabía es que me estaba perdiendo la parte más bonita de la vida. Esa en la que se quiere como las peras a los peros.

Esa noche apenas dormí. Sonó un wasap al poco de hacer la típica escena de «novia a la fuga» del coche de Gonzalo. No lo leí, a pesar de que me comía la curiosidad por saber qué ponía. Pero mi ansiedad por lo sucedido y por la situación absurda que había creado me lo impedía. Además, quería que Gonzalo pensara que estaba durmiendo cuando, en realidad, lo que estaba haciendo una vez más era huir de mis sentimientos.

Por la mañana leí el wasap: «Vaya, siento haber tenido que irme con tus adorables vecinas, espero que aún estés despierta».

Le dejé en visto. Y me sentí estúpida.

GONZALO

Hay cosas que no se pueden frenar. Pero sabes que debes frenarlas. Hay sentimientos que te llenan de vida y te recargan de energía; te motivan para tener unas ganas locas de vivir. Pero a veces esos sentimientos no son correspondidos y te truncan la voluntad de existir.

Al final, solo al final, cuando vas recobrando interés por seguir adelante, te das cuenta de que quizás por poder sentir de esa manera pagamos un peaje muy alto. Y que no es necesario entregar tu corazón a alguien por el mero anhelo de sentir.

Cuando empecé a ver la luz después de marcharse Eva, pensé que estaba aprendiendo a vivir sin Eva, y realmente lo que estaba aprendiendo era a estar conmigo mismo. Y me di cuenta de que mi compañía no era mala y podía caerme hasta bien. Desde que somos pequeños nos meten en la cabeza la idea de que tener pareja, casarte y formar una familia es nuestro destino. Sin embargo, el mejor destino debería ser enseñarnos a querernos primero a nosotros mismos, y a saber vivir solos, para después elegir si realmente queremos vivir en pareja o de manera independiente. Y me sorprendió a mí mismo este razonamiento, que ya hacía más de un año que había hecho.

Así que había decidido vivir solo, disfrutar de mi familia y amigos y, por encima de todo, de Nico, y si durante el camino conocía a alguien con quien me apeteciera pasar el rato, porque uno no es de piedra, le dejaría claras mis intenciones desde el principio. A veces, se pillaban de mí, como había pasado con mi compañera del Ayuntamiento, Patri, pero siempre era claro para evitar hacerles daño e intentaba comportarme lo mejor posible.

Y entonces, como un ciclón, apareció Bella poniéndolo todo patas arriba. Desde el momento en que la vi sentí cosas. Desde que la llevé en el coche aquella noche que nevaba no me la había quitado de la cabeza. Desde aquel paseo buscando peonías, en el que me confirmó que no estaba con Rubén y me dio la sensación de que esperaba algo más de mí, estoy loco por ella. Me digo a mí mismo que se acabó, que tengo que olvidarla, que mi propia compañía es buena y que estoy bien como estoy. No necesito nada más para ser feliz y no quiero complicarme la vida. Pero lo primero que hago cuando me levanto es mirar el móvil y ver si me ha escrito algún mensaje. Hasta que no lo hace soy un autómata. Actúo por inercia, y solo cuando me escribe me recargo de energía. Sí, lo sé, soy feliz. Lo que me pasa es que estoy acojonado, porque no quiero a nadie más en mi vida que no sea Nico. Pero no puedo pararlo, no puedo dejar de pensar en Bella y me muero de ganas por estar con ella.

Y de esta manera, apenas unas horas después de ver a alguien de quien ni siquiera te acordarías de que existía, si no fuera por tu madre, se van por la borda casi seiscientos días de terapia, de autoconocimiento y de sentido común. Todos los esquemas de vida que tenías se van a la mierda, y no te queda otra que luchar por aquello que quieres, porque, si no lo haces tú, lo hará otro, y ya estás hartito de que otros luchen por lo que es tuyo y ser el que no tiene sangre en las venas.

Alejandra me animó:

—Mira, Gonzalo, puedes engañarte a ti mismo todo lo que quieras, pero estás enamorado de Bella. Eso está claro. Yo voy contigo a La cuestecilla y llamas a los de la peña y si quieres, a tus padres o al ejército, pero que estemos todos allí no va a cambiar lo que sientes por ella.

Alejandra, cuando Eva se marchó, fue de las personas que más preocupada estuvo por mí y de las que más me ayudó. A pesar de vivir fuera, se volcó en mí para que siguiera adelante. Siempre habíamos sido muy amigos, y me había abierto con ella para contarle cómo estaba. De hecho, fue la primera en saber la extraña afición de mi mujer de poner el culo en la luna del coche, porque necesitaba contarlo, y sabía que hacerlo a los de la cuadrilla serviría para que unos se rieran de mí, otros de la situación, y los demás le pusieran una fama a Eva que tampoco hubiera merecido.

Así que ahora era ella mi confesora con el tema de Bella. Desde el día que se reencontraron se dio cuenta de que entre nosotros había una química especial, o eso decía ella, que cuando estábamos juntos formábamos una pareja tan buena que se hacía el silencio a nuestro alrededor. Lo mismito me había dicho alguna vez de Eva y no había acabado precisamente bien la historia. Así que a Ale hay que tenerla en cuenta, pero con cautela.

—Tengo un plan sin fisuras, Ale. Le voy a montar una fiesta que ríete tú de las que iba en Barcelona,

—Ya, bueno, Gonzalo, ya será menos. Créeme que La cuestecilla, aunque es mi lugar favorito, no tiene nada que ver con los sitios a los que salgo por Madrid, e imagino que los de Barcelona serán más a la madrileña que a los del pueblo.

—Déjame acabar, que además le voy a proponer lo de la carroza. A los de la peña les da totalmente igual quién la haga, pero ella verá que aquí hay vida para una florista.

—No sé, Gonzalo, veo algunas fisuras en tu plan. ¿Por qué no la invitas a cenar y le dices lo que sientes? No te líes tanto.

—Tú vente luego, que ya verás cómo nos lo pasamos.

La cara de Bella cuando llegó a La cuestecilla fue un poema. La vi entrar y hablar con Gorka, y sentí algo de celos. Es un tío bien parecido y algo más joven que yo. No sé de qué se conocerían, quizás era la primera vez que coincidían, pero ya se habían puesto a hablar. Lo raro es que no saliera corriendo detrás de él cuando vio la sorpresa de mierda que le había preparado, porque por su cara no le estaba gustando nada.

Bella aguantó una media hora allí. Estaba preciosa, como todos los días, y verla hizo que me diera de nuevo el vuelco en el estómago que se producía últimamente cada vez que me la encontraba o me escribía un mensaje. Cuando me rozaba o me tocaba, me daba un vuelco otra cosa y me estaba volviendo loco.

Se marchó de La cuestecilla y me quedé bloqueado al verla salir por la puerta. Cuando me giré y descubrí a todos mis amigos, sobre todo a Alejandra, con los brazos cruzados y el gesto de «ves cómo eres tonto», reaccioné y salí corriendo detrás de ella.

Y, *joer*, qué desastre. A partir del lunes creo que voy a volver a terapia y tendré que sacar en el pleno el tema de la iluminación del barrio de Bella. Voy a recomponer mi vida, de nuevo, porque después de haber dado el beso más sincero y bonito de mi vida Bella me ha dejado en visto.

Capítulo 23

A la mañana siguiente, aún con la resaca emocional de todo lo vivido la noche anterior, puntual, a la hora de apertura, estaba en la puerta de la floristería sacando a la calle las plantas de primavera. El olor a eucalipto inundaba mis fosas nasales. Aquel espacio era una delicia para los sentidos. Ahora entendía la felicidad y la bondad de mi madre. En un ambiente de trabajo así, todo se ve más bonito.

No podía parar de pensar en Gonzalo, y en el beso, y en todo lo que sentí. No había conseguido bajarme de la noria emocional a la que me había subido y llevaba ya doce horas seguidas con la cara ruborizada, que es como se me ponía cuando pensaba en aquel beso, y tenía el estómago revuelto.

—Buenos días, bonita, ¿cómo va? —dijo Valentina entrando por la puerta cargada hasta arriba de bolsas.

—Hola, Valentina, ¿dónde vas tan cargada?

—Las compras, hija. Luego dicen que en los pueblos no hay de nada, pero, mira, yo salgo a comprar y encuentro de todo.

Valentina siempre con sus sentencias y su amor por Ya no Maldito Pueblo. A mí, la verdad, una de las cosas a las que más me había costado acostumbrarme era a lo de tener que ir de tienda en tienda, estableciendo palique en cada una de ellas, mientras en una compraba carne, en otra fruta y en otra pescado. Añoraba la época en que iba por el súper con mi carro, echando bandejas en su interior y pagando como un autómata con el móvil. Lo de socializar cuando hacía la compra no lo llevaba muy bien.

—Un día, si no compramos en la frutería, dejaremos de tener fruta, si no vamos a la carnicería, dejaremos de tener carne, y si las flores las adquirimos fuera, ya no tendremos flores.

Esa misma frase me la dijo al poco de abrir la floristería y se me quedó grabada. Así que cuando me trasladé a vivir definitivamente a casa de mis abuelos, comencé a hacer esa peregrinación, tienda por tienda, en la que perdía media mañana, así que aprovechaba cuando Valentina venía a verme para salir a hacer la compra.

—¿Tienes que comprar hoy?

—No, aún me apaño con lo del lunes

En esos momentos entraron unas mujeres en la tienda tan cargadas o más que Valentina, lo que hizo que ella se marchara para desalojar, ya que la estantería en la que descansaban las orquídeas corría peligro.

Habían venido a por una orquídea, y a socializar y a darle al pico, también.

Esperaron tranquilamente a que Valentina se alejara con su compra.

—Enhorabuena, bonita.

—¿Por qué? —pregunté sonriendo.

Yo me estaba montando una película en mi cabeza y me estaba quedando estupenda: me daban la enhorabuena por lo bonita que había quedado la tienda y por cómo iba funcionando.

—¡Hombre! Has conquistado a Gonzalo; acabas de llegar y ya has ocupado el hueco que había quedado vacío.

Machetazo directo al corazón.

Vale, evidentemente, ellas están viendo otra película, y no de amor precisamente. De las de sobremesa, en las que siempre muere alguien, y ahora mismo tenían todas las papeletas de ser alguna de ellas.

Sonreí con cara de circunstancias:

—Creo que os estáis equivocando.

—No seas tímida, ya nos han contado en el café que os hicisteis la foto de familia con la tarta de Nico.

—Una vez, en el parque Tibidabo, me hice una foto con Mickey y no os lo vais a creer, pero no me casé con él —contesté.

—Ay, qué boba, nadie dice que te vayas a casar con él, además aún no está divorciado. Solo decimos que, chica, qué suerte has tenido que has conquistado a Gonzalo.

¡La Conquistadora! Así me imaginé que me tendrían en la agenda del móvil; en vez de Isabelita Dinamita o Bella Floristería, ahora me iban a llamar Isabelita la Conquistadora.

—Creo que os estáis confundiendo… Gonzalo y yo no tenemos nada. Y bueno, ¿qué es lo que necesitáis? No creo que hayáis venido solo a chismorrear, porque no tenéis pinta de ser unas alcahuetas como otras que hay por ahí.

Saqué mi vena de vender hielo en Alaska. Serían unas alcahuetas de manual, pero una buena alcahueta nunca reconoce que lo es.

—Uy, claro que no, hija.

Todas las presentes salieron de la tienda o con geranios o con flor artificial o con semillas, aunque fueran de zanahorias. Por nada en el mundo iban a quedar ellas como unas alcahuetas.

Como la mañana no podía mejorar, entró por la puerta Mariela.

—Hola, guapaaaaa.

Tengo un defecto, entre otros, y es que desconfío de los que utilizan guapa, bonita o cariño como una muletilla. Las palabras tienen un significado, y si las usas como palabras vacías, al final, lo pierden. Si me dices: «Hola, guapa» sin querer llamarme guapa, que en el caso de Mariela evidentemente era así, estás desnudando la palabra de significado y convirtiéndola en una palabra hueca. Y, por norma general, aún desconfío más de los que las utilizan al comenzar una frase… Imagínate todas las que vienen detrás.

—¿Sí, Mariela?

—¿Qué tal? Estarás agotada.

A mí que me lo expliquen, porque en treinta y cinco años que tengo aún no lo he entendido. Cómo una persona a la que no le gustas es capaz de fingir naturalidad cuando está contigo, incluso mostrar interés, y, cuando se va, ponerte de vuelta y media, o incluso al día siguiente girarte la cara cuando va por la calle. Se me hacía bola la situación.

—¿Agotada por qué?

—El miércoles os darían las mil recogiendo las cosas del cumple de Nico, menudo fiestón preparasteis, y ayer, en La cuestecilla, otra vez de juerga…

—Ya, bueno, lo del miércoles fue cosa de Gonzalo, yo solo le ayudé a recoger.

—Eso pensaba yo, que todo era cosa de Gonzalo, porque la tarta me la encargó él y hablaba en singular. No me dio la sensación de que fuera cosa de los dos. Dejó claro que era para el cumple de su niño, pero como luego te pusiste en la foto, digo, uy, pues ya tienen algo serio.

—Me puse porque me llamó Nico.

—Ya, ya, estos niños cómo las lían. Se nota que no tienes niños, pobre. Luego ya aprendes cuándo hay que hacerles caso y cuándo no.

Entró con ganas de hacer daño, entró sonriendo como si fuera mi amiga, sin una voz más alta que otra y sin perder la compostura.

Me hizo sentir mal. Y ridícula por haberme puesto en esa foto y por lo que los demás habían pensado de mí. No respondí.

—Bueno, neni, me voy. Luego, si quieres un café, nos tomamos uno en el Chuso, que voy todos los días con las chicas. Si eso me llamas y vemos lo de la carroza. Si quieres, te echo una mano, que, como es la primera vez, estarás perdidísima.

Si hiciera un listado de lo último que haría en la vida sería tomar un café con Mariela. Me costaba entender cómo con su carácter gris podía tener amigas.

Se abrió la puerta y entró un grupo de personas de mediana edad. Me sonaban sus caras de verlas por el pueblo, pero no las ubicaba.

Eran varios matrimonios y llenaron la tienda. He de confesar que me sentí intimidada, mi moral estaba tan tocada que pensé que venían para algo que no me iba a gustar.

Tragué saliva y sonreí ruborizada.

—¿Estás bien? —preguntó una mujer—. Solo veníamos a darte la enhorabuena.

No lo podía creer, ¿de verdad? ¿Estos también con lo de Gonzalo? ¿Tan rápido se había extendido el rumor por el pueblo después del cumpleaños? Solo habían pasado cuarenta y ocho horas…

—¿Por qué? —respondí tímidamente.

—Nos han dicho que vas a decorar alguna carroza. Tiene que ser un orgullo decorar las carrozas de la romería del pueblo.

Otra mujer intervino:

—Y queríamos saber si podrías hacer algo con la nuestra. Que todos los años es un desastre. Nos toca ir a buscar la flor a Soria, y luego hacemos unas chapuzas increíbles.

Todos se rieron y empezaron a comentar lo poco que les convencía su carroza. Todos menos una, a la que se la veía herida en su orgullo. Estoy segura de que era la pobre que se comía el marrón de ir a Soria a por las flores y organizarlo todo.

—Bueno, seguro que no es para tanto, que queda bonita…

—Sí lo es, sí, no queda nada bonita —insistían haciendo cada vez más chistes y más relajados viendo que estaba interesada.

—Vale, sí, lo haré. Pero tenéis que ayudarme un poco: contadme lo que queréis, el presupuesto…

Y vaya si lo hicieron. Se quedaron un hombre y dos mujeres en la tienda para no ocupar todo el local y dejar hueco a la gente que seguía entrando. Para mi sorpresa, al ser sábado, vino bastante gente, y Bella Flor fue un local lleno de vida durante aquella mañana. Seguramente tal y como lo habían imaginado mis padres hace algunos años.

Alejandra, que como cada mañana de las que estaba en el pueblo se acercó a verme con dos cafés, apenas pudo hacerse un hueco para entrar y dejarlos sobre el mostrador. Esperó un poco a que se despejara la tienda, pero finalmente se tuvo que marchar y volver cuando ya estaba casi cerrando.

—Cómo me alegro, Bella, no paras, has estado a tope.

—Síííí, me han encargado otra carroza, ¡qué ilusión!, no puedo creérmelo.

—Bueno, parece que te ha interesado más que la nuestra. Anoche te vi muy cabizbaja. Ya le dije a Gonzalo que creía que no era ni el lugar ni el momento para hablarte de eso…

—No te preocupes, no es que no fuera una sorpresa agradable que me encargarais preparar la carroza, o que me lo dijerais en el *pub*, a pesar de que a los del grupo no los vi nada convencidos. Lo que me dolió es que venga una floristería de Soria a hacer otras carrozas estado aquí yo. Es como si no creyeran en mí. Yo he apostado todo por estar en el pueblo, y que los vecinos traigan a otra persona de fuera a hacer lo que puedo hacer yo me duele.

—Ya, te entiendo.

—Es como si se casa una amiga y encarga el ramo en una floristería de Zaragoza o de Madrid porque piensa que tú no vas a estar a la altura. Te duele, no por no hacer el ramo, sino porque ves que quien más te tiene que apoyar y creer en ti no lo hace. Al final, vivir en un pueblo es como estar rodeado de amigos: si esos amigos te dan la espalda, te duele.

—Esta mañana he estado con la chica que lleva lo de la carroza de la floristería de Soria, la he visto y he sacado el tema de que a nosotros nos lo hacías tú. He pensado que igual cambiaban de idea y te lo proponían a ti. Estaba un poco disgustada. Dice que este año habían pensado en ti, pero el miércoles les llamó la de la floristería de Soria, que estaba por aquí y que se acercaba a su trabajo a enseñarle el diseño de la carroza de este año. Se bloqueó y no supo decirle que no.

—Jo, pues que la hubiera llamado después para decirle que no.

—No sé, Bella. Son muchos años trabajando con la misma persona y no han sabido hacerlo de otra manera. Pero al menos tómatelo como que no es porque no confíen en ti. Es porque la otra chica ha aparecido en el momento justo.

—Vale, lo entiendo, pero, si te casas, no encargues tu ramo en otro sitio, ¿eh?

—Prometido, serás tú quien lo haga. Aunque dudo mucho que eso pase algún día —dijo riéndose.

Capítulo 24

La mente humana es maravillosa y no deja de sorprenderme. ¿Cómo es posible que, en apenas cuarenta y ocho horas, nuestro cerebro pueda hacernos sentir tantas emociones contradictorias? ¿Cómo puedo sentir, en tan breve espacio de tiempo, unas ganas tremendas de besar a Gonzalo, querer desaparecer del mundo cuando lo has hecho y volver a huir del pueblo por lo idiota que te sientes cuando eres consciente de que has tirado todo por la borda?

Y lo mismo sucede con el tema laboral, que esto no solo pasa con lo sentimental. ¿Cómo se puede pasar de estar triste por hacer una carroza de flores a estar de subidón porque tienes que hacer dos, y luego aterrada porque no tienes ni idea de por dónde empezar y no sabes cómo salir de esta?

Me maldije, me maldije una y otra vez. El domingo, cuando abrí el ordenador y empecé a buscar en internet inspiración para decorar carrozas con flores, mi «*home cinema* cerebral» no dejaba de reponer, una y otra vez, el beso con Gonzalo. Me asusté por partida doble cuando vi que no había nada viable con el presupuesto que tenía y que era prácticamente imposible quitarme a Gonzalo de la cabeza.

Además, ahora no solo tenía que hacer una carroza, tenía que hacer dos. Yo, que cada vez que me pedían un ramo de flores seguía sudando la gota gorda hasta que lo terminaba porque aún no tenía la soltura necesaria para hacerlo. Envidiaba a las floristas a las que día tras día *stalkeaba* sus perfiles de Instagram, tratando de aprender algo, o, por lo menos, de encontrar inspiración.

El tema del beso y la novia a la fuga que me marqué con Gonzalo no ayudaban mucho. Llevaba desde el viernes sin verle y no dejaba de mirar la pantalla del móvil, una y otra vez, esperando a que él diera el primer paso, para yo… Pues no tenía ni idea de cómo iba a reaccionar, porque no me reconocía a mí misma. Pero necesitaba ese primer paso por su parte.

Cerré el ordenador angustiada y deprimida. Me ahogaba en mis sentimientos. No quería sentir nada. Quería ser la Bella fría y calculadora, capaz de controlar lo que pasa a tu alrededor. Pero no podía. Así era yo, impulsiva y cabezona a partes iguales, y ahí estaba, en el mayor jaleo en el que me había metido desde mi llegada al Ya no Maldito Pueblo, y además por partida doble.

En esta vida, cada vez que te metes en un problema debes tener un plan B. Mi plan B siempre era Inma. Cuando algo en lo personal o en laboral me desbordaba, Inma aparecía con cena, aunque fueran las cinco de la tarde, y la guardaba en la nevera, porque sabía que no nos íbamos a mover de casa hasta que diéramos con la solución. En las últimas semanas, su trabajo no le había dado tregua y nos habíamos visto menos de lo que me gustaba y, sobre todo, necesitaba.

La llamé.

—Ojalá, Bella, ojalá pudiera ir y llevarte comida china. Pero me es imposible cogerme algún día, tendrás que esperar al viernes. Hoy es domingo. ¿Por qué no llamas a Gonzalo para que te rescate de tu torre de dolor y angustia por tener que adornar una bella carroza y salís a pasear al campo?

—Eres imbécil, Inma.

—Pero te estás riendo.

—No, no me estoy riendo.

—Sí, lo estás haciendo, puedo verte en mi mente.

—Pues te funciona fatal.

—Te cuelgo, así llamas a Gonzalo.

—Espera, que te tengo que contar algo.

—Que no sea de carrozas, por favor. Que esto parece Disneyland con tanta carroza.

—Pues espérate que viene una historia de príncipes y princesas.

—¡Ayyyy, os habéis besado, a lo Dama y el Vagabundo!

—Ummmm, no exactamente. Yo diría más a lo Cenicienta.

—Bella, tía, ¿cómo acaba Cenicienta? Yo me sé lo de las doce y… ¡Ay, mi madre, Bella! ¿Qué has hecho? ¿Tú estás tonta?

—Me dio un beso, o bueno, nos lo dimos y me largué.

—¡¡Qué dices!! Pero ¿por qué?

—Que no lo sé, que me agobié, tía, yo qué sé. Salí corriendo.

—Madre mía, lo que necesitas es que coja un tren, vaya para allá y te haga una intervención. Me dejas muerta, Bella. Pero ¿por qué hiciste eso? Siempre que se te mete cualquiera entre ceja y ceja cae. ¿Qué te está pasando?

—Pues que no es cualquiera. ¡Que es Gonzalo! Y que todo lo que toco lo destrozo y lo echo a perder. Que no quiero cagarla y perderle a él también. Que no soportaría perder a alguien más.

—Jo, Bella, no digas eso. Tienes que vivir y, sobre todo, sentir. No puedes quedarte anclada en los momentos dolorosos, tienes que volver a sentir cosas bonitas. Te lo mereces más que nadie en el mundo.

—¿Y si todo se estropea?

—Sabrás que estás viva, porque estarás sintiendo. Y lo que es más importante, hasta que se estropee, si es que eso ocurre, habrás experimentado lo bonito que es vivir. Bella, vida solo hay una: si no la vives como a ti te gusta, nadie lo va a hacer por ti.

Después de hablar con Inma me quedé llorando, y no era porque ella no viniera a arreglarme la vida o porque no me trajera la cena.

El único que podía sacarme del domingo de penitencia en el que yo sola me había metido era Gonzalo. Y la opción de llamarle la veía lejana.

Ese fin de semana no le tocaba estar con Nico, y seguro que lo pasaba con los «señores del pádel».

Me sentía como Rapunzel, sola, triste y melancólica encerrada en mi torre. Así que decidí que tenía que aprovechar la película a lo princesa Disney en la que vivía desde el viernes, a ver si me entraba la inspiración para transformar las calabazas, perdón, remolques, en unas carrozas divinas para ir de romería.

Escuché una moto. Vuelco al corazón. Dicen que para sentirte vivo hay que vivir emociones. Pues a mí estaba segura de que tantas a la vez me estaban quitando años de vida porque el corazón me iba a mil por hora solo por escuchar una moto.

Miré por la ventana y reconocí a lo lejos la barquilla azul de la parte trasera de la moto de Gonzalo. ¿Se podía ser príncipe y hortera? Todos sabemos que sí: las noblezas europeas se habían empeñado en demostrárnoslo día tras día los últimos años.

¡Madre mía! Y yo con estas pintas… Salí corriendo cual doncella hacia sus aposentos y empecé a intentar parecer una mujer del siglo XXI.

Absurda, así me sentí en esos momentos. Todo lo absurda que te puedes sentir a tus treinta y cinco años cuando ves al chico que te gusta y te comportas como una adolescente de quince.

Llamaron al timbre.

Vuelco en el estómago otra vez. Taquicárdica estaba. Pero ¿se podía ser más absurda? Estaba enamorándome…, pero perdidamente, y yo no había sentido esto nunca.

Abrí la puerta con ganas de tirarme en sus brazos.

Menos mal que no lo hice.

Era el señor Pedro, el vecino de enfrente, para preguntarme si iba a traer plantones para el huerto.

—Plantón el que me han dado a mí, señor Pedro.

—¿Esperabas a alguien, maja?

Sonreí, me encantó que el señor Pedro, a pesar de tener noventa años, me hubiera entendido.

—No, señor Pedro, no espero a nadie, y no se preocupe, que mañana, a la hora de comer, le traigo los plantones que necesite.

—Si esperas al chico de Valentina, sube por la cuesta; no cierres, que no te ha dado plantón.

Sonrió y se marchó. Y yo sonreí como se sonríe cuando valoras cualquier gesto cariñoso de las personas que te rodean. Como se sonríe cuando te sientes acompañada. Y esta vez no era precisamente por Gonzalo, sino por la vida tan bonita de pueblo que tenía y lo a gusto que me sentía con mis vecinos. Bueno, con casi todos.

—No sonrías tanto, que sé que te hace ilusión verme, pero no es para tanto —me dijo Gonzalo mientras se peleaba con dos cascos que llevaba en la mano.

—¿Ilusión por verte? No te flipes tanto, Gonzalito, que tengo lío y estoy con las carrozas. Tengo ya el diseño avanzado.

La verdad es que a veces me sorprendía a mí misma por la capacidad que tengo para hacerme la interesante y mantener las riendas de las situaciones. Además de princesa, era borde, un lujo de muchacha.

Gonzalo se rio.

—Pues eso no es lo que me ha dicho Inma. Me ha contado que te morías de ganas por llamarme, pero que no lo ibas a hacer porque te gusta hacerte la interesante, pero que, si podía, me acercara a verte, que estabas agobiada.

Mi rostro se puso rojo, o quizá, morado o azul. No lo sé. Solo sé que quería entrar a buscar mi móvil para decirle cuatro cosas a Inma.

—¿Agobiada por qué?

—Por las carrozas, ¿no?

Fui directa al salón.

—Esta Inma se entera, verás.

—¡Espera! Deja a Inma tranquila. A mí también me apetecía verte. Y me alegro de que me haya llamado. Llevo desde el viernes dándole vueltas a si hacerlo o no.

No me dejó responder.

—Ponte el casco que vamos a ir a ver las peonías.

Mis piernas se paralizaron y mi cerebro también. Se fundió a negro. Y solo escuchaba: «A mí también me apetecía verte», «a mí también me apetecía verte», «a mí también me apetecía verte»…

Fue un segundo, un segundo en el que mi cerebro se oxigenó y vio la luz. Le quería, le quería como se quiere de verdad. Le quería abrazar.

Me giré, feliz de la vida. Le miré, con el alma contenta. Y le hablé, con el cerebro fundido a negro otra vez.

—¿Y qué pretendes?, ¿que vaya subida en la barquilla azul?

—¿Por qué sabes que he venido en esa moto? Tengo más. ¿Me estabas espiando por la ventana?

—Suena como un cacharro estropeado, y al escuchar ese estruendo y verte después con el casco he dado por hecho que habías venido en la motejo esa.

—Bueno, pues a mi motejo acabo de quitarle la barquilla azul para que quepa tu espléndido culo y vayamos a ver las peonías. ¿Vienes o no?

¡Espléndido culo! Fruncí el ceño. Me había vuelto a dejar sin palabras. ¿Espléndido por gordo o espléndido por bonito? Es verdad que de un tiempo a esta parte estaba comiendo mucho, y bien. Valentina me tenía atiborrada. ¿En serio tenía el culo gordo?

Gonzalo, al ver que tampoco tenía él muy claro por qué había dicho eso, antes de meter la pata, me dio el casco y dijo:

—¡Vamos!

Y allí que fuimos, Gonzalo, mi espléndido culo y yo, rumbo a buscar las peonías.

Las sabinas y las encinas, tan típicas de esta zona, se abrían para dejar paso al camino de Abejales, flanqueado por rojas amapolas y helicrisos amarillos.

Mi espléndido culo sufrió más de un golpe durante el trayecto. Además de quitarle la barquilla, a esa moto había que hacerle unos arreglos, empezando por la amortiguación.

—Y digo yo: si tienes otra moto, ¿por qué metes mi culo, el espléndido, en esta motejo por este camino?

Gonzalo empezó a reírse, se relajó, porque vio que yo había sabido encajar mejor que él el comentario tan absurdo sobre mi culo.

—La verdad es que no lo sé. No lo he pensado.

—¿El qué? ¿Lo de coger esta moto o el comentario de mi culo?

—Ninguna de las dos cosas.

—Lo sé.

Y volvimos a reír.

Estuvimos dando un paseo por todas las plantas de peonías que teníamos localizadas. Estaban empezando a hacer botones de los cuales surgirían las preciosas flores en apenas unos días. Ni los osos, ni las ardillas, ni los corzos, ni las Marielas habían hecho presencia por la zona, y todo marchaba según lo esperado. Fue un alivio.

Pasear con Gonzalo se había convertido en una de mis nuevas

pasiones. Siempre había sido una apasionada de todo lo que me gustaba, y ahora era una apasionada de todo aquello que tuviera que ver con Gonzalo. Me encontraba vulnerable, porque nunca antes me había pasado con nadie, y me sentía insegura. No tenía del todo claro que fuera a salir bien y me aterraba perder lo más parecido que tenía a una familia.

Volvimos a casa sobre las tres de la tarde y preparé algo de comer. Gonzalo se había empeñado en ayudarme con las carrozas.

Hizo un boceto de los remolques con un bolígrafo, poniendo las medidas aproximadas de cada uno de ellos, de largo, alto y ancho.

—Te toca, señora florista. ¿Dónde vas a querer poner flores?

Dudé, porque no lo sabía. No tenía ni idea de qué hacer. O más bien mi miedo al fracaso me tenía bloqueada. Me costaba reconocerme.

Gonzalo me tendió otro cable.

—Vas a poner flores en la parte delantera, en la trasera y en los laterales, ¿verdad?

—Verdad.

—¿Y vas a poner la misma cantidad de flores en cada parte?

—Bueno, no. Había pensado colocar más en la parte trasera, algo en los laterales y nada delante, porque como los remolques van enganchados al coche no se van a ver.

—OK, pues divide el presupuesto en tres: una parte para la trasera, la más alta, y las otras dos para cada lateral. Ahora ya sabes qué cantidad de flor puedes poner en cada zona de la carroza. Elegir los colores y las especies te lo dejo a ti, que eres la experta. Yo solo sé administrar presupuestos —dijo y sonrió.

Cuando la vida pone en tu camino a alguien práctico, capaz de hacer fácil lo difícil, y con ganas de ayudar para hacerte sentir bien, conserva a esa persona porque es un tesoro. Y en el caso de Gonzalo un tesoro guapísimo, por cierto.

Sus cálculos, tan útiles como sencillos, me devolvieron las ganas y la ilusión que había sentido el sábado por la mañana. Y bolígrafo en mano empecé a dibujar los centros que llevarían las carrozas, las flores que quería que tuvieran y, sobre todo, los colores. No fue sencillo, pero en un par de horas tenía todo planeado.

—Cuando tengas más experiencia, harás esto sin pensar. Te saldrá solo, sin boli y sin cálculos.

Gonzalo, que se había quedado en el sofá esperando a que acabara, pretendía darme ánimos, pero su comentario me desconcertó.

—A ver, Bella, no pongas esa cara. No es por desanimarte, pero con tanta planificación como cobres por horas invertidas no te va a quedar dinero para flor…

Hice una bola con unas de mis hojas de sucio y se la tiré.

—La última vez que me tiraste algo acabamos de guateque —dijo riéndose.

Las risas no sé si venían de haber utilizado la palabra «guateque» o de la encerrona que me preparó con sus amiguitos.

—No tengo el cuerpo para ir de guateque… Además, mañana es lunes…, no quiero que se me haga tarde.

—No pensaba en salir de fiesta, la verdad, hace años que no lo hago, pero podíamos ir a cenar algo.

—¿Y que nos vean juntos? Creo que he aguantado el cupo de cotillas del mes. Después del cumple de Nico, tengo la sensación de que se ha hablado de mí en todas las casas del pueblo.

—¿Y qué más te da?

—No sé, no me gusta ser el tema de conversación, la verdad.

—Lo eres desde que bajaste del tren; eres la novedad del pueblo.

—¿Y eso cuándo se pasa?

—Cuando suceda algo interesante por aquí, dejarás de estar de moda.

—Claro, como de ti no dicen nada, que soy yo la que está en boca de todo el mundo…

—Yo ya lo estuve cuando me separé. Imagínate, mi mujer se largó con otro.

—¿Y no te afectaba?

—Aprendes a llevarlo. Los pueblos tienen cosas buenas…, y alguna mala. Lo de ser cotilla es inherente al ser humano. Y eso sucede en todos los sitios. En las comunidades de vecinos, en los trabajos… En otros lugares más grandes el chismorreo se acaba antes porque no suelen tener toda la información, pero aquí la tienen de primera mano.

—Y la que no, se la inventan.

—Pues que se la inventen, que más te da. ¿Tan mal te parece que te relacionen conmigo?

—Hombre, es que me dan la enhorabuena por haberme llevado al nuevo soltero de oro del pueblo.

—A mí me daban el pésame porque mi mujer me había dejado —dijo sonriendo.

—Vale, tú ganas. ¿Dónde vamos?

—Ponte el casco, que te va a gustar, y coge ropa de abrigo, que por la noche en la moto igual pasas frío.

GONZALO

Aquella mañana me llamó Inma. La verdad es que me sorprendió: no me había caído muy bien la muchacha y deduzco que yo a ella tampoco. No se lo cogí. Ese humor sobrado que utilizan algunas personas para ridiculizar a todo el mundo, aunque sea a ellos mismos, no va mucho conmigo. Es como con Rubén, el del bar, que se llevan a matar cuando estamos todos delante, pero yo creo que están liados. Claro que lo difícil es que Rubén no se líe con alguien. Igual su filosofía de vida no es mala, qué sé yo. Así no se enamora y no sufre, porque le da igual una que ochenta. Y yo aquí estoy. Me siento como un coche en un *parking* sin luces, intentando moverme despacio para salir al exterior sin dar ningún golpe a otro vehículo. Pero a veces me acerco tanto que ya he causado algún desperfecto a un tercero. Si me muevo y avanzo, me llevo por delante a alguien y le hago daño. Y si me quedo quieto, solo veo oscuridad.

Claro que también podría optar por el camino fácil: dejar mi coche aparcado e irme subiendo en los de los otros y, según los destroce, abandonarlos, pero ese no es mi estilo. No es la manera de salir del *parking*. Supongo que encender las luces y salir fuera depende de mí, y aunque pensaba que Bella había venido para decirme dónde estaba el dichoso botoncito de encendido, lo que vino es a dejarme aún más ciego. Desde el beso no sé nada de ella, hay que joderse. A mis casi treinta y ocho años y estoy igual de perdido en lo sentimental que cuando tenía quince.

Inma volvió a llamar y, de nuevo, me sacó de mis pensamientos, de esa nube en la que me metía cada vez que algo me recordaba a Bella y a la cara de imbécil que se me quedó cuando regresé al coche, después de hablar con aquellas vecinas, y ella ya no estaba dentro. Miré la fachada de su casa, cerrada a cal y canto, y solo escuché un silencio absoluto. Se largó y ahí me quedé yo, sintiéndome un idiota.

Finalmente respondí al teléfono. Para que esta chica me llamara, y además insistiera, es o porque quería algo o porque pasaba algo. Esperé que no fuera grave.

—¿Sí?

—Hola, Gonzalito, ¿cómo tienes hoy el día? ¿Haciendo recuento de águilas imperiales?

—Aquí no hay águilas imperiales, lo que hay son buitres leonados —la interrumpí.

—Que sí, que da igual, que a mí me da lo mismo. Oye, ¿estás haciendo algo?

—Hasta que has llamado tú, sí; ahora, perder el tiempo.

—Necesito que vayas a ver a Bella.

—No creo que quiera verme, veo que poco te ha contado.

—Me ha contado más de lo que crees, y por eso quiero que vayas a verla. No se atreve a llamarte desde lo del viernes, aunque se muere de ganas de verte, pero ella no te lo va a reconocer, y porque está agobiadísima con las carrozas de paletos esas que tiene que hacer y se está volviendo loca. Si te importa algo, ve a verla, que tú la has metido en el lío de las puñeteras carrozas.

—¿En serio te ha dicho eso? ¿Que quiere verme?

—Ve y lo compruebas, poco puedes perder.

Soy ridículo, ridículo de manual. Igual sí me merecía que Inma se metiera conmigo. Según colgué, fui corriendo a darme una ducha y a ponerme unos vaqueros nuevos que tenía sin estrenar. El mismo modelo y talla que llevaba gastando los últimos años. Pero eran nuevos, seguro que estaba más guapo (camino de los cuarenta y así de simple). Elegí un polo negro, ese que Patri siempre me decía que me sentaba genial, me afeité, me eché colonia y me alboroté un poco el pelo. Que se me notara *casual* un domingo por la mañana. Salí a la calle y me dejé las llaves del coche dentro de casa. Así que cogí la moto que estaba en la puerta y arranqué. Tuve que volver a por el casco para Bella: mi idea era llevarla a ver las peonías, si es que no me tiraba algo a la cabeza cuando me viera aparecer. Según iba de camino a su casa recordé cuando fui por primera vez y se rio de la barquilla azul que llevaba en la parte trasera. La verdad es que Bella, cuando llegó, era un poco faltona, como Inma, pero había cambiado. Aun así, la barquilla era totalmente ridícula, así que, nada más parar al lado de su casa, lo primero que hice fue quitarla y esconderla en los huertos. Era ridícula pero práctica. Pensaba ponerla de nuevo cuando me marchara a casa…, y esperaba que fuera mañana por la mañana y no en diez minutos, cuando apareciera por la puerta y me pegara un bufido.

La suerte estaba echada. Volví a peinarme, que con el casco ahora parecía un pollito, y me dirigí a su puerta, iba pensando qué decirle cuando abriera, pero no hubo opción: estaba en la entrada de su casa hablando con Pedro, su vecino.

Un nuevo Gonzalo, más seguro de sí mismo, tomó las riendas de la situación, y ya todo fue rodado.

—No sonrías tanto, que sé que te hace ilusión verme, pero no es para tanto…

Capítulo 25

¿Frío?, ríete tú del frío. ¿Hay algo más frío que montar en moto cuando hace frío? Porque sería primavera, pero la primavera nocturna en Soria es como cuando en Barcelona decimos que hace un frío polar en pleno mes de enero.

Y eso que me abrigué. Cogí un jersey gordo y una cazadora vaquera, pero mis pobres tobillos viajaron tal y como llegaron al mundo debido a la horrible moda de llevarlos al aire. Esa que los adolescentes habían decidido que se había acabado cuando empezamos a utilizarla el resto de los mortales, mortales que nos manteníamos fieles a la moda porque nos había costado mucho como sociedad dar este paso tan absurdo.

—¿Estás bien? ¿Te ha gustado el recorrido?

—Gonzalo, estás loco, de verdad. ¿Cómo se te ocurre hacer semejante viaje con esta vamos a llamarle antigualla y con el frío que hace?

—Hemos tardado quince minutos.

—Pues a mí me han parecido media vida. Qué camino tan largo.

Me encanta hacerme la dramática, eso es así. A pesar del frío, me hubiera gustado de verdad pasarme media vida en la parte trasera de

219

la moteja abrazada a él. Sintiéndole pegadito a mí, sobre todo cruzando el pueblo, para llegar al de al lado, donde estábamos ahora, mientras todo el mundo nos miraba, y acrecentábamos el rumor de que estábamos juntos. Porque sí, me quejaba de que hablaran de mí y de estar en boca de todo el mundo, pero me encantaba que fuera para relacionarme con él. Y en el fondo, no tan fondo, disfrutaba de que pensaran que estábamos juntos. Porque en la peli que me mostraba mi «*home cinema* cerebral», Gonzalo, Nico y yo estábamos juntos. Y sentía que se aproximaba ese capítulo.

Gonzalo me sacó de mi ensimismamiento.

—Bella —chascó con los dedos—, vuelve.

—Sí, perdona, estaba en mi mundo.

—Ya, ya, y ¿qué te parece este sitio?

—No venía desde que era pequeña con mis padres. A veces pasábamos la tarde aquí.

Estábamos en un pueblo medieval, en lo alto de la montaña y a escasos minutos del nuestro, que acumulaba todo el arte, la cultura y la riqueza arquitectónica que le correspondían a él y al resto de las localidades de la comarca, que poco o nada podíamos hacer para reclamar turismo. Era uno de los pueblos más bonitos de España. Parecía sacado de un cuento.

—Siempre me ha parecido uno de los pueblos más bonitos del mundo. Cuando era pequeña me encantaba corretear por estas calles medievales e imaginarme las historias que habían transcurrido en ellas. Tiene una colegiata increíble —concluí.

—Algún día la decorarás con flores, ya verás.

—¿El qué, la colegiata? —dije apurada—. No lo creo, eso son palabras mayores.

—No es que lo crea, es que estoy convencido. Bella, te quedan muchas experiencias por vivir, aunque estemos en una zona rural.

Sonreí y quise cogerle de la mano cuando empezamos a andar. Quería pasear con él agarrada y no soltarle nunca, pero no fui capaz. No sabía qué me pasaba con Gonzalo, por qué me costaba tanto expresar mis sentimientos.

No me hizo falta darle muchas vueltas a la idea. Nuestras manos se rozaron y Gonzalo cogió la mía. Me miró, le miré y nos sonreímos con complicidad.

Y anduvimos. Yo tenía esa sensación en el estómago que me estaba matando cada vez que le veía desde que vino a enseñarme mi casa. Esa sensación que recordaba haber tenido justo el verano antes de irme a Barcelona para no volver, cuando veía a Gonzalo en el pueblo con sus amigos y cierto aire de indiferencia por saberse dos años mayor. La volví a sentir con algún compañero de la universidad, pero de manera momentánea y muy leve. Luego, tras el accidente de mis padres, nada de nada. Nunca volvió a aparecer. Pero hoy la sentía y con más fuerzas que nunca, con tanta intensidad que me dio miedo y tuve ganas de salir corriendo. No hice ni un movimiento que a Gonzalo le pudiera dar a entender que lo iba a hacer, pero noté que me apretaba la mano con más firmeza y su voz me sacó de mis pensamientos.

—No voy a dejar que vuelvas a marcharte. No vas a salir huyendo como aquel verano o el viernes por la noche.

Suspiré a la vez que sonreía y advertía cómo se me ruborizaba la cara.

—Lo siento —fue lo único que atiné a decir.

—¿Sientes haberte marchado así ese verano?

—En realidad, lo decía por lo del viernes. De aquel verano siento muchas cosas y ninguna buena. Fui la persona más ingrata y absurda del planeta.

—No te castigues por eso. Eras una niña, hiciste lo que mejor supiste con la capacidad de decidir que tenías entonces. Yo me arrepiento cada día de haberme metido contigo.

—¿Tanta pena te dio que no volviera?

—Sí, me dio mucha pena, y también todo lo que vino después. Que no volvieras no fue fácil para tu familia y yo me sentía responsable en parte.

—Si no tengo la culpa porque era una cría, ¿qué culpa vas a tener tú de la decisión que yo tomé? No te castigues por eso.

—Bueno, lo importante es que ahora estás aquí. Y que sepas que yo también lo siento.

Nos paramos, nos miramos a los ojos y nos dimos un beso. Un beso de amor, de esos que son todo sentimientos. No sé Gonzalo, pero yo nunca había dado un beso así. A mis treinta y cinco años, estaba desbloqueando una parte de mi cerebro que desconocía y que me estaba haciendo sentir la vida de una manera completamente diferente a como la había experimentado en los últimos años.

Entramos en un restaurante a cenar. Si por algo se caracterizaba la villa medieval en la que nos encontrábamos era por la cantidad de establecimientos que había en cada una de sus calles. Y si por algo se caracterizaba Gonzalo era por conocer a todo el mundo en todos los sitios a los que había ido con él. En el restaurante ocurrió de nuevo. Abrazo con el dueño, golpes en la espalda, comentario de cómo estaba el pueblo, codazo de a ver si echaban un pádel... Pero en mi lista imaginaria de los pasos que iban a seguir mientras se saludaban, predecibles todos ellos, hubo uno que rompió mis esquemas: cuando el propietario se giró para saludarme y esperó a que Gonzalo le dijera quién era. De repente ya no me sentía invisible. Era visible. Y mi cerebro cortocircuitó. No sé por qué, me puse nerviosa. Sonreí. Como una boba. Y esperé a que Gonzalo me presentara: «Es Bella, se ha venido al pueblo y ha abierto una floristería».

Respiré, porque no me había presentado como «nada oficial», pero sentí pena, porque en esos momentos quería ser «todo oficial».

—¡Por aquí, chicos! —nos llamó el camarero.

Mientras yo echaba a andar mi primer paso, Gonzalo me cogió de la mano y juntos nos dirigimos hacia la mesa que nos habían indicado. Esperaba entonces el chiste jocoso del camarero, el que suele venir asociado a dos tortolitos de la mano. Pero no ocurrió, nos dejó la carta, nos sugirió algún plato y se marchó.

Pero ¿qué le estaba pasando a mi cerebro? Yo, que era todo racionalidad y nada sentimental, que el eje y motor de mi vida en los últimos años había sido mi cerebro, la parte de mi cuerpo de la que más orgullosa me sentía, estaba viendo cómo se nublaba y dejaba de mostrarme el mundo con claridad, a la vez que mi estómago, de nuevo, se había empeñado en hacerme sentir cosas nuevas y el corazón me palpitaba a mil por hora.

—¿Estás bien?

—Sí, pensaba que se iba a reír o a hacer algún chiste por vernos de la mano…

—¿Por qué? ¿A ti te parece gracioso? —me dijo a la vez que sonreía.

—No, yo solo pensaba que quizás él… pues se reiría, y la verdad yo…

—Bella, ¿me dejas darte un consejo? Igual es una tontería, pero a mí me funciona.

—Claro.

—Deja de pensar en lo que va a pasar y empieza a sentir para no perderte nada de lo que está pasando.

—Desde que te volví a encontrar siento… Siento mucho, tanto que a veces me asusto de mí misma.

—Te estás quitando esa armadura de mujer de hierro.

—Ha sido mi salvación durante muchos años… Me cuesta vivir sin ella.

—Bueno, no te la tienes que quitar del todo si tú no quieres.

—Pero es que quiero, Gonzalo. Quiero vivir y sentir, como siento ahora cuando estoy contigo. Pero es que a veces la armadura se cierra de golpe y salgo corriendo como el viernes.

—Bueno, pues entonces yo tendré que volver a ayudarte a abrir la armadura.

Cuando te rodeas de gente buena, todo fluye. Todo está rico: los platos que probamos, el postre o el vino que bebimos. Todo es bonito, incluso la moto y el camino de vuelta a casa. Todo se siente, desde el frío helado del postre y las mariposas de mi estómago hasta los baches del camino y los nervios que me estaban entrando según nos aproximábamos a casa. Había llegado el momento de decidir si Gonzalo entraba en mi casa y él desprendía del todo mi armadura o si, por el contrario, debería cerrar la armadura y mandarle a dormir a su casa. Obviamente, quería la primera opción, pero era evidente también que la armadura todavía tenía mucho poder de decisión en mi vida.

No hizo falta pensar mucho más: cuando llegamos, vimos que en mi casa había luz, y lo que era peor, vimos movimiento dentro.

Gonzalo estaba decidido a entrar y ver quién era el okupa que estaba revisando mis cosas.

—Igual es Mariela —aventuró Gonzalo.

—¿Estás de coña? ¿Tan zumbada está? Será un ladrón.

—No sé, Bella. Aquí la gente, si roba, lo hace de noche y cuando no les ve nadie, no con la luz encendida.

—Llamo al cuartel y que se acerquen.

Según marcaba, la puerta de mi casa se abrió. He de reconocer que me escondí detrás de Gonzalo. La de la armadura era yo, pero por si acaso, valiente de mí, me escondí. Quizás la armadura no fuera antibalas.

—¿Qué hacéis ahí? ¿Os estáis despidiendo con un besito de amor? —La cara de Inma dibujaba una sonrisa de oreja a oreja.

No reaccionamos. No sabía a quién esperaba encontrarme dentro de mi casa, la verdad. Ni siquiera había elaborado una lista mental de candidatos. Pero, desde luego, a la última persona que esperaba encontrarme era a Inma.

—Pero dame un abrazo, ¿no?

Y la abracé, claro, pero con pena, porque sabía que el que estuviera ella implicaría que Gonzalo se marcharía.

—¿Está todo bien? Estás seria, ¿ha pasado algo?

Y le sonreí, con una sonrisa de oreja a oreja como la suya. Había dejado todo en Barcelona para venir en mi rescate.

—¿Cómo es que has venido? ¿No tenías tanto lío? ¡Qué sorpresa!

—Sí, bueno, he pensado que me necesitabas y aquí estoy. Me he cogido unos días.

Si la noche me estaba regalando sorpresas, la más gorda todavía estaba por llegar.

Rubén hizo su aparición estelar con una copa de vino.

—Inma, ¡qué haces! Se va a enfriar todo.

Su cara al vernos fue un poema. Y su pregunta, curiosísima:

—¿Qué hacéis aquí?

—¡Hola, Rubén! A ver, es mi casa…, lo que no sabía es que tú estabas en mi casa.

—¡Hola, Bella! Sí, bueno… Le debía una cena a Inma, y como me ha llamado para decirme que estaba sola porque había venido a verte y no estabas, me ha parecido buena idea aprovechar para cenar algo y quitarme la apuesta de encima.

—A ver, que no me importa que estés en mi casa, pero no estoy entendiendo nada.

Gonzalo intervino:

—Bella, ¿por qué no vamos a dar un paseo mientras terminan de cenar y rebajamos la comida?

—Sí, vale, pero igual le sienta mal a Inma, que ha venido para estar conmigo y…

Inma cortó la conversación:

—No te preocupes, nos vamos nosotros.

—Pero ¿a dónde? —quise saber.

—Tranquila, Bella, que está todo bien.

Rubén y ella recogieron todas sus cosas y se marcharon apresuradamente sin apenas dar opción a que se quedaran con nosotros (lo cual me alivió bastante).

Cuando ya se habían ido, mi cara de estupor y preocupación porque Inma pudiera haberse enfadado o actuara de esa forma tan extraña llamó la atención de Gonzalo.

—¿Estás bien, Bella?

—No entiendo nada, Gonzalo.

—¿De verdad?

Me sonrió con una cara pícara que me encantaba. Pero yo estaba bloqueada. No estaba entendiendo absolutamente nada.

—¿De qué apuesta hablan? ¿Qué cena se debían?

—No creo que haya apuesta, Bella. Estos están liados.

—¡Qué dices, imposible! ¿Inma con Rubén? ¡Ni muerta! ¡¡¡Si lo llama el tabernero!!!

—Pues mira, igual ahora deja de llamarle así.

Empecé a reírme. La situación me parecía supercómica, pero la verdad es que no entendía nada.

—Bueno, Bella, el caso es que nos hemos quedado solos, y no

sé si tienes ganas de salir corriendo, si quieres que me quede, si quieres que me vaya… Decidas lo que decidas, lo sabré encajar.

—Eso.

—¿El qué?

—Quiero eso que has dicho.

—¿El qué de todo?

—Que te quedes para siempre y que no me faltes nunca.

Ahora el que se mordía el labio era Gonzalo. Me asusté al ver que tardaba en responder.

—Vaya, lo siento. No quería presionarte. Lo siento de veras. Soy una bocazas.

—No, no me presionas. Estaba deseando escuchar eso. Yo solo te pido que no te vayas lejos otra vez.

—Lejos es muy lejos. Quiero estar siempre aquí. Nunca tenía que haber dejado de venir.

—¿Me prometes que no volverás a marcharte?

—¿Me prometes que vas a estar a mi lado siempre?

De nuestra boca salió a la vez la palabra «prometido». Y nos fundimos en el beso de amor más largo que jamás, en mi escasa vida amorosa, había visto y menos sentido.

Nuestros ojos se encontraron y nuestras miradas confirmaron la conexión profunda que sentíamos.

Acaricié la cara de Gonzalo y él me abrazó con pasión. Nos quitamos la ropa y nos fundimos en uno solo. Lo que aquella noche sentí, prometí y viví juro que es la historia de amor más bonita jamás contada.

Dormimos abrazados, sin separarnos ni un solo segundo. Es lo bueno de vivir en un pueblo de Castilla y León, que, aunque una ola de calor azote a media España, es probable que necesites una colcha por la noche. El calor que me daba Gonzalo era reconfortante, aunque creo que hubiera sido capaz de soportarlo hasta en la mismísima Barcelona. Me sorprendí a mí misma pensado que todo debía ser así, que esta historia ya estaba escrita, pero sus protagonistas no habíamos sabido leerla hasta ahora. Sentía que el mundo giraba en equilibrio, despacio y con calma, tan despacio que incluso deseé que se parara. Mi respiración relajada y acompasada con la de él me sumió en un profundo sueño hasta que, a la mañana siguiente, el ruido de los armarios de la cocina mientras Gonzalo buscaba la manera de preparar un café me despertó.

Nos abrazamos y besamos como si lleváramos sin vernos una vida y tuviéramos que recuperar el tiempo perdido. Como si todas las piezas de un puzle de más de diez mil piezas hubieran encajado de golpe y hubiéramos visto la imagen que refleja completa. Con esa paz que da saber que estás donde debes estar y la seguridad que da ser consciente de que juntos podemos preparar un café, pasar un bonito día o conseguir la paz mundial, porque no sé Gonzalo, pero yo, me sentía invencible.

Capítulo 26

Una vez que comprobamos que el mundo no se detenía a pesar de habernos encontrado, que lo de la paz mundial tendría que esperar, y de haber hecho café y de besarnos, besarnos cual dos adolescentes, salí en búsqueda de Inma a La Ferroviaria. No había pasado por casa, pero la verdad es que no me había acordado de ella hasta que por la mañana vi su maleta en la entrada.

Ahí estaba ella, en la terraza del hostal, tomando un café.

—A alguien se le han pegado las sábanas. ¿Qué ha pasado, Isabelita? —Le encantaba llamarme así cuando quería fastidiarme—. ¿El amor disfrazado de guardabosques ha llamado a tu puerta?

—Me parece increíble, Inma.

—¿El qué? ¿Tan espectacular ha sido tu noche?

—Lo de Rubén, Inma, lo de Rubén. ¡¡¡Y que no me lo hayas dicho, que ha ido hasta a Barcelona a verte!!! ¿Soy la única idiota que no sabía nada?

—Pero qué dices, tía. No ha venido a verme a ningún lado, ni hay nada que contar de Rubén.

—Inma, que te he visto con él, joder, que has dormido aquí. ¿Qué está pasando?

—¿Que qué está pasando?, ¿que qué está pasando? ¡Que no sé por qué te has venido a vivir aquí! ¡Que desde que te has ido de Barcelona esto es una locura!

—*Joer*, perdona, no sabía que lo llevabas tan mal, yo…

—¡Que no es por ti! ¡Que no es por ti! ¡¡¡¡¡¡Es porque estoy enamorada del tabernero hasta las trancas!!!!!! Que a tomar por saco brindis de solteras y mujeres independientes. Que me he enamorado.

—¿De Rubén?

—Sí, de Rubén, ¿qué tiene de malo?

—Nada, que me sorprende, porque no es tu prototipo, sin más.

—¿Le estás llamando feo, Isabelita?

—Mira, Inma, no saques las cosas de quicio, que no me he referido a su físico en ningún momento, pero llevas llamándole tabernero desde que le conoces, y con cara de asco a veces también.

En voz bajita susurró una frase:

—Desde que lo llamó tabernero…

—No te entiendo, Inma, desde que lo llamas tabernero, ¿qué? Su voz todavía era más baja, casi inaudible.

—Desde que le llamo tabernero, estoy liada con él.

Entonces grité yo:

—¡Qué! ¿Y por qué no has dicho nada?

—Porque pensaba que era algo pasajero. A ver, no tenemos nada que ver, mundos diferentes, vidas diferentes…

—¡Madre mía, madre mía, Inma! Que te veo viviendo en el pueblo.

—Eso ni de broma. Que una cosa es que me esté ilusionando con alguien y otra que deje mi vida. Ten claro que de Barcelona no me muevo.

—Como tú veas, mientras lo tengas claro tú…

* * *

Vivir con ilusión es totalmente necesario para sentirnos vivos. Lo ideal es que ese estímulo no tenga que ver con el amor, sino con nuestros logros u objetivos. Sacar una buena nota para poder cursar aquello que nos gusta, encontrar un trabajo de nuestro agrado, montar un negocio o conseguir peonías para tu jardín de flores. Sea cual sea nuestro propósito en la vida, hay que vivirlo con ilusión. Levantarte por las mañanas y sentirte esperanzado por algo.

Y así había vivido yo toda mi vida. Buscando logros u objetivos que mantuvieran mi ilusión por vivir. La misma que se llevaron mis padres cuando les di el último adiós. Tener un objetivo e ilusionarme por conseguirlo habían hecho que toda mi vida tuviera sentido. Lo había logrado manteniéndome fiel a una premisa: que esa ilusión nunca dependiera de otras personas. Solamente de mí. Porque así nadie podría quitarme las ganas de vivir.

Sin embargo, esta teoría, filosofía de vida, pierde todo su sentido el día que te enamoras y descubres que toda la ilusión que tenías por lograr tus objetivos no tiene nada que ver con la que sientes cuando estás enamorada. Que las ganas de vivir cuando son compartidas te hacen vibrar y sentir tanto que nada te puede parar. Que el verdadero objetivo en esta vida es ser feliz, y cuando tienes amor eres dichoso, pero cuando estás enamorada desprendes felicidad y contagias las ganas de vivir.

Y en esta película de mi vida, no sé ya ni por qué capítulo voy, me encontraba plenamente sumergida en el enamoramiento e irradiaba felicidad

El mes de mayo, cogida de la mano con Gonzalo, que la mayoría de las noches se quedaba en mi casa a dormir, pude afrontar una campaña del Día de la Madre en la que el pueblo se volcó con la floristería. Fueron semanas de mucho trabajo en la tienda, que tuvieron su punto final con las fiestas de mayo y la decoración de las carrozas.

La relación con Gonzalo llenó mi vida de ilusión, de ganas, de sentimientos que nunca antes había conocido. Me sorprendía a mí misma enganchada a un sentimiento. Era capaz de extrapolarlo del resto y analizarlo. Ser capaz de probar por mí misma estados de mi cuerpo y mi mente que no conocía hacía que a veces me sintiera una mera espectadora de mi vida, todo parecía una película. Y me sorprendía cuando comprobaba que la protagonista era yo. Con cada gesto, cada palabra, cada cruce de miradas. Cuando estábamos rodeados de más gente, podía sentir esa conexión especial entre nosotros que nos unía, esos movimientos planificados para que, sin que se notase, pudiéramos terminar uno al lado del otro…, esos pequeños detalles que te hacen vibrar. Porque sentir que estás vivo es tan importante como estarlo. De nada sirve estar si no sientes o vives una vida que no te llena. Y aquí estaba yo, a mis treinta y cinco años descubriendo, por fin, lo que significaba sentirse vivo.

GONZALO

De repente, hay un momento en el que pasas de contar los días que hace que tu mundo se fue a la mierda —aunque lo haces con el convencimiento de que son los que han transcurrido desde tu resurgir, pero todo el mundo sabe, hasta tú, que no es así— a contar las horas o los minutos que te faltan para encontrarte de nuevo con la persona que ilumina tu vida y con la que quieres andar el resto del camino. Es complicado enamorarte y dejarte llevar cuando tienes un hijo. Además de pasar tu propia criba, que si te enamoras suele ser defectuosa porque estás cegado, tiene que pasar la prueba de que te guste para compartir tiempo con tu hijo. Y ahí es más complicado. Las pocas relaciones amorosas que había tenido hasta el momento sabía que no iban a llegar a nada porque ni se me pasaba por la cabeza que pudieran conocer a Nico. No quería mezclarlas con él. Nico es mi vida y ellas eran capítulos independientes. Yo pensaba que iba a ser siempre así; que mientras fuera pequeño no podría enamorarme. Hasta que apareció Bella, y me moría de ganas porque estuviera con mi hijo y disfrutar de la compañía de los dos. Estado civil: enamorado como un loco.

La llamada de Inma me cambió la vida. Ir a ver a Bella y pasar la tarde y la noche con ella habían traído de bonus una vida entera juntos.

Desde entonces no nos habíamos separado, y a veces me asustaba de lo bien que estaba y de lo feliz que éramos Nico y yo a su lado. No sé si a ella le pasaría, pero las cosas marchaban tan bien que tenía miedo de que todo se fuera a la mierda. Debe de ser inevitable en el ser humano lo de castigarse por problemas que no existen.

A veces me sorprendía mirando a Bella, y me chocaba verla con sus zapatillas de más de cien euros pisando el barro del huerto o echándose cremas de nombres impronunciables, que, por supuesto, ni en la droguería ni en la farmacia del pueblo vendían, para aliviar la sequedad que le producía el mero hecho de sujetar la azada. Un día cavó un poco y se hizo una *burra* en las manos que tuvo que ir al centro de salud. Le costaba la vida del pueblo, era evidente: se moría por un plato de sushi o por salir de compras, y eso aquí no existe.

Era como una niña de ciudad jugando a ser hortelana. En ocasiones me contaba historias o me hablaba de sitios que conocía en Barcelona y se le iluminaba la cara. Era evidente que aquel era su hábitat natural, y yo tenía miedo, y mucho, de que alguna vez decidiera volver y todo se acabara entre nosotros. Mientras Nico estuviera aquí, yo no podía marcharme y alejarme 500 km de él. Además, mi vida es esta, aquí está mi lugar, mi trabajo, mi gente…, es donde soy feliz.

El caso es que a mí me hacía intensamente dichoso, Nico la adoraba y ella había decidido quedarse, porque se supone que ahora lo que le gustaba era estar aquí. Había aprendido a hacer sushi y más de un fin de semana nos habíamos escapado a Zaragoza, de compras, a pasar el día para que Bella se reencontrara con su hábitat natural.

Capítulo 27

De la mano de Gonzalo, fui capaz de enfrentarme a todos los retos que se me pusieron por delante.

Finalmente fui —fuimos, porque Gonzalo curró como el que más— capaz de decorar las carrozas de la romería. Si he de ser sincera, no quedaron mal. Simplemente quedaron. Lo que había dibujado en mi mente poco o nada tenía que ver con el resultado final. Gonzalo me decía que estaban perfectas y que, además, los vecinos no sabían cómo las había dibujado en mi mente, así que no tenían con qué comparar y seguro que les gustaban.

Yo miraba la carroza que había montado la floristería de Soria y me sentía ridícula. Esa sí que era una verdadera obra de arte.

—Me gustaría saber el presupuesto que tienen.

Inma me sacó de mi ensimismamiento mientras miraba la carroza.

—No lo sé, pero es una obra de arte.

—Lo que es es un gasto de dinero absurdo. Todos esos euros los podían haber donado a una ONG.

—Mira que eres bruta, Inma, yo vivo de las flores.

—¿Y a que no derrochas el dinero? Pues eso. A mí esto me parece un derroche.

—Lo que tú digas…

—Por cierto, tienes que venir ya, los de la revista están a punto de llegar.

Inma por sí sola era un torbellino, pero con Rubén de compañero de vida era un huracán. Siempre estaba pensando y tramando cosas, y Rubén tenía un espíritu emprendedor, por lo que juntos resultaban explosivos. Y, a veces, agotadores. Se las habían ingeniado para «presentar las peonías en sociedad», como ellos decían, en una revista de moda muy popular a nivel nacional. Inma había tirado de contactos y favores y con la ayuda de Rubén había conseguido que me hicieran una entrevista y una sesión de fotos.

Yo no estaba nada motivada: solo me apetecía disfrutar de esta nueva faceta que consistía en sentirme viva con Gonzalo y Nico. Pero Inma había puesto tanta ilusión y ganas en este asunto que no pude decirle que no a nada de lo que me pedía.

Acudí con Inma a Bella Flor. Rubén y Gonzalo estaban colgando unos centros con flores en las farolas que había en la puerta de la calle. Valentina había entrado en bucle con la escoba y barría cualquier partícula por insignificante que pareciera. Alejandra colocaba todo por enésima vez dentro de la tienda para que estuviera perfecto. Ahora sí que Bella Flor se parecía a esa imagen que seguro que mi madre tenía en su cabeza cuando decidió abrir la floristería y que yo también pude ver en mi mente cuando visité por primera vez el local en compañía de Valentina.

—Está todo perfecto, chicos. No os preocupéis tanto. No es nada del otro mundo, vendrán, harán dos fotos, cuatro preguntas y se irán a comer por ahí. Deberíais iros a la romería.

Veía la entrevista como un mero trámite. El director le debía un favor a Inma. Estaban aquí porque ella se lo había pedido de manera insistente y cabezona, pero no pensaba que le dedicaran mucho más de una columna en las últimas páginas de la revista, y gracias si ponían una foto y la ubicación de donde estaba Ya no Maldito Pueblo. ¡Qué interés si no podía tener una revista tan influyente en alguien como yo! A pesar de que también conocía al director de la revista por mi antiguo trabajo, ni me había molestado en responder el teléfono cuando me llamó. Había dejado que fuera Inma la que se encargara del asunto, porque realmente a mí no me hacía ninguna gracia.

—Sí es para tanto, Bella. Esta revista la lee todo el mundo.

—¿Y en qué crees que me va a beneficiar? Mis clientes aquí son los que son. No van a venir de fuera solo porque haya salido en la revista.

Me volví a sorprender a mí misma cuando vi lo bonita que había quedado la tienda. Las flores de primavera que habíamos puesto en la parte exterior le daban un toque muy personal. Me emocioné al pensar lo orgullosa que se hubiera sentido mi madre de mí, lo feliz que hubiera sido de haber visto su floristería llena de vida. Pero me emocioné sobre todo cuando vi la familia tan bonita que en apenas unos meses había conseguido crear en el pueblo. A mi inseparable Inma, a su adorado Rubén, a Alejandra, a Valentina, que se había convertido en una segunda madre para mí, a Nico, al que poco a poco le iba conquistando el corazón, y sobre todo a Gonzalo… Todos estaban allí por mí y con la ilusión de que Bella Flor fuera bien.

Todavía con la emoción en mi interior, vi cómo llegaba el coche del equipo de grabación. Ahí sí que me puse nerviosa. Focos, micrófonos, cámaras… Parecía la puesta en escena de cualquier *spot* publicitario de los que realizábamos en Barcelona al que acudía la *influencer* o la famosa de turno, y por un momento paralizábamos la calle en la que tenía lugar el rodaje, mientras todas las miradas se dirigían hacia mi equipo. Hoy estaba en el otro lado, en el de la *influencer* o la famosa, con la gran diferencia de que yo no era ninguna de las dos cosas, y mi mayor logro había sido poner un cercado en mitad del monte para que los corzos no se comieran las peonías.

—Inma, estás loca, pero cómo la has liado. ¿Has visto? Se creen que tengo algo interesante que contar.

—Pues cuéntales algo interesante.

—Pero ¿el qué? ¿Que tengo un campo clandestino de peonías escondido por el monte?

—Lo de clandestino no lo digas, no vaya a ser que vengan los amigos de tu querido guardián del bosque y os detengan.

—Es que no es clandestino.

—Tú lo has dicho

—Pero ¿qué quieres que cuente?

—Pues no sé, lo de tu abuela, lo de las peonías y que se le apareció la Virgen…

—Pero ¡que a mi abuela no se le apareció nadie!

—Bueno, eso ellos no lo saben.

Y me llamaron para comenzar la entrevista, y era incapaz de articular palabra y de dar un paso sin tropezarme.

Gonzalo vio que estaba pasándolo realmente mal.

—Tranquila, lo vas a hacer genial.

—Gonzalo, a mí me va a dar algo.

—Inma y sus ideas tienen a todo el pueblo revolucionado con lo de la revista. Con lo tranquilos que vivimos. Esto no puede traer nada bueno.

—Pero ¿me estás calmando o me quieres hundir del todo?

—Perdona, seguro que lo haces bien. Confío plenamente en ti, en que lo harás genial. Así que tranquilízate y hazlo lo mejor que puedas… Y lo más rápido posible para que se vuelvan a Barcelona.

Inma y Rubén estaban encantados con la situación. Él parecía que se había criado entre focos y micrófonos, y ella estaba en su ambiente de trabajo de todos los días.

Alejandra y Valentina, en un rincón y con cara de circunstancias, miraban la situación intentando molestar lo menos posible entre el trasiego de focos y cámaras que había en la tienda, mientras sujetaban al pobre Nico, que no entendía qué estaba pasando.

Y llegó el momento… y comenzó la entrevista. Y hablé y hablé, y hasta yo me sorprendí a mí misma de todo lo que tenía que contar. Chupaos esa, *influencers* de Barcelona, ya quisierais mi labia y soltura para contar todo lo que tenía que contar. Y es que, como se encargó de recordarme Inma después, ese era mi medio natural y en el que había desarrollado mi carrera laboral. Al otro lado de la cámara, sí, pero al fin y al cabo en este mundillo.

Me gustó y, si he de ser sincera, cuando vi desde fuera la labor de mis antiguos compañeros, sentí cierta envidia y nostalgia. Como si hiciera una vida que hubiera dejado mi antiguo trabajo, el cual he de decir que me encantaba.

—A ver si te vas a querer volver a Barcelona con ellos.

Gonzalo enseguida se dio cuenta de lo que me estaba pasando por la cabeza.

—¿Y separarme de ti y de Nico? Ni loca.

—¿Pero volverías?

—¿A dónde? ¿A Barcelona? Jamás.

Cuando todo el trasiego de cámaras terminó, subimos de nuevo al monte, a la romería.

El ambiente era increíble, multitud de cuadrillas habían montado mesas y sillas, y habían preparado merienda y bebida para permanecer una semana en mitad del campo, a pesar de que esa misma tarde, a última hora, todos volveríamos al pueblo; los más religiosos para acudir a misa, y los más fiesteros para seguir por los bares.

—Qué curioso, hoy hace años que tu abuela se perdió en el bosque y presentó las peonías a los vecinos del pueblo y hoy has presentado las peonías «en sociedad», como dicen Inma y Rubén.

—Te parece una pésima idea, ¿verdad?

—¿El qué?, ¿lo de presentar las flores? No me parece mala idea, seguro que trae clientela nueva a la tienda. Me da miedo lo que pueda pasar después.

—¿Y qué va a pasar, Gonzalo?

No contestó. Apareció Mariela con dos amigas y nos arrastraron a la verbena, donde Gonzalo rápidamente se integró en el ambiente y empezó a disfrutar de las fiestas.

No podía culparle; llevaba todo el día liado, terminando de montar las carrozas conmigo y después preparando todo para la entrevista.

Yo, sin embargo, me sentía un poco fuera de lugar. Mariela se encargó de excluirme del grupo en el que bailaban, dándome la espalda y dejándome claro que allí sobraba. Así que me fui.

Busqué a Inma y a Rubén, que estaban en una barra de bar que habían montado los chavales del pueblo.

—Bella, ¡qué pasada la entrevista, les ha encantado! —gritó Inma entusiasmada—. Estaban alucinando de las tablas que has demostrado.

—Dicen que va a quedar un artículo espectacular. —Rubén hacía hasta aspavientos para explicarme lo que habían dicho los de la revista.

—¿A vosotros no os da miedo lo que pueda pasar después, como a Gonzalo?

Las caras de Inma y Rubén eran un poema.

—¿Y qué cree que va a pasar después? No entiendo nada —quiso saber mi amiga.

Y como caída del cielo, como por arte de magia, y como siempre que no se la espera, porque lo cierto es que yo nunca la espero, apareció Mariela.

—No te rayes, tía, que no pasa nada.

—Pero ¿qué dices?

Mi forma de responder dejó mucho que desear, pero tenía el don de sacarme de quicio, de opinar de todo de lo que no sabía y, con dos copas de más, era directamente repelente. Me parecía increíble que tuviera que meterse en cómo me sentía yo después de la entrevista o en lo que estábamos hablando Inma, Rubén y yo. Pero no, como buena petarda, venía cargadita de pólvora.

—Por lo de Gemma y Gonzalo.

Estaba consiguiendo sacar lo peor de mí solo con su presencia, y a medida que hablaba más se me iba hinchando la vena del cuello.

No fui capaz de responder, simplemente le puse esa cara que nos sale cuando estamos entre enfadados y asustados y encima no entendemos nada.

No hizo falta mi respuesta. Ella siguió hablando y disfrutando:

—Que no te hagas mala sangre porque estén juntos. Yo creo que desde que estás tú por aquí no se han liado, tampoco han coincidido, pero, vamos, que si está contigo no creo que vuelva a liarse con Gemma.

Y caí en la trampa de Mariela. La pólvora que iba soltando la petarda según hablaba me estaba nublando la vista y, lo que es peor, el juicio. Mi mirada inevitablemente se dirigió a Gonzalo, al que descubrí riéndose y disfrutando de la verbena con una rubia guapísima algún año menor que nosotros y que no había visto en la vida.

241

—Es la hermana de Pedro, ¿te acuerdas de Pedro? No es mala chica y estaba pilladísima por Gonzalo. Así y todo, no te preocupes, que si él está contigo no se liará con ella. Pero, claro, antes de aparecer tú estaba con ella.

Y se echó a reír. Y por mi mejilla resbaló una lágrima, esta vez no de emoción, como en Bella Flor, sino de terror al sentir que mi mundo de fantasía se desmoronaba.

—Venga, vamos, vamos a bailar un poco. Tú no les hagas caso y ya está. Y para lo que necesites, aquí estoy. Voy yendo —dijo Mariela.

Me mordí el labio inferior y respiré. Vacié la copa que me habían pedido despacio en el suelo y desaparecí. Lo volví a hacer. Sin darme cuenta. Pasito a pasito me distancié de la romería y me dirigí al pueblo sin despedirme de nadie.

Capítulo 28

Al bajar al pueblo, cuando se divisaban las primeras casas, vi la ermita; la famosa ermita donde estaba la Virgen a la que se supone que estábamos venerando, y digo supone porque ella estaba dentro, y todos sus feligreses y el resto del pueblo, en el monte de verbena. No pude evitar pensar las incongruencias que tenemos las personas.

La curiosidad me hizo entrar. La recordaba más grande cuando me llevaban mis padres y abuelos a la misa de las fiestas. Supongo que el ser yo pequeña era el motivo. Desde entonces no había vuelto a ir a una iglesia, salvo en visitas culturales durante las vacaciones. Tenía dudas de haber estado alguna vez en alguna en Barcelona, salvo la catedral o la Sagrada Familia.

Me senté y miré a la Virgen. Ella me mantuvo el gesto, y le hablé.

—¿Qué? ¿A ti también te han dejado sola hoy, eh?

La voz del párroco me sorprendió.

—No la han dejado sola. En unas horas esto se llenará de feligreses y le haremos una misa multitudinaria.

—¿Y el resto del año? ¿Alguien se va a acordar de ella?

—Sus feligreses más fieles, que son los que la veneran durante todo el año y mantienen esta ermita con vida. Son los que están en los buenos y en los malos momentos, y a los que hay que cuidar.

—¿Y cuando algún feligrés venera a más de una virgen?

Ahí el sacerdote, para sorpresa mía, empezó a reírse.

—Ay, hija mía, si tienes mal de amores, tienes que hablar con tu feligrés; no creo que la Virgen ni yo podamos ayudarte.

Me dio la risa y me sentí ridícula. En ningún momento había pretendido que resolvieran mi problema, solo desahogarme, pero sin duda aquel cura había entendido perfectamente cuál era el motivo de mi enfado.

Los dos nos reímos, y él siguió preparando la ermita para la celebración que comenzaría en unas horas. Yo me quedé sentada, observando el santuario, sin ningún pensamiento en mi cabeza, pero con una pena en mi interior.

La voz del párroco, que estaba fuera de la ermita, llamó mi atención:

—Por ahí viene tu feligrés, te está buscando. Al final sí que debe tener claro cuál es su parroquia.

Sonreí, me hizo mucha gracia su comentario. La verdad es que nunca había coincidido con un cura y tenía una imagen diferente de ellos: más distante y menos chistosa. Y, sobre todo, menos metafórica; bueno, eso sí, que ellos son muy de utilizar la metáfora, pero no me esperaba que la empleara con «mis problemas».

Gonzalo, avisado por el párroco de que la oveja descarriada, o sea, yo, estaba dentro de la ermita, hizo su aparición y se sentó a mi lado.

—No sabía que conocías a don Mateo —dijo Gonzalo realmente asombrado.

—¿Y quién es don Mateo? ¿El párroco? No le conocía hasta hace un momento.

—Es majo. Juega muy bien al pádel.

—¿En serio?

—Sí, lleva un par de años en el pueblo y hace mucha vida social. De hecho, está apuntado al campeonato de pádel. Si lo has visto sin sotana, quizás no te hayas dado cuenta de que es el párroco. La gente más mayor no lo lleva muy bien, pero está muy integrado.

—¿Sabe lo nuestro?

—Claro, todo el mundo sabe lo nuestro.

—Vale, soy la más payasa del pueblo. Le he estado hablando como si fuera un cura de los de antes y no fuera a entender lo que realmente me pasaba.

—¿Y qué te pasa?, ¿qué le has contado?

—Nada importante, vámonos, por favor.

Quería desintegrarme allí mismo. Si los vecinos decían que a mi abuela se le había aparecido la Virgen, yo estaba a punto de conseguir el efecto contrario: desaparecer delante de la Virgen. Apreté los puños y me hundí hacia abajo con intención de desintegrarme, pero no funcionó. Mi segundo plan era que don Mateo obviara nuestra presencia y no hiciera ningún comentario. Tampoco funcionó.

—Bueno, Gonzalo, ¿te has cambiado de parroquia o te vas a quedar en la nuestra? Tienes que aclarar a qué Virgen veneras…

Le hubiera matado. Lo juro. Allí mismo, con mis manos. Igual los de la revista tenían que volver para cubrir la noticia del atentado sufrido por el párroco de Ya no Maldito Pueblo, pero me contuve. Simplemente sonreí y puse cara de circunstancias, mientras lo veía alejarse después de haber soltado la bomba.

—Pero ¿se puede saber qué le has contado a Mateo?

—Vaya, ya le has quitado el don. Pronto les quitas tú la posición y el lugar a las personas.

—Pero ¿de qué estás hablando, Bella? ¿Qué te pasa ahora?

245

—Vete con Gemma, que te estará buscando —dije con la boca pequeña, mientras las piernas me temblaban como las de un cervatillo. Pero tuvo el mismo efecto que si lo hubiera dicho por el micro que don Mateo estaba preparando para oficiar la misa.

—Pero ¿por qué me voy a ir con Gemma si yo quiero estar contigo? De hecho, es a la única que estaba buscando porque te has ido sin decir adiós.

—Te he visto muy a gusto y relajado con Gemma.

Lo había vuelto a hacer. No podía parar de nombrarla, y a la vez me hacía daño a mí misma diciendo lo que estaba diciendo.

—De verdad, Bella, no lo entiendo. Estamos juntos, todos los días juntos, y ahora porque me tomo algo con mis amigos y estoy con ellos, ¿te enfadas?

—No, no me enfado porque estés con tus amigos. Me duele que estés con Gemma, y enterarme por Mariela de que hasta que aparecí yo tenías algo con ella.

—Pero, Bella, escúchate, hasta la misma Mariela te ha dicho: «Hasta que apareciste tú». Desde que entraste por la puerta del ayuntamiento aquel día no he vuelto a tener nada con ella y solo he pensado en ti.

—No has vuelto a tener nada con ella porque no la has vuelto a ver. Hoy en el reencuentro se os veía muy felices.

—Mira, Bella, estás siendo muy injusta, no me merezco esto que me estás diciendo, y tampoco lo entiendo. No sé qué te pasa, pero no me gusta esta conversación. Cuando estés más tranquila, hablamos. No quiero discutir. Me voy a tomar algo.

Y se marchó como se marcha un balón de la pista de juego cuando un niño le da una patada algo más fuerte de lo normal. Y se aleja, sin pausa, sin mirar atrás y con decisión. Entonces dudas si correr a cogerlo para poder seguir jugando o mejor darle su tiempo y esperar a que se pare solo y pausar por un rato el juego.

Me quedé vacía. No triste, ni sola, no, no, vacía. Porque no sabía qué tenía que sentir en ese momento y llevaba semanas que me encontraba llena al estar a su lado.

Me despedí de Mateo, no sin antes intentar quedarme con su cara para asegurarme de que si lo veía sin sotana pudiera reconocerle. Ya no Maldito Pueblo no dejaba nunca de sorprenderme. Está claro que los de la ciudad tenemos una visión sesgada y llena de prejuicios de los pueblos: pensamos que el tiempo y los cambios que conlleva no pasan por ellos.

Esa noche, cuando llegué a casa hueca de vida y de sentimientos, me fui a dormir sin nada que me ilusionara y con angustia en el pecho. Esa sensación de vacío que me había dejado Gonzalo al marcharse se había llenado de pensamientos pesimistas y algo apocalípticos. No sé qué sensor tendrá nuestro cerebro, que es ponerte en posición horizontal y apagar la luz y atiborrarse tu cabeza de cosas negativas hasta que al día siguiente te despiertas, enciendes la luz, te pones en posición vertical, y lo que la noche anterior era un drama ya lo ves con ojos de «bueno, pues todo tiene solución, vamos a ver si no se resiste mucho y la encontramos pronto». Y con esa sensación me levanté yo. Más que nada porque el olor a café recién hecho y la pregunta de Gonzalo de si iba a querer tostada me recordaron de nuevo lo bonito que es vivir.

—Buenos días. ¿Qué tal anoche?

—Bien, me vine pronto a casa.

—Pero no has dormido en la cama…

—Me quedé en el sofá, no quería despertarte.

—Lo siento, siento haberte estropeado la fiesta.

—No estropeaste nada. Pero es verdad que te echaba de menos y no me apetecía estar por ahí sin ti. Además, tenemos muchas cosas que hacer en la granja de flores. Nos falta pasar algún plantero a tierra y terminar de arreglar la valla.

Sonreí. Llena de vida de nuevo y con la angustia alejándose de mí. Porque cuando alguien te quiere y le importas, te prepara café por la mañana y te sonríe, y te da un beso, y cuando te da un beso y le respondes, los problemas disminuyen, y si le das otro, y otro más, hasta desaparecen. No pienses en con quién se toma las copas cuando sale; piensa en con quién se toma el café cuando se levanta, y si preferirías tomar café el resto de tus días a su lado o solo coincidir con él de copas alguna que otra noche.

Capítulo 29

El huerto de mis abuelos, donde ahora estaba la granja de flores, en las últimas semanas había recobrado su magia, como Gonzalo y yo. Esa que nunca debió de perder y que casi se destruye por mi dejadez y egoísmo, igual que mi relación con la familia de Gonzalo... Él se quedaba a dormir en casa los días que no le tocaba a Nico. Estaba supervolcado en ayudarme a sacar el proyecto adelante. Así que pasábamos todo nuestro tiempo libre trabajando en la granja. Habíamos dejado una zona con césped. ¡Hay que ver lo que cuesta hacer nacer el césped y mantenerlo después! No entiendo a la gente que dice que se le dan mal las plantas, se llama a sí misma mataplantas y luego tiene una explanada de césped impecable. ¡Si es más difícil tener el césped bonito que cuidar una planta! A mí se me daba mal el césped y era una matacésped. Pero poco a poco iba tomando color, y ya el verde se estaba apoderando del color tierra donde habíamos echado las semillas.

La idea era poner una pérgola de madera y dar ahí, rodeados de montañas, los cursos de flores que íbamos a realizar en verano. Habíamos puesto varios anuncios y gente de la zona ya se iba apuntando. Recolectaríamos flores de la granja e impartiríamos talleres para hacer arreglos florales. A mí me angustiaba no tener el césped, y a Gonzalo, no tener las flores llegado el momento. Yo en las flores creía plenamente porque le veía supervolcado con el tema. Pero el césped me tenía agobiada, las cosas como son.

Hacía tan solo unas semanas, la prensa provincial también se había hecho eco de nuestro proyecto, y nos había dedicado las páginas centrales del suplemento dominical. Así que media provincia había visto con sus propios ojos nuestra granja de flores y leído sobre la intención de dar cursos florales. Desde entonces, el teléfono de Bella Flor no había parado de sonar y las solicitudes para inscribirse se multiplicaban.

Cambiamos la valla que delimitaba el huerto. Pusimos una de madera blanca que recordaba a los cercados de las películas americanas, salvo que aquí no teníamos caballos ni, de momento, un césped en condiciones, pero que hacía parecer aquello un lugar de cuento.

La mayoría de las plantas, que serían las encargadas de dar flores en apenas unas semanas, ya estaban en tierra después de haber pasado por los planteros y se erguían con fuerza, mientras los bulbos de dalia asomaban al exterior con sus primeros brotes.

También habíamos delimitado una zona para plantar las peonías, que podríamos trasladar de las que teníamos en el campo cuando llegara de nuevo el otoño, y también otras variedades que Gonzalo había ido seleccionando. La idea era llenar la granja de flores de peonía. Sin duda, unas de las más bonitas del mundo y que en nuestro clima soriano se desenvolvían divinamente.

Todo estaba saliendo como quería. Como necesitaba. Como esperaba. Seguía alucinando cuando veía mi cara en la prensa, aunque de momento solo fuera en la de la provincia. Todo cambiaba demasiado rápido, y mi cabeza no podía dejar de tararear la canción esa tan de moda en los últimos años, esa que cuenta la historia de un tipo que sale en el *As* y piensa que algo malo viene después. Pues como el tipo del *As* vivía yo. Desde que estaba en el pueblo, había convertido esa canción en el buque insignia de mi vida y en su banda sonora. Me pasara lo que me pasara en la vida, hubiera los cambios que hubiera, y aunque todo fuera bien, inevitablemente mi cerebro me decía: «A veces pienso... que algo malo viene detrás».

Así que muchas veces me tocaba tragar saliva, respirar y empezar a creer que esta vez sería plenamente feliz y que no tenían por qué ocurrir cosas malas. Autoconvencimiento de una vida así, y acto seguido aparecer la insoportable de Mariela, atravesando el arco de piedra que daba entrada a mi granja de flores... Al final, y al principio, el tipo que había hecho la canción llevaba razón. Tendría que preguntarle si algún verano querría dar un concierto allí. Algo pequeño, en plan grupo selecto... Estaba evadida en mis pensamientos no realizables cuando Mariela volvió a sacarme de mi mundo mágico:

—¿Qué pasa? ¡Que parece que te ha dado un aire!

¿Un aire, dice? Lo que me entró es una mala uva increíble cuando la vi.

—Si buscas a Gonzalo, está al final de la granja.

Problema-solución. Que la aguantara Gonzalo. Yo no tenía ganas de escucharla.

—¿Qué granja? —se rio a carcajadas—. Eso es para las vacas, esto es un huerto, bonita. ¡Cómo sois los de ciudad!

Hay que reconocer que, aunque tenía malaleche, a veces tenía algo de razón. Se tenía que decir y se dijo: esto era un huerto, sí. Para una vez que la muchacha decía algo coherente, había que reconocérselo. Granja de flores era muy poético, pero era un huerto. Que fuera ella la que dictó sentencia era también parte de un guion no escrito que la petarda seguía al dedillo.

—Venimos a devolverle el reloj, que se lo guardó Gemma, y cuando se marchó se le olvidó pedírselo.

—¡Qué interesante! Voy a apuntarme este dato, vital para poder seguir viviendo.

—¿Perdona? ¿Qué dices?

—Nada, nada, que ahí al fondo tenéis a Gonzalo.

Había venido con Gemma. Se puede ser mala y luego retorcida. Ella era las dos cosas. Pero si esto era el «algo malo viene detrás» al que se refería Leiva pues no estaba tan mal la cosa y sería capaz de resistirlo después de mi noche de penitencia.

Capítulo 30

Yo, que no tenía ni idea de lo que era el amor, que nunca había querido a nadie más de lo que me quería a mí misma, estaba enamorada hasta el punto de que todo lo que hacía lo hacía pensando en Gonzalo. Era una sensación muy placentera y a la vez, he de decir, absurda vivir así de enamorada. Porque pierdes el juicio. Pero no debe de ser algo malo, porque como especie hemos conseguido sobrevivir y evolucionar. Y si estar enamorado no nos ha invalidado y hecho que nos extingamos, será porque, aunque ridículo, no es tan malo. El amor mueve montañas, bueno, eso es la fe, y la fe que tenía en que el huerto saldría adelante era directamente proporcional al amor y admiración que sentía por Gonzalo.

Estaba acostumbrándome a la placentera sensación de la vida en pareja, en la que los problemas se dividen entre dos y lo bueno se disfruta dos veces: una cuando ocurre y otra cuando la compartes con tu pareja. Por eso, cuando esa mañana pasé por el quiosco para comprar el ejemplar de la revista de moda que me había hecho la entrevista el día de la romería, y vi que hacían alusión a Bella Flor y a las peonías de Soria en una ventana de la portada, salí corriendo en dirección al ayuntamiento para compartir con él la novedad.

Entré con la misma velocidad y decisión con que lo había hecho hacía solo unos meses para pedirle a Gonzalo los permisos necesarios para abrir la tienda. Pero esta vez tuve más educación o, digamos, menos arrogancia… Ahora sentía respeto por esa institución que tan casposa me pareció al principio y que se ocupaba, erradamente o no, de que el pueblo no se marchitara.

En la recepción del ayuntamiento me miraron con cara de desconcierto: sí, sabían que mantenía una relación con Gonzalo. En un pueblo se sabe todo siempre, y lo que no, nos lo inventamos. Pero generalmente no nos inventamos romances que no existen. Aquí el dicho «cuando el río suena, agua lleva» cobra todo el sentido del mundo. Y, si se detecta que dos personas están sintiendo una atracción que puede evolucionar en una relación, normalmente nos enteramos casi antes de que ocurra, como pasó en el caso de Gonzalo y mío. Siempre hay excepciones, claro, porque eso de que «si no quieres que se sepa, no lo hagas» no funciona así, al menos al principio. Sería más bien algo así: «Si no quieres que se sepa, que no te vean».

El caso es que nuestro enamoramiento lo vieron nuestros vecinos a la vez (y quizás antes que yo) que iba sucediendo.

—¿Podemos ayudarte?

—Necesito hablar con Gonzalo.

—Está reunido, tienes que esperarte —dijo con voz cortante la recepcionista.

Aún estaba enfadada por el día que entré como un tsunami e interrumpí la reunión. Me daba vergüenza solo de recordarlo.

—Está bien —respondí con sonrisa conciliadora y cara de boba.

Indiferencia por su parte.

Nota mental: hablar con Gonzalo para ver cómo disculparme con esta mujer.

Los minutos pasaban y a mí se me hacían eternos. Tener algo que contar y no poder hacerlo me estaba generando unos nervios para los que no estaba preparada.

Cuando ya me levantaba para salir de allí, porque mi impaciencia estaba a punto de liarla de nuevo, se abrió la puerta del despacho de Gonzalo. Salía una señora con cara de felicidad. No dudé en ningún momento de que el motivo de felicidad fuera que había llegado a algún acuerdo necesario para ella con el Ayuntamiento. Le sonreí, la esquivé y pasé al despacho de Gonzalo, tropezándome con las sillas.

—¿Estás bien? Madre mía, qué energía.

La cara de Gonzalo era de diversión absoluta al verme entrar así. La de la secretaria de la puerta era la antítesis. Bien se les podría haber hecho una foto, y hacer un cuadro con sus dos expresiones faciales para ver qué músculos de la cara utilizamos al reír y al llorar. Que al final son los mismos, pero colocados en distinta posición. De la risa al llanto solo hay un pequeño gesto que lo cambia todo. Pero, aunque yo en Ya no Maldito Pueblo lo estaba aprendiendo a marchas forzadas, ese no era el tema.

—¡¡Mira!! ¡¡Mira!! ¡Miraaaaaaaaa! ¡Salimos en portada! En la portada de la revista. Nuestras PEONÍAS, nuestras flores, ¡¡yo!!

Él sonrió.

—Pensaba que no te hacía tanta ilusión lo de la revista y que era solo un trámite.

—Así era, porque pensaba que la noticia saldría en las últimas páginas, de relleno y rodeada de publicidad. Vamos, que pensaba que no lo iba a ver nadie. Pero esto, Gonzalo, bufff, no sabes lo que significa. Están nuestras flores en portada en las tiendas y quioscos de toda España. Es brutaaaaaaaal.

—Creía que con la prensa de Soria estabas contenta.

—¡Y lo estoy! ¡Pero esto! ¿Sabes que hay tortas por salir en portada en las revistas de moda? ¿Sabes quiénes son los que ocupan esas portadas? ¡¡Gente muy famosa y con mucho poder!!

Y me lancé sobre Gonzalo, y le abracé, ¡y me abrazó!

Y saltamos de felicidad, o al menos salté yo…

Tiré la revista sobre su escritorio para poder abrazarle con más ganas. Y leí el titular y le sentí feliz. «Bella, la cosmopolita que ha revolucionado el mundo de las flores de la España rural».

Punto y minipunto para mi ego. Adiós a las noches dándole vueltas en la cama a si había acertado con la decisión de dejar mi carrera profesional en Barcelona. Y es que en lo sentimental estaba feliz, pero en lo profesional tenía una pequeña espinita clavada que cada vez menos, pero más veces de las que me gustaría, me quitaba minutos de sueño antes de dormir.

—Bueno, Gonzalo, esto hay que celebrarlo. ¿Dónde te apetece ir a cenar con esta cosmopolita encantadora de flores?

—La verdad es que me apetece más ir a cenar con Bella que con ninguna mujer cosmopolita. Pero, en cualquier caso, ahora da igual, porque cenamos en casa de mis padres si te parece bien… Me ha llamado mi madre que era muy importante que fuéramos esta noche. No me ha contado nada más, pero, por lo que se ve, parece importante.

—Vaya, bueno, la celebración tendrá que esperar. Así también le enseño a tu madre el reportaje.

—A estas horas lo sabrá todo el pueblo… No creo que le des la exclusiva.

—Me habría llamado para decírmelo, ¿no crees? No me ha dicho nada, Inma tampoco, por cierto. ¿Vamos a La Ferroviaria a ver a Rubén?

—Acabo esto y voy. Ve yendo tú, si no te importa.

Y fui, claro que fui: en mi soledad de mujer cosmopolita. Tenía la sensación de que nadie se alegraba tanto como yo por la revista. Pero, claro, supongo que los demás no vivían rodeados de fantasmas que les atacaban todas las noches cuestionando su ego y su valía como florista. Supongo que me veían como una auténtica florista y no necesitaban que una revista viniera a enseñarles lo que ellos ya pensaban.

Bueno, todos menos Rubén porque según entré por La Ferroviaria empezó a aplaudir y a gritar un «viva la florista de mi pueblo». Pasada la vergüenza y el estupor que me produjo, que todos los presentes, pocos, para qué nos vamos a engañar, hicieran lo propio, coreando y animando a Rubén, y que incluso me dieran dos besos para felicitarme, todo volvió a la calma y me fundí en un abrazo con mi amigo.

—Sabía, desde que entraste por la puerta, que ibas a dar que hablar en el pueblo. Lo sabía.

—Bueno, eso era fácil. Hablamos de cualquiera que se instala en el pueblo.

—Ya, pero tú nos estás dando un juego que no veas. Después de tantos capítulos, ahora que estabas asentada con Gonzalo y lo estabas normalizando, vas y sales en la revista. Más gente como tú hacía falta en los pueblos.

—¿Para abrir negocios?

—No, bueno, también eso, pero más por tener tema de conversación todo el rato.

—Eres tremendo, Rubén.

Nos reímos, nos reímos muchísimo, y brindamos, y fui feliz. Feliz de ver a dónde había llegado y que había conseguido lo que me había propuesto.

—Por cierto, no sé nada de Inma.

—Tenía una reunión bastante importante. Luego te llamará.

—¡Hay que ver!, cuando llegué no tenías ni idea de la existencia de Inma y ahora sabes tú más de ella que yo.

Rubén sonrió:

—Si es que no has traído más que cosas buenas al pueblo, señorita cosmopolita.

Capítulo 31

Para mi sorpresa, no vi a Gonzalo esa tarde. Supuse que gestiones y trabajo lo habían mantenido ocupado. La verdad es que la sensación de decepción se había apoderado de mí. Seguía sin saber nada de Inma, y Valentina y Ramón no se habían pronunciado al respecto de la revista. Sí había recibido mensajes de muchos compañeros de Barcelona dándome la enhorabuena y sorprendidos al descubrir el cambio de rumbo que había decidido dar a mi vida, la mayoría de ellos no sabían ni dónde estaba viviendo. También tuve felicitaciones de los del pueblo, hasta de Mariela, que me preguntó directamente si costaba muchísimo dinero un reportaje como ese y que esperaba que no hubiera salido de las arcas municipales. Además, me dijo que salía monísima en la revista, y en eso andaba yo pensando, mientras me dirigía a casa de Valentina y Ramón.

Cuando llegué, había un silencio absoluto. Si no fuera por el olor que desprendía la madreselva, mis sentidos no hubieran reaccionado a ningún estímulo. Me fijé en ella y en cómo estaba invadiendo la fachada de la casa de al lado. Gonzalo quería haberla cortado hacía ya unas semanas, pero el trabajo en la granja de flores no le había dejado tiempo. Me sentí responsable de la opa vegetal que estaban haciendo a los vecinos. Entré en la casa, crucé el salón y me dirigí por el pasillo hacia la parte trasera, donde tenían un jardín en el que Valentina también plantaba sus propias flores. Pensarlo me provocó un poco de angustia. Valentina llevaba toda la vida plantando flores, y ella y Gonzalo me habían enseñado prácticamente todo lo que sabía. Gracias a ellos había podido enseñar en la revista mi granja de flores. Pensé en la entrevista: en ningún momento había hecho alusión a su generosidad y me sentí francamente mal.

El olor a barbacoa que se coló por mis fosas nasales me hizo tener la esperanza de que no todo estaba perdido y que quizás no les había molestado que no les hubiera nombrado.

Cuando atravesé la puerta del jardín, ahí estaban todos: Inma y Rubén, Gonzalo y Nico, Alejandra y los buenos de Ramón y Valentina.

Aplaudieron con ganas, rodeados de globos que Inma había tenido a bien traer de Barcelona y pasarse media tarde hinchándolos. Un cartel de «Enhorabuena, Florista de Pueblo» colgaba de la pared.

El cartel, confeccionado con una sábana vieja y muy poco arte, no era muy bonito que digamos, pero me emocionó verlo e hizo que se me saltara alguna lágrima.

Para nada se parecía esta celebración a los grandes eventos que organizábamos en el Siroco, en Barcelona. Aunque no los echaba de menos, la verdad es que sentí un poco de nostalgia de esa otra vida que, para ser honesta, también había sido muy importante para mí. El reportaje de la revista me había recordado un pasado laboral no muy lejano que, francamente, se me daba muy bien.

Estaba donde quería estar, rodeada de los que quería conmigo, pero no me hubiera importado teletransportarme con ellos al Siroco y tomar una copa de vino en esa terraza con vistas al Mediterráneo que había sido testigo de tantas de nuestras fiestas.

Los abrazos y felicitaciones de los de verdad de los allí presentes, me hicieron darme cuenta de lo afortunada que era. O eso pensaba. El contacto con la revista, con los compañeros de Barcelona, y ese análisis en el reportaje de quién había sido yo antes de convertirme en una florista de pueblo me habían hecho empezar a darme cuenta no solo de la vida tan perfecta que tenía ahora, sino también de todo lo que había dejado atrás.

Después de un buen rato de celebración, Inma me apartó del grupo.

—¿Qué tal estás, florista rural?

—Estoy.

—Te veo seria.

—Demasiadas emociones. Es como si me hubiera teletransportado mentalmente a Barcelona y me he dado cuenta de que la echo un poquito de menos.

—¿Sí? Pues me alegra escuchar esto…, porque te quiero contar una cosa…, y no sé si te lo vas a tomar bien o me vas a mandar a la mierda; y yo ya he dicho que sí…, y como me digas que no…, no sé cómo voy a salir de esta…

—Inma, dispara, que me estás asustando.

—Está mañana, me ha llamado Izaguirre, había hablado con Tomás Rojas, el director de la cervecera con la que colaboramos en la revista… Como en la entrevista pone que trabajabas antes con nosotros, le ha telefoneado para intentar llevarte a Barcelona. Te quiere en las Fiestas de Gracia para decorar con tus flores algunos eventos, conciertos e incluso su sede para darle un ambiente muy rural…

—¿Me estás vacilando?

—No, tía, es verdad. Me ha dicho Izaguirre que es una pasta lo que te ofrece; que te dejes de aventuras y hagas las maletas para reunirte con Rojas; que, si quieres ser florista, hagas el favor de ser una florista de verdad y te dejes ya de trabajar con geranios…, y yo qué sé más. No sabía si decírtelo, porque sé que ahora pasas de estas cosas, pero bueno…

—¿Qué tienen de malo los geranios?

—A mí qué me cuentas, yo sé qué son las peonías y da gracias.

—Vale, voy.

—¿Cómo que vas? ¿Te vienes? —La sonrisa de Inma era de auténtica felicidad.

—Sí, me voy. Por escuchar su propuesta no pasa nada, ¿no? Doy una vuelta por casa, veo a todos estos, me paso por la oficina… Debí hacerlo cuando me vine aquí, pero no me veía capaz. ¡Joder!, la *Festa Major de Gràcia*, tía, eso es un sueño. Todos los veranos iba con mis padres… ¡Cómo me lo voy a perder!

—Estoy flipando, Bella. De verdad, pensaba que no querrías dejar esto. Eres una caja de sorpresas…, pero, por mí, genial. Yo, a saco contigo.

—Bueno, no lo dejo, es para el verano. Gonzalo puede venir conmigo, e incluso Nico si él quiere. Podemos estar unos días allí… Solo serán unas semanas, ¿no?

¡¡¡Y saltamos y nos abrazamos!!! Y, claro, llamamos la atención de los demás.

—¿Se puede saber qué pasa? —preguntó Valentina.

Y lo solté. Dije lo que pasaba. Con la ilusión y la alegría que Inma me había contagiado.

Todos los allí presentes sintieron una explosión que les sacudió el cerebro e hizo que, de una manera u otra, experimentaran que sus vidas se tambaleaban. Sus caras mudaron de la alegría por ver que algo bueno sucedía a la estupefacción al descubrir de qué se trataba; pasaron de animarme para que hablara a no saber qué decir por lo que implicaba aquel contrato en Barcelona.

Inma comenzó a aplaudir para animarlos a que me felicitaran, pero sus reacciones fueron más bien escasas. Del «bueno, mujer, si es lo que quieres, me alegro» de Rubén, al «bueno, voy poniendo la mesa» de Valentina, pasando por el «voy a sacar la ensalada» de Ramón hasta llegar al «¿en serio?» de Gonzalo.

—¿En serio qué, Gonzalo?

—¿Que si en serio te piensas marchar?

—No es que me vaya a marchar, voy a hacer un trabajo de florista, igual que los hago aquí, pero en Barcelona.

—Ya, claro, lo mismo es.

Su sonrisa cínica no hizo más que sacarme de mis casillas.

—Sí, Gonzalo, lo mismo es. ¿Me puedes decir la diferencia?

—Barcelona, ¿te suena de algo? No sé, se me ocurre que igual está a 500 km de aquí y no se va y se vuelve en el día…, y, además, que no suena que sea un trabajo de un día.

—Es temporal y puedes venir y estar conmigo.

—Ah, ¿sí? Y ¿quién va a regar tus flores? ¿Quién va a mantener la granja de flores? ¿Quién se va a ocupar de que tengas flores para precisamente trabajar de florista?

—Bueno, porque te vengas unos días no creo que pase nada.

—Nada…, ¿qué va a pasar por irte en verano y no regar unos días? Para qué vas a regar, ¿verdad? Si total, luego vuelves y, aunque esté todo destruido, aquí siguen los mismos tontos que te cogen en palmitas, hacen como si no pasara nada y vuelven a dejar todo como estaba. Pues las cosas no funcionan así, Bella, ¿sabes? Te funcionó cuando eras una niña, pero esta vez no tienes excusa.

—Pero ¿de qué hablas, Gonzalo? No es justo, ¿tengo que estar siempre en Maldito Pueblo? ¿No puedo volver a Barcelona nunca más? ¿Aquí si vienes te ponen un sello en la frente y ya no puedes salir? ¿Maldito Pueblo qué es? ¿Una secta?

—Puedes irte cuando quieras. El problema será que no querrás volver. Para ti, por lo que veo, esto siempre ha sido Maldito Pueblo. Tonto yo, que he creído que te importaba algo.

—Desde luego que si me tratas así nunca voy a querer volver. De hecho, voy a empezar por marcharme a mi casa. No es justo, no es justo cómo me tratas; no eres mi dueño ni tienes por qué decidir sobre mí.

—¿Tratarte cómo? ¿Decirte lo que pienso es tratarte mal?

No le di opción a seguir discutiendo. Estaba muy enfadada; desde que había llegado a Maldito Pueblo nunca había tenido esa sensación de cabreo. Simplemente era feliz. Quizás era que me había conformado con vivir en calma y había magnificado los beneficios de mi vuelta, pero en cuanto las cosas se torcían todo se estropeaba, como en cualquier sitio.

Recuerdo ir por la calle llena de ira, apretando los puños y maldiciendo el momento en el que me había parecido buena idea comenzar una relación con Gonzalo. Nadie, en la vida, iba a decirme lo que tenía que hacer. Inma, al paso, iba detrás de mí, intentando calmarme.

—A ver, señorita Dinamita, ¿te puedes calmar? ¿Se puede saber qué te pasa?

—¿Has visto? En vez de alegrarse por mí se enfada. ¿Tú lo ves normal? ¡¡A mí nadie me dice lo que tengo que hacer!!

—Creo que estás sacando las cosas de quicio. Nadie te ha dicho lo que tienes que hacer ni nadie se ha enfadado, excepto tú.

—Me enfado porque no se alegra por mí. ¿Qué mierda de relación es esa?

—Tiene miedo a perderte, eso es todo.

—Pues lo está haciendo un poco como el culo, ¿no crees? He dejado Barcelona, he abierto la floristería, he recuperado el huerto, he hecho mil cosas y ahora por esto ¿cree que me va a perder? ¡Lo he hecho todo por él!

—No, Bella, lo has hecho por ti. Él nunca te ha pedido nada.

Me enfadé, y me enfadé muchísimo, con Gonzalo, con Inma, y con el gato que en ese momento pasaba por ahí y me dio un susto tremendo al saltar desde el contenedor de la basura a nuestro paso. Suerte tuvo de escaparse de la patada al aire que solté. Inma no abrió más la boca. Se limitó a acompañarme en silencio hasta casa.

—Que descanses, Bella.

Cerré mi puerta de un portazo otra vez. La malaleche de las personas se podría medir por la duración de la grabación de todos los portazos que han dado en su vida. La mía sería larga, ya os lo digo. Y esta puerta era, sin duda, una de las más damnificadas de mi vida, y eso que había dejado de ir al pueblo con dieciséis años. Recordaba perfectamente el último portazo que le había dado. Fue la mañana después de que le atizara a Gonzalo el guantazo y mi madre me hiciera ir a su casa a pedir perdón, hace ahora casi veinte años. Hay cosas que no cambian, y se ve que yo soy una de ellas. Hace años le di un bofetón físico y hoy uno emocional, y el final iba a ser el mismo: un viaje a Barcelona. Lo que no sabía entonces es que no regresaría más, y lo que no sabía ahora es si iba a poder volver o acababa de fastidiarlo todo.

A veces mi cabeza me juega malas pasadas. Cuando creo que todo está bien y me sucede algo no esperado, mi mente se descoloca y cambia de prioridades en menos de un minuto. No sé si es una manera de autodefensa o que soy el peor ser humano del planeta; no sé si es que mi cerebro necesita sentir que todo está bien para no derrumbarse o que solo pienso en mí. No sé lo que es, pero esa noche no pensé ni por un momento en la bronca con Gonzalo, y sí en las fiestas del barrio de Gràcia. Me entristecía la discusión con Gonzalo, pero procuraba no pensar en ello y mantener la cabeza fría para disfrutar de la oportunidad tan bonita que me esperaba y lo orgullosa que mi madre estaría de mí si hubiera sabido que iba a decorar las calles de esa Barcelona por la que tantas veces habíamos paseado mientras me contaba su pasión por las flores.

El olor a jazmín que entraba por la ventana, mezclado con el aroma a café que provenía de la cocina, me despertó. Había un viejo jazmín en la fachada, que era la joya de la corona de las plantas de flores que mi abuelo tenía en el patio de casa. Presumía año tras año de que no se helaba, que resistía los fríos inviernos sorianos. Me pareció curioso comprobar cómo, a pesar de no haberlo cuidado nadie en estos años, había sobrevivido. El recuerdo me trasladó al Umbráculo del parque de la Ciutadella, una estructura diseñada para proteger las plantas del sol y permitir el crecimiento de especies no autóctonas del Mediterráneo, como eran los jazmines amarillos. A mi madre le gustaba mucho llevarme allí los sábados, durante el curso escolar, para recordar a mis abuelos y la vida del pueblo cuando pasábamos al lado de los jazmines.

Me pareció una señal. No hay nada como tener dudas sobre algo para que empieces a ver indicaciones por todas partes y autoconvencerte de que la decisión que estás tomando es la correcta.

—¿Cuándo sale el próximo tren a Barcelona?

—El próximo tren con destino a Barcelona Sants efectuará su salida de Mierda Pueblo a las 18 horas y 12 minutos —dijo Inma con una voz mecanizada que me provocó una sonrisa.

—Pues nos vamos. ¿Puedes preparar todo para tener la reunión mañana?

Siguió con la misma voz:

—Señorita Bella, creo que la está usted cagando. Barcelona puede esperar un par de días, quizás debería primero ir a…

Le corté; no dejé terminar a Inma:

—Nos vamos esta tarde.

El tono de Inma cambió a su voz normal.

—A sus órdenes, jefa, me pongo a ello. Pero la estás cagando.

A pesar de las prisas por marcharme a Barcelona, no quería hacerlo como la otra vez, sin decir adiós. Además, pensaba volver, no estaba huyendo, estaba organizando mi vida, porque vivir en un pueblo no está reñido con tener parte de tu vida en Barcelona. Solo era un hasta luego.

Llamé a Gonzalo. No lo cogió. Perfecto. No quería marcharme sin despedirme, pero no estaba preparada para otra discusión con él. Esa noche estaba con Nico y se habían quedado en su casa. Ya hablaríamos.

Me acerqué a casa de Valentina. Estaba en el jardín regando las zinnias, que habían empezado a florecer con fuerza esos días. Cuando veías la casa de lejos, parecía de cuento, con cientos de flores a su alrededor mientras multitud de mariposas revoloteaban entre ellas.

—Son preciosas.

—¿Las flores o las mariposas?

—¿Hay que elegir?

—Es difícil, ¿verdad?

—Siempre es muy difícil elegir entre dos cosas que te gustan. Lo ideal es poder vivir en armonía.

—Las mariposas viven en armonía con las zinnias, pero, en cuanto brotan las equináceas, la mayoría se olvida de ellas y se marcha. Me encanta ver la fachada llena de mariposas, pero cuando aparecen las equináceas muchas me abandonan.

—Ya…, supongo que irán de un lado a otro. Al final las dos flores son bonitas.

—Sí, mientras haya zinnias, habrá mariposas. Te marchas, ¿verdad?

—Me voy esta tarde; deseo conocer la propuesta que me quieren hacer allí. Me lanzaría al éxito como florista profesional. ¿Te parece mal?

—No, mi niña. Todo lo que hagas me parece bien. Además, esta vez has venido a despedirte. ¿Se lo has dicho a Gonzalo?

—No he podido hablar con él, estará ocupado.

—Prueba a pasar por el ayuntamiento, imagino que estará allí.

—Sí…, pasaré ahora.

Mi sí sonó a no, las dos lo sabíamos, Valentina y yo. Sabíamos que no iba a ir al ayuntamiento y que me iba a marchar sin decir adiós a Gonzalo. Al final, no debía de ser tan diferente de la niña que se marchó hacía unos años del pueblo tras una discusión la noche anterior con Gonzalo, y tras pasar por casa de sus padres a disculparse por el espectáculo bochornoso que había dado. La historia parecía que se repetía, pero esta vez iba a volver… O eso pensaba yo.

Tras pasar por la tienda para dejar todo en orden, prepararme la maleta y comer algo en La Ferroviaria, donde recibí un abrazo de Rubén que me reconfortó el alma, me fui con Inma a coger el tren que me llevaría de vuelta a Barcelona. Recordaba mi viaje de venida, con la angustia metida en el cuerpo porque no sabía lo que me iba a encontrar. Me reía de mí misma, de pensar cómo había cambiado mi vida, del viaje a mis orígenes que había realizado cuando recibí aquella carta que el mismísimo Gonzalo me había enviado y decidí regresar.

La nostalgia me invadió y sentí un nudo en el estómago al pensar en él. Me subí al tren, esperando ese momento de película en el que el protagonista corre por el andén en búsqueda de su amor y, mientras el maquinista pita insistente anunciando la salida, se besan en la puerta y se juran amor eterno.

Me asomé a la puerta, y antes de que pudiera ver nada las puertas empezaron a emitir unos pitidos estridentes a la vez que se cerraban. De haber estado allí Gonzalo corriendo para un beso de última hora, es probable que alguno de los dos hubiéramos acabado decapitados a lo Ana Bolena.

El tren enseguida comenzó a andar, y en ese momento toda mi autodeterminación y el convencimiento de volver a Barcelona pasaron a un segundo plano.

Sentía pena, mucha pena. Hasta ese instante no fui consciente del peaje que probablemente tendría que pagar por marcharme así, de repente, sin haber hablado con Gonzalo y sin hacer las cosas con calma y pausadas. Pero así era yo, un ciclón. Por eso, mi padre siempre me decía: «Bella, por favor, piensa y luego actúa». Sin embargo, yo siempre había sido de actuar y luego pensar. La vida es eso que pasa mientras piensas, mientras lees unas instrucciones o haces cola en el supermercado. Nunca había llevado bien ninguna de las tres cosas. Me las había ingeniado para sobrevivir y solucionar mis problemas, pese a actuar antes de pensar. Tenía un bote para guardar los tornillos de Ikea que me sobraban al montar sus muebles y, hasta llegar a Maldito Pueblo, hacía la compra *online*, lo que me había dado paz mental.

—¿Estás bien? —Inma me sacó de mis pensamientos.

—Todo lo bien que se puede estar cuando en menos de 24 horas has discutido con tu pareja, hecho las maletas y salido corriendo a Barcelona como si se acabara el mundo por retrasar la salida unos días y hacer las cosas bien hechas.

—Me agotas, Bella, te lo juro. Te lo he intentado decir, pero has necesitado que el tren cerrara las puñeteras puertas para darte cuenta. No sé si aplaudirte o darte una colleja.

—Se supone que me tendrías que animar.

—¿Ahora? Llevas todo el día evitando oír lo que sabías que te iba a decir. Ahora ya no tengo nada que decirte, solo que a lo hecho pecho, y que vamos a por todas. Que resetees del pueblo y te pongas en modo Barcelona. Y que llames a Gonzalo. Eso estaría bien, sí.

Y le llamé, y no respondió, y un mal presagio me acompañó durante todo el trayecto.

No hay nada como marcharte de Barcelona para que se te olvide lo que es la humedad y el calor pegajoso que caracteriza a la Ciudad Condal. Igual que un bofetón de realidad nos abrazó el calor al bajar del vagón y dejar de sentir el aire acondicionado. Atrás quedaba el aire seco de Soria, con su ligereza y pureza.

Inma había conseguido una reunión para el día siguiente por la mañana, así que cogimos un taxi que nos llevara a casa con el fin de darnos una ducha y dormir algo después de las casi siete horas que había durado el viaje.

Ver Barcelona por la ventana me hizo sonreír. Me hizo sentirme bien. A pesar de que en el pueblo había estado muy a gusto, Barcelona era mi hábitat natural. El trayecto en taxi hasta el barrio de Sant Andreu, donde estaba la casa que mis padres se habían comprado cuando llegaron, me permitió pasar por la plaza de España, que a esas horas rebosaba actividad. Si todo Maldito Pueblo fuéramos a Barcelona el mismo día, cabríamos en un rincón de la plaza y pasaríamos desapercibidos. Pensar que en el Camp Nou caben más de noventa y nueve mil personas y que en el pueblo apenas vivíamos mil almas hizo que por un momento me sintiera abrumada por la magnitud del cambio de vida que había hecho sin pensarlo mucho.

Inma me sacó de nuevo de mis pensamientos.

—¿Va todo bien? Estás muy callada.

—Sí, todo bien. ¿Sabes? En Barcelona hay de todo.

—Sí, Bella, claro que lo sé, vivo aquí. ¿Te encuentras bien?

—¿Sabe qué no hay en Barcelona? —El taxista se metió en nuestra conversación—. Un río como el Tajo, eso es lo que echo yo más de menos de mi pueblo; lo fresquito que estoy en verano cuando voy a bañarme al puente de San Pedro con mi familia.

Sonreí. Barcelona tiene de todo, pero, a pesar de ello, todos echamos algo de menos de nuestros pueblos cuando estamos aquí. Yo echaba de menos a Gonzalo. Y pensar en él hizo que me diera un vuelco el estómago.

Veinticinco minutos y veinte semáforos después entraba en mi portal, como aquel día, que ahora me parecía tan lejano, en el que abrí mi buzón y vi aquella carta que me cambió la vida.

Procuré no pensar en ello, y tras subir a casa y darme la famosa ducha de rigor, esa que te das cada vez que llegas de la calle cuando vives en la costa mediterránea, miré mi móvil y pude comprobar con pena que no había ningún mensaje de Gonzalo. El corazón se me encogió un poquito. Pero ahora en Barcelona, desde la distancia, tocaba ser más cerebral que nunca e intentar entender que quizás, solo quizás, me había precipitado en muchas de las decisiones que había tomado en los últimos meses, y que casualidades de la vida me habían traído de nuevo a Barcelona, mi querida Barcelona. Por algo mi *email*, ese que me hice en clase de informática en primero de la ESO, era Bellabcn88, porque Bella realmente de donde era es de Barcelona… Preferí dormirme porque tuve la ligera sensación de que otra vez intentaba ver señales en todas partes para autoconvencerme de que hacía lo correcto…, y pensar que cuando decidí dejar todo y quedarme en el pueblo no necesité de ninguna señal absurda que me dijera que hacía lo correcto hizo que el mundo se tambaleara un poco. Aunque, quizás, el mareo que sentí en ese momento no era otra cosa que el ambiente húmedo de Barcelona.

Capítulo 32

La expectación del no saber cuando quieres saberlo todo hizo que ese día no me costara nada madrugar para meterme de vuelta a la ducha. Después, camino al bar de abajo a tomar café, me encontré a una vecina, a quien me alegré de ver, pero me torció el morro y no me saludó. No sé qué le pasaría, quizás se había olvidado de mí o me confundió con algún turista alojado en los pisos turísticos que habían inundado la ciudad y que hacían la vida más complicada a los que vivíamos allí. Entré al bar con mi sonrisa y, tras saludar a los parroquianos, algunos de los cuales me devolvieron el saludo efusivo y otros apenas me miraron, me dirigí a la barra buscando al camarero que había cuando me marché. La relación no era como la que había mantenido con Rubén, y menos mal, porque no había ni rastro de él, ni del resto de trabajadores que yo conocía. La vida en Barcelona iba demasiado rápido.

Dos horas después, en carrer del Rosselló, entraba en las oficinas en las que me iba a encontrar con la persona que, se suponía, iba a cambiar mi vida de florista de manera inminente.

Volví a mirar el móvil. No había señales de Gonzalo.

Abrí la aplicación de mensajería tan de moda en la última década.

«Hola, ya estoy en BCN. El viaje bien, estoy a punto de entrar a la reunión, a ver qué me proponen. ¿Qué tal Nico y tú?».

Enseguida el móvil me avisaba de que tenía un nuevo mensaje.

«✌ suerte».

Respondí:

«¿Y el peque? ¿Bien?».

Respondió:

«Sí, por aquí todo bien».

La secretaria me dio paso, lo que paró la cadena de mensajes absurdos que nos habíamos cruzado Gonzalo y yo y que me rompían el alma cada vez que los leía, a cuál más seco. Eché de menos a la secretaria del Ayuntamiento que trabajaba con Gonzalo. Siempre que iba me echaba una mirada despectiva y me hacía sentirme especial. Esta chica era todo sonrisas. Estuve tentada de decirle que me mirara mal para sentirme como en casa, pero preferí dejarlo y seguir las indicaciones que me daba para llegar al despacho donde me esperaba Tomás Rojas.

Era una oficina inmensa, con vistas a la calle principal, donde los edificios modernistas de la zona hacían que se te perdiera la atención entre sus paredes.

Tomás Rojas, el director, carraspeó.

—Perdona, me había quedado ensimismada con las vistas. Soy Bella, la florista supongo que de moda en mi pueblo.

Puso una mueca de diversión y dijo:

—Soy Tomás, el director de *marketing*, odiado y temido, supongo, por todo el personal que ves por aquí.

Nos reímos y pasamos a tratar los temas que nos interesaban. Tomás tenía un ambicioso proyecto para llenar de flores el barrio de Gràcia y acercar su producto acompañado de flores, coincidiendo con sus fiestas. Quería dar que hablar, y le había gustado el proyecto de la barcelonesa retornada a su pueblo natal para crear su granja de flores.

Tras una mañana de reuniones y encuentros con diversas personas del departamento de Marketing y Publicidad acabamos el encuentro con un acuerdo, más que beneficioso para mí, pero con la sensación de que allí lo único que les importaba era mi imagen y la historia de mi proyecto para poder trabajar en conjunto con su marca y, sobre todo, mi asesoramiento en cuanto a la elección y diseño de la campaña. Pero, a nivel floral, sería un grupo de personas que ellos previamente elegirían quienes ejecutarían todos los trabajos.

Por una parte, creo que era un sueño para cualquiera: cobraría sin apenas currar, básicamente por utilizar mi imagen y conocimientos, por lo que la fama, además, me la iba a atribuir yo, pero apenas iba a trabajar como florista. Me había plantado allí con la idea de hablarle de los jazmines, de las damas de noche o los Don Diegos, flores que para mí representaban el clima mediterráneo, ya que por la noche se abrían y soltaban sus fragancias por las calles.

—Eso es lo que queremos, Bella, tu opinión, tu conocimiento; que elijas todas y cada una de las flores que van a formar este proyecto y que organices al equipo de floristas para que realice el trabajo. Necesitamos que supervises y transmitas en este proyecto lo mismo que leímos en la revista y que hizo que nos diesen ganas de poner plantas en nuestro balcón o un ramo de flores en el recibidor. Necesitamos tu energía y tu ilusión por este mundo.

Mi ilusión por este mundo y mi alegría, y yo las había perdido según avanzaba el tren el día anterior y me alejaba de Gonzalo. Él me había transmitido su entusiasmo y conocimiento de las flores… Mi alegría e ilusión eran Gonzalo. Pero vería cómo hacía por recuperarlas, porque si no tendría un pequeño problemita. Sentí hasta vértigo de no ser capaz de hacer nada sin su ayuda. Al final habíamos sido un equipo, y yo había dejado a la parte más importante en el pueblo, mientras cogía un tren y me venía a Barcelona, embelesada por la fama.

A la salida comí con Inma. Elegimos un restaurante al que solíamos ir cuando trabajaba en Barcelona. Volver a ver el edificio en el que se encontraba mi oficina y caras que me resultaban conocidas hizo que me entrara un poco la morriña por mi anterior vida. Quizás Barcelona, una vez en Barcelona, no era tan mala, y la frase «En Barcelona, cualquier cosa es posible» fuera verdad. Realmente estaba a punto de traer mis flores a la ciudad.

—¡Pero, tía, eso es genial! Solo tienes que mandar y pasearte por la feria, trabajar poco y pensar mucho. Acuérdate de las carrozas esas de las fiestas, el dolor de cabeza que te dieron, y eso que eran cuatro carromatos con cuatro centros de flores atados.

—Tampoco crees en mí como florista, ¿verdad?

—A ver, Bella, me cuesta, no porque no confíe en ti como florista, que, por otro lado, no tengo ni puñetera idea de flores, sino porque tú eres una máquina de lo tuyo, de la publicidad, de las redes, del mundo digital…, y supiste vender tu proyecto en la revista como lo que eres: una máquina en lo tuyo. Eso no quiere decir que seas buena o mala florista, pero, hija, solo llevas unos meses… A mí aún me cuesta verte haciendo ramos, qué quieres que te diga…

—Ya…, quizás no tenía que haberme marchado de aquí. Todo lo que he vivido no es más que un cuento de hadas. Me he vendido a mí misma mi proyecto más ambicioso, y hasta yo me he creído que podía ser florista. Y aquí me tienes, a punto de firmar el contrato de mi vida y no por lo bien que lo he hecho de florista, sino por lo bien que me he sabido vender. Manda narices. Al final todo ha sido un guion. Si mi abuelo me viera, diría: «Esta niña es capaz de vender hielo en Alaska».

—Todo no, Gonzalo no ha sido un guion, lo que has sentido por él ha sido muy real.

—Ya, pero aquí estoy, a 500 km de distancia trabajando de lo mío. Todo ha sido un espejismo. Soy una imbécil de manual.

—Siempre puedes volver, dijiste que era algo temporal.

—¿A hacer qué? ¿A jugar a las casitas, a jugar a la vida de doña perfecta, la que tiene una pareja, un hijo y una familia que la quieren? Esa también es la historia que me he montado, Inma. Estoy sola, ¡otra vez estoy sola!

—No digas eso, siempre me has tenido a mí, y ahora tienes a Gonzalo.

—¡Gonzalo no quiere saber nada de mí! No sé nada de él desde que me marché, apenas me responde los mensajes.

—Bueno, ¡pues llámale!

—Que me llame él, ¿no?

—No lo sé, Bella. Tú eres la que lo está pasando mal, no tienes que volver a huir, solo afrontar las cosas y no meter la cabeza bajo tierra. Compórtate como una adulta, llámale o, mejor, el próximo viernes te coges un tren, te vas al pueblo, hablas detenidamente con él las cosas y seguro que todo se arregla. Pero deja de lamentarte a la vez que no haces nada y disfruta de lo que te viene.

—Mira, Inma, da igual, tampoco lo va a entender. He vendido a esta gente mi proyecto más ambicioso, y eso es precisamente lo que voy a hacer, trabajarlo y disfrutarlo.

¿La capacidad de no escuchar cuando te dicen lo que no quieres oír es innata o la mejoramos a lo largo de nuestra vida? En mi caso creo que es innata y mejorada en el tiempo. Es lo que tiene ser tozuda, que, aunque te estén diciendo que es blanco y que todo el mundo lo vea blanco, yo soy capaz de verlo cada vez más negro, incapaz de aceptar un consejo no pedido por mi orgullo absurdo de no reconocer que me he equivocado.

Y ahí estaba yo, sin darme cuenta, de nuevo en Barcelona, en mi casa de toda la vida, de nuevo sola y haciendo algo que apenas tenía que ver con las flores. Quizá mi destino era este, quizá realmente era una máquina en lo mío, y lo mío estaba claro que no tenía que ver con las flores. Quizás las flores no eran mi sueño, quizás simplemente eran el sueño de mi madre y yo, como caprichosa de manual que soy, había metido a un montón de personas en este nuevo sueño de Bella que poco o nada tenía que ver con Bella. Y, lo que es peor, ahora estaba haciendo daño a muchas personas, a las cuales también les había hecho creer que el proyecto de publicidad más ambicioso de mi vida era real y no solo publicidad.

Fantástico, tozuda y orgullosa. Un bombón de persona, capaz de fastidiarle la vida a cualquiera. Mi última víctima: Gonzalo.

Echaba de menos a Gonzalo tanto que dolía. Incluso a 500 km de distancia, seguía sintiendo cosas por él que nunca había sentido, y eso me reconcomía el alma. Pero entendía que era un peaje que tenía que pagar por haber querido jugar a vivir dentro de una película, olvidando realmente quién soy. Si de verdad quería a Gonzalo, lo mejor que podía hacer es dejar de jugar con sus sentimientos. Era una persona errática: hoy estaba aquí, mañana allí, pero siempre haciendo daño a los que me querían.

Gonzalo ya había sufrido bastante para ahora ser yo la que le volviera loco y le hiciera vivir un amor en la distancia, a lo cual él ya me había dejado claro que no estaba dispuesto. Y rompí a llorar como hacía tiempo que no hacía. Desde que fui superando lo de mis padres había dejado de llorar y me prometí no volver a hacerlo. Me prometí a mí misma ser fuerte y no depender de nadie para ser feliz, y ahí estaba llorando como una imbécil. Como si no supiera que la manera de no sufrir es no encariñarte con nadie, y eso es incompatible con enamorarse. Y estaba enamorada de verdad. Era una perfecta idiota y me merecía lo que me estaba pasando.

Salí a correr. Hacía meses que no me calzaba las zapatillas. Si había algo que me reconfortaba la mente cuando vivía en Barcelona eso era salir a correr. Era lo más parecido a huir de los problemas y cogerles ventaja. Las endorfinas que generaba me acercaban a un estado de felicidad que me hacía sentir viva.

Me maldije porque hasta eso había perdido; no haber corrido durante meses me hizo detenerse cuando apenas había recorrido 2 km. La rabia se apoderó de mí. Todo mi armazón se había destruido. Todo aquello que me hacía sentir protegida y que no perdiera la cabeza lo había perdido en unos meses. Y de nuevo estaba sola y me sentía vulnerable. Todo el trabajo mental que había hecho desde que fallecieron mis padres se había ido a la mierda. Era el ser más estúpido del planeta.

Asustada, comprobé que no me acostumbraba a estar sin Gonzalo. Siempre estaba en mi mente y no podía dejar de pensar en él. Cuando te enamoras, constantemente tienes presente a esa persona de una manera u otra. Cuando ves una peli que sabes que le gusta, cuando cocinas algo, cuando te arreglas por la mañana, cuando eliges qué ropa ponerte…, de una manera u otra, siempre le tienes presente. Llevaba con dignidad el sobrevivir sin su presencia, pero nunca dejaba de pensar en Gonzalo. Tampoco me acostumbraba a no verle ni a no saber nada de él. Y si vives el día a día pensando en alguien a quien no tienes, ¿estás viviendo tu vida? ¿O estás sobreviviendo a ella? Prefería no pensar mucho en el tema, porque la solución de salir corriendo todavía había que depurarla.

GONZALO

Hace seis días que Bella se marchó. Y la gente está empeñada en que la siga y vaya con ella a Barcelona, pero no quiero. Y la gente lleva seis días pensando que soy un gilipollas por no ir detrás de ella.

Pero Bella no se lo merece. Su presencia en el pueblo ha sido como un espejismo. Ella nunca debería haber dejado Barcelona y venirse aquí. Este no es su hábitat. Se estaba perdiendo muchas cosas de su vida anterior. Al final aquí lo único que tenía era lo más parecido a una familia, y eso lo seguirá teniendo si ella quiere venir de vez en cuando. Mis padres ya la quieren como a una hija.

¿Y mi relación? Bueno, pues yo ya tengo a Nico. Quizás nunca debería haberme lanzado a por Bella; estar con ella ha sido un sueño, pero con fecha de caducidad, porque estaba claro que tarde o temprano querría dejar esto, y mejor que haya sido temprano y poder haber parado las cosas. Mira si ha sido temprano que ni un año ha estado aquí, y en la primera ocasión que le ha surgido ha vuelto a salir corriendo. No la culpo. Ella tiene toda una vida de posibilidades en Barcelona y yo tengo toda la vida aquí, junto a Nico. No puedo pedirle que se quede y convertirme en un lastre para Bella, y no quiero marcharme a Barcelona, primero, por Nico y, segundo, porque yo allí no sería más que un estorbo.

No estoy resentido y dolido como con Eva. Estoy triste y vacío, pero satisfecho porque sé que no le voy a joder la vida a Bella saliendo detrás de ella y haciéndole creer que esto es mejor que Barcelona. Para vivir en un pueblo tienes que ser de una pasta especial. La mayoría de los de las ciudades nos miran con pena por todo lo que nos falta aquí, pero los de aquí sabemos que somos afortunados, porque tenemos cosas que ellos no pueden echar en falta porque nunca las conocerán si no viven en un pueblo.

—Eso está muy bien, Gonzalo. Así, en plan autoconocimiento, *coach* emocional o como lo quieras llamar, pero perdóname que te diga: es una estupidez. Si Bella está enamorada de ti, por muchas cosas que haya en Barcelona, si no estás tú, no le gustará —me dijo Alejandra cuando compartí con ella algunas de las conclusiones a las que había llegado.

—Pues en Barcelona está, así que algo le tiene que gustar y yo allí no me iría ni loco.

—Pero no es lo mismo. Además, eso de que no te irías… Si no estuviera Nico, veríamos lo que hacías.

—Pues no lo sé, Alejandra. Pero las circunstancias son las que son, y Bella está allí y yo aquí. Y ahora por imbécil tengo que aprender a vivir solo de nuevo, y no ayuda que me estéis recordando a Bella todo el rato.

—De verdad que no te reconozco. Llámala y deja de decir sandeces absolutas, que pareces un guía espiritual.

—Se dice verdades absolutas.

—Ya, pero es que lo que tú dices son sandeces. SAN-DE-CES, puesto que vas a dejar ir tu último tren porque, sin consultarlo con ella, tú has decidido que está mejor allí.

—La que no consultó fue Bella, que otra vez se fue sin despedirse.

—Ay, Gonzalo, piensa lo que quieras. Bella se fue enfadada y sin despedirse porque iba a volver.

—¿Te apuestas algo a que no vuelve? Y me alegro por ella, que al final todo esto se trata de que ella siga con su vida allí y con su trabajo, porque es una fiera en lo suyo y le hace realmente feliz. Y aquí, de florista…, qué sé yo: imagínate que se queda por mí y se va todo a la mierda. Se merece ser feliz.

—Gonzalo, eres tonto, tonto del culo. Me voy. Me alegra ver que no estás llorando por los rincones y que el discurso este de autoconvencimiento que te has creado te está sirviendo para por lo menos no llorar por el día. Porque estoy segura de que las noches se te están haciendo muy largas, y a Bella también, y todo por tu estúpida decisión de que ella es más feliz allí.

Y se fue, pero sabía que volvería enseguida. Desde que se había marchado Bella, Alejandra me hacía un seguimiento exhaustivo para asegurarse de que estuviera bien y no me metiera en la cama a querer morirme como con Eva. Sin embargo, esta vez era distinto. Es verdad que echaba de menos a Bella como el respirar y pensaba constantemente en ella, y, siendo sincero, me moría por verla de nuevo, abrazarla y estar juntos. Y, a pesar de ello, hacer todo para que ella fuera feliz y no se viera presionada a volver por mí me mantenía cuerdo y sin perder la cabeza. Era duro, y más duro tener que dar explicaciones todo el rato de mi decisión.

Cerré el cancillo cuando toda la tierra se había terminado de regar y observé orgulloso aquel vergel. En estas fechas todo estaba lleno de flores. Había un macizo de cosmos delimitando el cercado del terreno que ya era más alto que la propia Bella. El aire movió lentamente todas las flores, y me parecieron una sinfonía perfecta. A Bella le hubiera encantado verlo. Miré hacia abajo y vi las dalias que llevaba en la mano, las favoritas de Bella, las *cafe au lait* tan grandes como la cara de Nico y de un color tostado perfecto para combinar con cualquier otra flor. La mayoría de las flores que habíamos conseguido eran en distintos tonos de rosas, fucsias y amarillas. Bella se moría de ganas por tener unas como las que llevaba en la mano. Me dio un vuelco el estómago al pensar de nuevo en ella. Cogí el móvil y estuve a punto de enviarle una foto. Pero desistí: el mayor acto de generosidad que puede tener el ser humano es pensar no solo en él y priorizar el bienestar de la gente a la que quiere.

Coloqué las dalias en una vieja criba del abuelo de Bella con la intención de que se secaran, cerré todo y me marché.

Entre las cosas que tenía claras estaba que, además de respetar a Bella, mantendría la granja de flores. Que ella no estuviera no impedía que sus sueños, que ahora también eran los míos, se quedaran. Sabía que, si un día volvía, aunque a mí no me hablara, le haría intensamente feliz ver así su huerto, y no como estaba la última vez que vino. Esperaba que esta vez no tardara tanto.

Por inercia me dirigí a La Ferroviaria, que es exactamente lo que hacíamos Bella y yo cuando terminábamos de trabajar en la granja de flores para refrescarnos un poco. Cuando entré y vi a Rubén, me derrumbé un poco. Recuerdo cómo saltaban de alegría cuando vinieron con la historia de las fiestas esas de Barcelona. Y yo, en vez de saltar, lo que quería era hundirme en el suelo para poder mantenerme inmóvil como una amapola. Y eso debió de ser exactamente lo que me pasó. Luego vino la discusión con Bella, mi cabreo absurdo y aquí estoy, hecho mierda, pero autoconvencido de que es lo mejor para ella; que por ella esto, aunque es duro y doloroso, merece la pena, y que yo también tengo que intentar ser feliz.

—¡Una jarrita de cerveza, Rubén!

—¡Hombre!, si está aquí el tío más buscado del pueblo. Creo que se te ha debido de romper el móvil porque Bella no puede hablar contigo e Inma te ha estado llamando y no se lo coges. ¿Se puede saber qué te pasa?

—Rubén, de verdad, no quiero hablar del tema.

Me estaba empezando a encontrar mal, con ganas de llorar, y no entendía por qué. Supongo que el no estar allí con Bella y escuchar a Rubén nombrando a Inma me estaba superando. En el huerto, rodeado de montañas y flores, no lo había llevado mal, pero entrar en La Ferroviaria me estaba superando.

—Es que no quieres hablar del tema, pero a Bella le estás jodiendo la vida.

—¿Yo? ¿Yo le estoy jodiendo la vida? Madre mía, lo que hay que oír. Ella se ha ido porque ha querido, no ha dicho ni adiós, está donde quiere estar, haciendo lo que le gusta. ¿Y yo soy el que le jode la vida? ¿En mí piensa alguien?

—¿Tanto te cuesta enviarle un mensaje?

—Que yo sepa, todos los que me ha enviado se los he respondido. No creo que tenga que darte explicaciones a ti, si ni siquiera ella me las ha pedido. Pero si lo hago es por ella. Bella está donde quiere estar, haciendo lo que le gusta. Que le mande mensajitos diciéndole lo que la quiero, lo que la echo de menos, lo que me gustaría verla, abrazarla, sentirla, que estoy hecho polvo y que me muero por verla lo único que puede hacer es confundirla y hundirla emocionalmente. Y dejasteis bien claro que era el trabajo de su vida, una oportunidad única para ella, que la iba a lanzar a lo más alto, que algo así era su sueño cuando empezaron a currar ella e Inma. No tardó ni veinticuatro horas en irse. ¿Me dices qué pinto yo en esa historia? ¿Dónde está mi lugar? ¿En qué la ayuda que le diga que la echo de menos o que la quiero?

—Bueno, quizás podrías ir con ella y acompañarla.

—Nico y mi vida están aquí. Ella está allí. Y quiero que sea feliz. Si en la ecuación no cabemos Nico y yo, aprenderemos a vivir sin ella y seremos felices con todo lo bonito que le pase.

—Lo siento, Gonzalo, me he metido donde no me llaman. Perdona, voy a por la cerveza.

Con la efusividad de mi mensaje, por la que me había dejado

llevar, no me di cuenta de que las últimas palabras las dije con lágrimas en los ojos. La presión en el pecho era muy fuerte. Quería desaparecer de allí, salir corriendo, gritar o llorar.

Me di la vuelta y me dirigí a la puerta a la vez que los que había en el bar me miraban incrédulos por la reacción que estaba teniendo.

—¡Gonzalo! ¡La cerveza! Te la saco fuera. Espera, que voy contigo.

Rubén me siguió con la jarra en la mano.

—Lo siento, tienes razón, en esta historia sois dos los que sufrís. Bella tenía derecho a irse y tú a gestionarlo como creas más inteligente. Cualquier cosa, sabes dónde estoy, pásate por aquí y vamos hablando.

—Este sitio me recuerda mucho a Bella, Rubén; creo que tardaré una temporada en volver.

Me di la vuelta y me marché.

—Cuídate, Gonzalo.

Pero ya no respondí ni volví la vista atrás. Probablemente a los ojos de la gente parecía el tío más malo del planeta por no llamar a Bella, y los que conocían el motivo por el que lo hacía pensarían que era el más imbécil del mundo. Pero estaba harto de ser imbécil, de tener que dar explicaciones y, sobre todo, de sufrir. Así que la decisión estaba tomada: mi familia, de nuevo, la conformábamos Nico y yo. Cuando él creciera, ya vería cómo organizaba mi vida. Pero ahora mismo lo mejor para mí era estar SOLO.

Capítulo 33

Por fortuna para mí, en Barcelona los días pasaban más rápidamente de lo que pensaba. El proyecto seguía su curso, y me encantaba el curso que había tomado. Cuando se trabaja en proyectos de tanta envergadura, seguir por el camino en el que te sientes cómodo y consideras el correcto es la clave del éxito, y no siempre pasa.

Disfrutaba diseñando, eligiendo flores, colores, texturas, confeccionando la decoración de cada punto de la campaña publicitaria y explicándoles a los floristas qué es lo que quería. Me sentía muy segura y había con ellos muy buena armonía. Conocía la materia, sabía el nombre de las flores y sus peculiaridades. Así que mis compañeros floristas estaban muy a gusto trabajando conmigo y yo con ellos, porque enseguida escuchaba y entendía cada una de sus propuestas o comprendía sus reticencias a según qué ideas. Para mi sorpresa, no llevaba mal las sugerencias o cambios que me planteaban. Y digo sorpresa porque en mi anterior puesto era, y ahora lo veo más claro, una auténtica déspota. Era la dueña y señora de todos mis proyectos y no me dejaba asesorar por nadie. Si salían bien era gracias a mí, y si alguna vez hubiera sucedido lo contrario habría sido culpa mía, pero no se había dado el caso, la verdad.

Ahora el trabajo en equipo me gustaba y estaba aprendiendo mucho. Algo bueno me había traído del pueblo: el baño de humildad que me dieron los meses que estuve allí me había vuelto mejor persona.

La empresa estaba plenamente convencida de poner muchos de los centros de flores en zonas donde el sol abrasador del mes de agosto de la Ciudad Condal los iba a desintegrar. Aunque por la noche cambiáramos las flores estropeadas y mantuviéramos los centros con agua pulverizada, cualquier cosa que pusiéramos iba a estropearse. Modificar la posición de casi todos los centros y convencer a los diseñadores de la campaña, entre los cuales ahora me incluía, así como al departamento de compras, de que había que sustituir parte de las flores por plantas más mediterráneas fue una labor titánica que yo, como cabeza visible de los floristas, conseguí llevar a cabo y de la que más orgullosa me sentía. Creía firmemente en lo que proponía y tuve la suerte de no dar con ningún estúpido, como lo era yo antes, al frente de la campaña.

Las reuniones y las tomas de decisiones eran muy amenas y fructíferas. El proyecto marchaba muy bien gracias a que me había convertido en un nexo vital entre el personal de oficina y el de campo, al moverme como pez en el agua en los dos ámbitos. Eso había hecho que las jornadas laborales fueran muy agradables y que estuviera disfrutando como nunca de mi nuevo trabajo, en el cual, otra vez, ni tenía horarios, ni prisa por irme a casa, ya que nadie me esperaba…, lo que me hacía pensar en el pueblo, cuando sucedía todo lo contrario y ansiaba que llegara la hora de bajar la verja porque eso significaba que Gonzalo vendría con su «moto» a recogerme y, salvo que tuviera a Nico, estaríamos juntos hasta el día siguiente. Dejando la nostalgia al lado, era feliz. El buen ambiente de trabajo y el proyecto tan chulo en el que estaba involucrada hacían que mis días cada vez fueran menos duros y que fuera sobrellevando lo de Gonzalo de la mejor manera. Del cual, por cierto, no sabía prácticamente nada.

Mientras, en el pueblo, los fines de semana que iba, Alejandra le daba una vuelta a la tienda y regaba las plantas y las mantenía para que el local, y más por ser verano, no se convirtiera en el sitio triste y lúgubre que fue después del accidente de mis padres. Me iba enviando fotos de las bajas que iban sufriendo las plantas, y me informaba de la horda de clientes, enfadados la mayoría, que se pasaban por la tienda y se la encontraban cerrada. En verano, el pueblo y toda la zona cuadriplicaban su población, y eran muchas las personas que se acercaban a conocer el ambicioso proyecto que habían visto en la revista y se encontraban con el cierre echado. Al llegar a Barcelona, me había tocado enviar decenas de *mails* con el fin de comunicar que se cancelaban los cursos que teníamos preparados para impartir en la granja de flores. Gonzalo solo no podía hacerlo y dudo que ni siquiera se lo hubiera planteado, y más sin hablarnos entre nosotros. A la vez que lo de Barcelona tomaba forma, el proyecto de vida en el pueblo se iba hundiendo más.

Me daba miedo preguntar por mi granja de flores. Conociendo a Gonzalo, seguramente no habría vuelto a abrir ese cancillo de la reguera que desviaba el curso del agua hasta el laberinto de surcos que formaba la huerta. Ese que cada vez que abríamos llenaba de vida a las flores.

El verano estaba siendo muy caluroso también en el pueblo. Las temperaturas que daban en las últimas semanas oscilaban entre los 34 y los 37 grados. Para que luego digan que en Soria hace frío. Hace frío cuando hace, pero, cuando aprieta el sol, aprieta como en todos los sitios. La aplicación del tiempo que tenía en el móvil, y de la que aún no había cambiado la ubicación, me recordaba todos los días que el calor tendría que estar destruyendo la granja de flores sin que nadie la cuidara, y la pena me invadía.

Y entre alarmas meteorológicas por altas temperaturas, fotos de mis plantas de la tienda abandonando el mundo de los vivos, y trabajar bajo el aire acondicionado de mi nueva oficina, decidiendo cómo ejecutar la campaña de publicidad de la marca de cerveza y transformarla un éxito rotundo, los días siguieron pasando sin tregua hasta que, por fin, llegó el momento de presentar al público la campaña que comenzaría en apenas unas horas e inundaría muchísimas calles y terrazas de Barcelona de color y aroma rural.

Habíamos elegido el melocotón como el color principal. Utilizamos flores en esos tonos, como dalias, proteas, lisiantums, claveles…, acompañadas de lentisco y olivo para crear los centros que decorarían los eventos. La planta estrella, como no podía haber sido de otra forma, fueron los geranios, también en un color naranja que resaltaba mucho en las fachadas. Nos costó muchísimo conseguirlos a esas alturas del verano, todo sea dicho de paso.

Unos días antes recibí diez invitaciones para que mis familiares y amigos pudieran asistir a la presentación del proyecto. Inma y Rubén se pusieron supercontentos cuando entré en casa con ellas. Habían mantenido su relación, a pesar de la distancia, y todas las semanas uno de los dos recorría los 500 km que les separaban. Ninguno tenía por ahora intención de dejar su vida: Rubén era feliz en La Ferroviaria y el hábitat natural de Inma eran Barcelona y su trabajo. No sabía cómo acabaría la historia, pero por lo menos ahora eran felices y hacían todo lo que estaba en su mano para seguir siéndolo. La verdad es que me daban mucha envidia. Eso debía ser amor verdadero y no lo que sentíamos Gonzalo y yo, que a la primera discusión habíamos dejado de hablarnos. ¿Cómo sería mi vida si Gonzalo me hubiera acompañado en este viaje?

—¿Qué vas a hacer con las otras ocho?

—Tirarlas, no tengo a nadie a quien invitar.

—¡Cómo que no! —dijo Rubén sorprendido—. Alejandra, Valentina, Ramón, Gonzalo, Nico…, al vecino ese tan majo que tienes…, ¿cómo se llama? Pedro, ¿no?

—Rubén, el señor Pedro ha cumplido noventa años, igual no tiene muchas ganas de viajar. Llamaré a Valentina y a Alejandra. Y le diré a Valentina que se lo comente a Gonzalo, pero no querrán venir, está lejos, y ahora en verano es complicado…

—Anda, no digas tonterías. Alejandra seguro que viene, y Valentina y Gonzalo quizás también.

¡Y llamé! Para mi sorpresa, Alejandra me dijo que sí en el momento. Por su parte, Valentina me comentó que Ramón no podía dejar el huerto sin regar y que, además, no le gustaba salir del pueblo, y que ella sola no se atrevía a venir, pero que hablaría con Gonzalo, y si él no podía, porque tenía mucho trabajo estos días, se lo diría a Alejandra. Haría lo imposible por venir.

Me alegró mucho contar con Valentina y Alejandra, pero me moría de pena al pensar que Gonzalo quizás no fuera a venir. Cada flor, cada centro, cada decisión que tomaba en el nuevo proyecto la hacía pensando en él y en qué opinaría. Casi todo lo que sabía de flores lo había aprendido gracias a Gonzalo, y a los paseos que habíamos dado mientras dábamos forma a la granja de flores, así que en un impulso le llamé. Realmente deseaba que estuviera ese día aquí conmigo, así que me tragué mi orgullo y le llamé.

No respondió ni la primera, ni la segunda, ni la tercera vez que le llamé, ni el resto. Me tragué el orgullo, y hasta la vergüenza; perdí el sentido común y me convertí en una señora ridícula y acosadora, capaz de emitir más llamadas por minuto que cualquier empresa de publicidad telefónica, con la única diferencia de que siempre marcaba el mismo número. Cada llamada no respondida me hacía más pequeñita y empezaba a echar lagrimones.

De nuevo, lagrimones: no había avanzado nada en mi depuración mental de no depender de nadie para ser feliz. Seguía enganchada Gonzalo y estaba aterrada porque parecía que nunca se me iba a pasar. ¿Qué sentido tenía todo el trabajo que estaba haciendo en los últimos días si no podía compartirlo con él? Me había convertido en todo lo contrario de lo que me había prometido ser. Mi vida era un auténtico desastre.

—¡Ya basta! —Inma me quitó el móvil—. Te estás torturando, para ya. Estará reunido, o jugando al pádel, y ni siquiera oye tus llamadas. Mándale un mensaje para que cuando coja el teléfono no se asuste y piense que pasa algo, y deja el puñetero móvil quieto.

Mandé el mensaje y me pasé toda la tarde echando lagrimones, pero por dentro, porque ya no quería echarlos por fuera. Cada vez que miraba el wasap que le había mandado a Gonzalo y veía que lo había dejado en visto, un torrente de lagrimones recorría mi interior y me hacían sentirme triste, pequeñita y sola.

Rubén e Inma no sabían qué decirme. No entendían la decisión de Gonzalo, pero la respetaban. Y su único objetivo era sacarme a mí del bucle de angustia en el que me había metido.

Yo quería estar sola, necesitaba estar sola, y pensar... ¿Cuál era la versión de Bella real? ¿La mujer cosmopolita, independiente, una guerrera en el mundo de la publicidad a la que le gustaba dar largos paseos por la playa de la Barceloneta cuando terminaba su jornada laboral o la mujer en la que se había convertido hacía tan solo unos meses? Una mujer moderna pero de pueblo, con las ideas muy claras en cuanto a dónde quería llevar su negocio rural; una mujer familiar y dispuesta a darlo todo por amor y a la que le encantaba pasear por la ribera viendo todas las flores y plantas, aprovechando a recolectar algunas para sus arreglos florales...

¿Cómo podía haber cambiado tanto en los últimos meses y, sobre todo, hacia dónde quería ir ahora?

Es curioso cómo creemos poder controlarlo todo; pensamos que somos dueños de nuestra vida y que manejamos los hilos de nuestra historia. Nos hacemos responsables de las cosas buenas que nos pasan y culpamos al karma y al destino de lo malo. Si embargo, la realidad es que no controlamos nada, porque, aunque creemos que somos nosotros los que decidimos, lo único que hacemos es encauzar nuestra vida hacia donde imaginamos que queremos estar.

Esa pareja de novios que se quieren y se adoran, pero llegan los hijos y se dan cuenta de que no se querían y adoraban tanto como pensaban. Esa persona que consigue el trabajo de sus sueños, pero luego se da cuenta de que sus sueños no eran estar todo el día currando. Esa casa que compras en ese barrio, porque en apenas unos años va a estar muy bien comunicado, y te jubilas y sigue sin estar bien comunicado… Nos dirigimos a donde suponemos que queremos estar, pero luego el destino nos enseña que quizás no elegimos el camino correcto y no llegamos a donde queríamos estar. Ese era uno de mis miedos cuando vivía en Barcelona. Cada vez que daba un paseo por la playa y veía a las familias sentadas en el muro del paseo intentando quitar la arena de los pies a sus vástagos, acalorados, e incluso enfadados, me planteaba si esas familias se imaginaban así los días de playa. Si se imaginaban que tendrían que sudar la gota gorda para intentar calmar a las fieras y poder marcharse a casa o si, por el contrario, en sus sueños la arena y el sudor no existían y aparecía una familia idílica disfrutando de un bonito día de playa.

Lo mismo me pasaba cuando veía a una mujer aparentemente adinerada, ya jubilada, pasear sola. Me preguntaba si ella habría sido una fiera en su trabajo, una mujer independiente, capaz de haber conseguido en lo laboral todo lo que se había propuesto. Me preguntaba si en aquellos momentos de éxito en sus sueños para el futuro se habría imaginado paseando sola o acompañada de alguien riendo y compartiendo una copa de vino. Supongo que en el cómputo global de esas personas todo cobraba sentido, o no, cuando llegaban a casa y, una vez en la cama, sus pensamientos les motivaban a esperar y descubrir un nuevo día o, por el contrario, su motivación para dormir era poder olvidar ese día.

Y paseando de nuevo por la Barceloneta, volviendo a imaginar y analizar la hipotética vida de la gente con la que me cruzaba, me di cuenta de que solo había un sitio en el que realmente cada día que me iba a la cama lo hacía con la motivación de esperar un nuevo amanecer. Y me despertaba con la ilusión y la felicidad de saber que ese nuevo día iba a traerme algo bonito. Y por idiota lo había echado a perder.

En el fondo, muy en el fondo, todavía tenía la esperanza de llegar a la presentación y, entre geranios color melocotón y proteas pinchadas en esponja floral abrazadas de eucalipto, poder ver a Gonzalo y decirle cuánto lo quería y, sobre todo, cuánto lo sentía, y eso me mantenía con ilusión. Me deprimía mucho comprobar que el origen de mi ilusión por la presentación del proyecto era que viniera Gonzalo y no el proyecto en sí. Había hecho todo lo posible por estar justamente en el sitio contrario en el que al final del día quería estar. Y ahora ya no había marcha atrás.

Capítulo 34

El día de la presentación, estaba nerviosa, realmente nerviosa. La incertidumbre me reconcomía.

—¡Cómo no vas a estar nerviosa!, el éxito de esta campaña te puede lanzar a lo más alto —dijo Inma.

—O estamparme para siempre. Pero, vamos, que me da bastante igual. Tengo ganas de que lo veáis, pero no estoy preocupada en exceso.

—Pues sí que te has vuelto segura de ti misma. En esta situación hace un año hubieras estado atacada por que todo saliera bien.

—Saldrá bien, los floristas que han preparado toda la decoración son unos máquinas.

—¿Aún estás resentida por eso? ¿Porque no hayas podido ser florista?

—La verdad, me hubiera gustado participar más en la ejecución.

—Chicas, ¿nos vamos? Llegaremos tarde si cogemos algo de tráfico. —Rubén nos sacó del momento de calma en el que Inma y yo nos encontrábamos.

—Lo que no entiendo es por qué Alejandra y Valentina no llegaron anoche. Habríamos cenado con ellas —quise saber.

—Ya te dije que venían hoy en el coche directamente; que no podían ayer —respondió él.

Y como la vida es para los que se emocionan y se ilusionan, yo me había ilusionado y emocionado, pero no por la presentación precisamente. Mi subconsciente me estaba dando pistas, a las cuales no quería hacer caso, para no creérmelo del todo por si no eran verdad y no chafarles la sorpresa. Pero mis nervios por la sorpresa que creía estar intuyendo se estaban apoderando de mí, así que decidí jugar mis cartas a ver si averiguaba algo.

—¿No será que viene Gonzalo? ¿No será que viene Gonzalo con Nico y por eso llegan hoy todos en el coche?

Y a la vez que mi cara dibujaba una sonrisa de oreja a oreja, las de Rubén e Inma dibujaron la mueca de contrariedad y sus rostros se pusieron serios.

—No, Bella, Gonzalo no viene con ellas. Ni va a venir. Esta noche es el pregón de las fiestas y él tiene que estar en el balcón.

—¿Cómo que es el pregón? ¿Qué fiestas?

—Las fiestas del verano, Bella. En agosto se celebra San Roque. No solo son las fiestas de aquí.

Y recordé cómo de pequeña en agosto siempre disfrutaba con mis padres y mis abuelos de las fiestas del pueblo… De las orquestas, de los castillos hinchables, de las verbenas, de las charangas, de los vermús interminables en la plaza de la estación mientras algún dúo tocaba música, de los cabezudos, de las cucañas, de mi infancia, al fin y al cabo, de aquellos cucuruchos de merengue que mis abuelos me compraban, y de las tómbolas que ponían al lado de las camas elásticas y que un año trajeron pececitos de colores y todos en el pueblo teníamos uno.

Me quedé rota.

—¿Y Valentina y Alejandra? ¿No van a estar para el pregón?

—No, vienen a la inauguración, por eso llegan hoy. Han estado ayudando a Gonzalo y a sus cuadrillas a preparar las cosas y hoy han madrugado para venir a verte y pasar el día contigo. Por eso no han venido antes.

—¿Y quién es el pregonero?

Recordaba que cuando era pequeña ese honor recaía en alguien del pueblo que hubiera hecho algo importante ese año. El último pregonero que recordaba era un chico que había participado en la vuelta ciclista a Soria.

—Normalmente le toca a Gonzalo porque nadie quiere, pero este año son las chicas que han salido en el programa de la tele, las del concurso.

—¿Ellas? ¡Ah!, pues son muy majas, será divertido.

—Sí, todo el pueblo está expectante.

—¿Y Alejandra? Se lleva muy bien con ellas, ¿no?

—Sí, pero mira, ha venido a verte a ti.

Me emocioné mucho. Me moría de ganas de estar en el pueblo y disfrutar de las fiestas con Nico y Gonzalo. Y con Valentina y Alejandra, y con Inma y Rubén… Igual no me hubiera importado hasta ver a Mariela.

—¿Hay concurso de tartas? Antes había. ¡Ojalá gane Mariela!

Las caras de Inma y Rubén pasaron de la nostalgia de recordar tiempos mejores, sobre todo en el caso de Rubén, a la de preocupación.

—¿Te encuentras bien, Bella? ¿Quieres que gane Mariela?

—No sé, creo que hasta a ella la estoy echando de menos.

Y todos reímos.

—¡¡Vámonos, que no llegamos!! —Inma puso en este momento el punto de cordura y salimos todos corriendo a coger el taxi que nos llevaría a la carrer de Verdi, donde se iba a presentar la campaña a todos los barceloneses que se acercaran, a la prensa, los hosteleros, los restauradores, etc.

Durante el viaje nadie habló. Todos estábamos lo suficientemente nerviosos porque sabíamos la importancia de esta presentación. Aun así, yo no podía dejar de pensar en las fiestas del pueblo. Nico estaría como loco, ¡con lo que le gustaban las ferias! Esperaba que Eva le hubiera dejado pasar los días con Gonzalo para que disfrutaran juntos.

Mis pensamientos del pueblo se empezaban a mezclar con los de la presentación. Podía ser el proyecto que me encumbrara a lo más alto en lo referente a decoraciones florales. Inma y yo, unos tiburones de este mundillo, sabíamos que, de salir bien, tenía asegurada mi presencia a partir de ahora en cualquier evento o proyecto que necesitara de este tipo de decoración. Flores, tan amadas y necesarias para la publicidad de ropa, bolsos, fragancias… No sé si os habéis fijado en la gran presencia que suele haber de flores en muchos de los anuncios de marcas caras y del uso tan frecuente que se hace de ellas.

En mi empresa, en la que aún seguía de excedencia, se frotaban las manos con mi próxima reincorporación. Según me había contado Inma, ya habían empezado a mover los hilos para ofrecerme una mejora sustancial de sueldo cuando esto sucediera. La propia firma cervecera para la que estaba realizando este proyecto me había propuesto incorporarme a su equipo de publicidad y *marketing*. Trabajar en una empresa tan reconocida a nivel nacional es el sueño de cualquiera al que le guste este mundillo.

Me debatía entre qué quería hacer a partir de septiembre, cuando todo esto acabara, y si estaría el tren de la bruja, que tanto me gustaba cuando era pequeña, en las fiestas del pueblo. Me hubiera gustado comentarlo con Inma. Soy una persona que necesita hablar las cosas en voz alta para entenderlas. Me cuesta ordenar en mi cabeza las ideas que me afectan sustancialmente y verbalizarlas me ayuda a tomar decisiones.

Cuántas tardes, cuántas noches y cuántos amaneceres, en el salón, en la terraza o incluso en el bar de abajo, junto a unos cafés o unas copas de vino, había tomado decisiones en mi vida, mientras Inma me escuchaba y no hablaba, porque ella sabía que le hablaba a ella, pero necesitaba escucharme a mí. Cuántos tragos del último café mientras dejaba la taza en el plato acompañados de la frase «ya sé qué voy a hacer», mientras Inma me miraba y me decía: «No tienes remedio», han marcado mi futuro...

La echaba de menos. La necesitaba. Estos días coincidir con Inma era una auténtica suerte. Entre el trabajo y la presencia de Rubén, o la ausencia de ambos, porque era ella la que se había marchado al pueblo para verle, no nos había quedado tiempo juntas para decidir qué hacer con mi vida.

Y entonces caí en la cuenta.

—Inma, y estos días que has estado por el pueblo, ¿no has visto a Gonzalo?

—Apenas, ya te lo he dicho. De pasada.

—Qué raro.

—¿Por qué?

—No sé, siempre iba a La Ferroviaria. Es extraño que no lo hayáis visto.

Rubén intervino:

—Empezó a venir cuando llegaste tú. Ahora ha dejado de hacerlo.

—¿Y por qué? ¿Si os habíais hecho amigos?

—¿Quieres saber la verdad? Al poco de irte tú vino, pidió algo y antes de que le sirviera se fue. Le seguí fuera a ver qué le pasaba y me explicó que todo le recordaba demasiado a ti. Le dije que tuviera paciencia, que volverías. Y me respondió que no quería que lo hicieras, que tu mundo estaba aquí, que te merecías ser feliz, que en el pueblo para una temporada ibas a estar bien, pero que donde debías vivir era en Barcelona, y que él no iba a cortarte las alas para que pudieras volar. Que bastante mal lo habías pasado ya y que, ahora, lo que tocaba era aprender a vivir sin ti.

Notaba cómo la cara de Inma cambiaba por segundos.

—Rubén, creo que no es el momento. Lo que le estás diciendo la va a hundir y ahora no es lo que toca. A ver, Bella, no te vengas abajo. Quizás cuando pase todo esto y vuelvas al pueblo podáis empezar algo, como Rubén y yo.

No podía responder, no sabía qué responder, nadie me había dicho nada. Yo pensaba que Gonzalo estaba enfadado conmigo por marcharme, y lo que estaba haciendo era sacrificarse él para que yo hiciera lo que de verdad me gusta y estuviera donde todos creían que debería estar.

Pero ¿dónde quería estar yo?

—Pare el taxi.

Las caras de los allí presentes eran un poema. La taxista me dio indicaciones de que en el próximo semáforo se orillaría para poder parar.

—Bella, no sé qué vas a hacer, pero salir corriendo no es la solución. Para, tienes que estar en la presentación. Por favor, no lo fastidies ahora. Recuerda que están Alejandra y Valentina esperándonos. ¿Te has vuelto loca? —Inma ya no hablaba, ahora gritaba porque me veía agarrada a la maneta de la puerta para abrirla y salir corriendo en cuanto parara el taxi—. ¡¡¡Lo que sea que estás tramando puede esperar, no puedes salir corriendo otra vez!!!

—No puede esperar. —Miré mi reloj, faltaban apenas veinticinco minutos para que saliera el último tren. Tenía que tomar una decisión. Ahora gritaba yo—: ¡¡Para ya el puñetero taxi!!

La pobre conductora frenó, y yo salí corriendo, sin pensarlo. Busqué desesperada una luz verde para coger un nuevo taxi que me llevara a la estación. Mi móvil empezó a vibrar, lo apagué, a la vez que un taxi paraba y yo me lanzaba dentro colándome a un par de turistas que empezaron a hacer aspavientos e insultarme en algún idioma parecido al alemán.

—A la estación de Sants, por favor. Rápido, muy rápido.

El taxista frunció el ceño. No le gustó que me colara a la pareja de turistas europeos, con los que seguramente habría hecho un trayecto más largo de los doce o quince minutos que nos separaban de Sants.

—Rápido, por favor, en veintiún minutos sale mi tren.

Mi cara de angustia y mis ganas de llorar debieron de conmoverle porque pisó el acelerador.

—¿Dónde viaja?

—¿Perdón?

—¿Que a dónde viaja su tren, si no es mucho preguntar?

—A Soria, a un pueblo.

—Mi mujer es de Soria.

—Los de allí dicen que es porque lo bueno abunda.

—Y es verdad, mi mujer es maravillosa.

—Yo viajo a decirle al amor de mi vida que me perdone y que le quiero.

El taxista apretó aún más el acelerador y sentenció:

—Entonces, no pierda ese tren.

Me dejó en la estación, lo más cerca posible de la puerta de donde salían los trenes de media distancia, y le tiré un billete sobre el asiento que cubría con creces la carrera.

GONZALO

Para todos los que tenemos algo que ver con este pueblo, las fiestas de agosto son sin duda el momento más especial del año. Y para mí, desde que soy alcalde, uno de los que más dolores de cabeza me da por la responsabilidad que implican. La felicidad de muchos vecinos y las ganas de olvidarse del mundo y de divertirse durante cuatro días ponen en manos del Ayuntamiento muchas ilusiones. Y hacerlo bien, o lo menos mal posible, es complicado. Agosto estaba siendo un mes muy duro: entre organizarlo todo y echar de menos a Bella se me pasaban los días como un autómata. Ganas de diversión no tenía, pero de olvidarme de todo sí. Así que las fiestas, como vecino y no como alcalde, se me presentaban también complicadas. Podían pasar dos cosas: que me sirvieran para olvidar y divertirme o que no tuviera ganas de nada y todavía echara más de menos a Bella.

Hace unos días me llamaron insistentemente Bella y mi madre. Parecía una melodía sinfónica cómo se alternaban las llamadas de una y otra. Las de Bella, imagino que para decirme lo de la presentación, y las de mi madre, para decirme que Bella me estaba llamando.

No le cogí a ninguna. A Bella porque me derrumbaría nada más hablar con ella y no estaba preparado para hundirme aún más. Y a mi madre porque sabía que me llamaba para decirme que le cogiera el teléfono a Bella. No tenía fuerzas para explicarle por qué no lo hacía, y prefería que pensara que era porque soy un idiota. Estaban siendo días muy complicados de trabajo. Además, Nico comenzaría pronto el colegio, y Eva y yo, cada uno en su casita, estábamos peleando contra los horarios de niño de pueblo en verano que Nico había cogido. Acostarse tarde por estar jugando en la calle hasta las doce de la noche había hecho que su ciclo del sueño cambiara de tal modo que se despertaba prácticamente a la hora de salir hacia el colegio. Convertir a Nico en un niño funcional era nuestra prioridad esos días.

Finalmente supe por Alejandra, que vino a verme, que Bella me llamaba para invitarme a la presentación de su nuevo proyecto. Me alegraba mucho que las cosas le fueran bien, pero, sinceramente, me resultaba muy violento tener que ir allí como mero espectador de su vida. Incluso me enfadó. Sé que lo hacía con la mejor intención del mundo, pero me llegaba hasta a cabrear que a ella no le importara verme allí como uno más y que no pensara que ir a Barcelona podría hacerme todavía más daño del que ya me había causado al marcharse.

De todas maneras, es curioso ver las vidas tan diferentes que tenemos. Ella está a punto de presentar un proyecto *supercool,* como dice Rubén, en Barcelona ante miles de personas, seguramente con la presencia de multitud de medios periodísticos, y yo a punto de salir al balcón del pueblo a presentar a las chicas del concurso de la tele para que den el pregón.

Mundos paralelos. No tenemos nada que ver. Yo ni loco querría estar haciendo lo que Bella en Barcelona, y a ella no me la imagino en este balcón hablando delante de todo el mundo.

¿Qué me gustaría? ¿Si pudiera pedir un deseo? Que Bella estuviera aquí. Salir al balcón y buscar su cara entre la gente y que cuando me viera me sonriera. Eso para mí sería la felicidad.

Pero aquí estoy, tenso y nervioso por hablar en público. Y triste, porque no puedo quitarme a Bella de la cabeza. Ahí abajo, entre la gente que me espera no está ella. Y este año, ni mi madre ni

Alejandra porque están con Bella. Al menos están mis amigos. A ver cómo me escaqueo para no salir esta noche, porque de lo que tengo ganas es de irme a la cama en cuanto acabe esto.

Capítulo 35

Entré corriendo a la estación y me dirigí por inercia a la misma zona donde había comprado los billetes hacía unos meses, cuando cogí el tren a mi nueva vida. Fue desolador ver la cantidad de personas que hacían cola, pertrechadas todas con sus maletas, para poder comprar su billete. Tuve ganas de llorar, era imposible que cogiera ese tren, había perdido todo, me había marchado de la presentación sin pensarlo y no podría ver a Gonzalo esa noche. Era una auténtica estúpida. ¿Y si Gonzalo finalmente había venido y estaba en Barcelona? Había apagado el móvil y estaba sola, aislada. Mi afición a salir corriendo y fastidiarla lo único que había hecho con los años era mejorarla.

Me senté en un banco y miré al frente, observando a la gente que se abrazaba tras bajar de los trenes que no paraban de anunciar por megafonía.

Me resultó curiosa la falta de plantas y flores que había en la estación. Su ausencia le daba un aspecto triste, y con mi nueva y adquirida deformación profesional empecé a colocar en mi imaginación dentro de la estación de Sants todos y cada uno de los diseños que habíamos hecho para las fiestas de Gràcia. Supongo que era una manera de estar entretenida y de no pensar en la que había preparado al bajarme del taxi.

Fui de salto en salto por el mobiliario para colocar junto a las taquillas unos jazmines en planta que dieran color y olor a esa zona tan apagada. Después pasé a las expendedoras de billetes, alrededor de las cuales se agolpaba la gente como en cualquier restaurante de comida rápida. En la parte superior pondría unos centros en los que predominaran las proteas, que con su color tirando a cereza quedarían bonitas con el logo de la compañía ferroviaria que operaba los trenes de media distancia. Y recordé que justo igual que esas máquinas había una en la estación del pueblo que había sustituido a todo el personal que hasta la fecha trabajaba allí. ¿Si en esa máquina podía comprar billetes para Barcelona, en las de Barcelona… venderían billetes para Ya no Maldito Pueblo?

Por casualidades del destino, o del karma, que me lo había ganado a pulso, una quedó vacía. Faltaban siete minutos para que saliera mi tren. Me levanté y me dirigí a ella con el corazón encogido.

Elegí el idioma, y entre las diferentes opciones pude leer: «Trenes con próxima salida». Pulsé esa opción, nerviosa, y empecé a leer en orden alfabético. No me costó mucho encontrarlo. Ya no Maldito Pueblo comenzaba por la A. Su nombre parpadeaba, seguido de la frase «Salida en seis minutos». Lo seleccioné y pagué; se imprimió mi billete y lo cogí. Me temblaba todo. Corrí por la estación directa hacia el andén, cuya ubicación, como había recordado con pena mientras estaba sentada en el banco antes de comprar el billete, me sabía de memoria. Pasé el control y bajé por las escaleras mecánicas esquivando y sorteando gente. El cartel luminoso con el nombre de Zaragoza avisaba de manera intermitente de su salida inmediata. Subí al tren, y el cuerpo empezó a temblarme como nunca lo había hecho. Las ganas de llorar, entremezcladas con la sensación de estar cometiendo una locura, me hacían comportarme como un autómata.

El pitido de las puertas y el ligero movimiento del vagón me avisaban que salíamos. Miré la parte superior de la puerta para asegurarme de que no me había confundido de andén, vi cómo alternaban los nombres de todas las paradas hasta que empecé a reconocer nombres de estaciones por las que había pasado mil veces haciendo este trayecto con mi familia, y comencé a relajarme hasta que apareció la estación de, otra vez, «Mi Adorado Pueblo». Miré mi billete, no tenía un asiento asignado, y me dispuse a buscar un sitio entre los vagones.

Cuántas cosas pueden pasar por el cerebro de un ser humano en seis horas y treinta y nueve minutos, que es lo que iba a tardar el tren en recorrer la distancia que me separaba de Mi Adorado Pueblo, incluyendo las veintiséis paradas programadas.

La verdad es que en los primeros treinta y nueve minutos no pensé nada. Mi cerebro estaba agotado y en estado de recuperación, más centrado en asegurarse de que el oxígeno llegara a todos los rincones de mi cuerpo y en que las pulsaciones estuvieran en un rango aceptable para poder seguir viviendo. De hecho, hubo algún momento en el que me permití cerrar los ojos y que en mi oscuridad interior no apareciera ninguna imagen.

Pasados esos treinta y nueve minutos, mi cerebro decidió que había llegado el momento de sacar toda la artillería y poner todas mis emociones a trabajar. Las dos horas siguientes del trayecto pasé del enamoramiento más absoluto y la sonrisa más verdadera al terror total al pensar que Gonzalo quizás no quisiera saber nada de mí. Transité de la ilusión por mi tienda y todo el trabajo que tendría que hacer para ponerla de nuevo en marcha a acordarme de Inma y de las ganas que tendría de matarme, así como de los cientos de llamadas que habría recibido mientras huía cual loca del taxi y me subía en este tren. Cada vez que veía el móvil dentro de mi bolso, a pesar de estar apagado, me daba un vuelco el estómago, y miraba las ventanillas del tren a ver si por un casual quien hubiera diseñado este tren habría pensado en casos extremos como el mío y no le hubiera parecido mala idea poner una ventanilla de emergencia para poder tirar móviles por ella. En vista de que no era posible, lo metí en lo más profundo de mi bolso para no vernos más el resto del viaje y así evitaba la sensación absurda y dolorosa de encenderlo.

Las dos horas siguientes mi cuerpo entró en un estado de calma que me permitió incluso dormirme. Demasiadas emociones me estaban haciendo pasar un mal trago.

Cuando el dolor de culo me despertó, estábamos saliendo de Zaragoza, y el tren prácticamente se había quedado vacío. Nos dirigíamos a la provincia de Soria, una de las más despobladas de España. Mi Adorado Pueblo además tenía el «privilegio» de estar en la zona más despoblada de la provincia más despoblada.

Soria es como un cajón pequeñito olvidado de un armario del que las instituciones normalmente no se acuerdan y pocas veces lo abren. Y mi pueblo estaba en el rinconcito más olvidado de ese cajón, por lo que el descenso de población en la zona sur, que es donde estábamos, aún era más acusado que en el resto de la provincia. Y ahí estaba yo, camino de ese rinconcito, decidida a quedarme para siempre y montar una floristería.

El único beneficio del que había gozado la localidad en su historia se produjo cuando, en 1868, se les ocurrió crear una vía de tren que conectara Madrid y Barcelona y trazaron una línea que justo pasaba por este rinconcito de Soria. Eso es lo que nos había permitido subsistir a lo largo de los años.

Los trenes, a pesar de llevar a un número de pasajeros tan pequeño que se podían contar con los dedos de las manos, tenían la cortesía de parar todavía en este lugar, lo que nos comunicaba con núcleos de ciudad tan grandes como Zaragoza, Barcelona o Madrid.

Históricamente la compañía ferroviaria nos debía esta parada, y los vecinos de la zona (cada vez menos) se afanaban en que no nos la quitaran.

La voz de una niña me sacó de mis pensamientos ferroviarios y me trajo de vuelta a aquel vagón de tren y el porqué de mi viaje.

—Papá, pero ¿vamos a llegar al pregón? Porque yo quiero ir con las peñas.

—Sí, hija, llegamos a casa, dejamos las maletas y acudimos donde esté la peña.

Y entonces un torrente de recuerdos vino a mí. Me identifiqué con esa niña que hacía su viaje en tren para llegar a las fiestas y me acordé de aquel viaje que hice con mi madre cuando tendría más o menos su edad. Nos habían dado cita en el especialista el 14 de agosto, justo cuando empezaban las fiestas. Con lloros y lagrimones, mi madre me sacó del pueblo el día 13, me llevó al especialista y acto seguido cogimos este mismo tren para llegar a tiempo al pregón de las fiestas.

—Yo no voy a casa. Yo pienso irme a buscar a las chicas, porque Noemí me va a sacar una camiseta.

Y entonces caí en la cuenta de que eran fiestas, de que Gonzalo iba a estar ocupado en aquel balcón reunido con todas las autoridades y me iba a ser imposible hablar con él.

Otra vez me dio el bajón, y pensé que no debería haberme bajado del primer taxi. Busqué mi móvil dentro del bolso para encenderlo y dar las explicaciones que tenía que dar.

El padre de la niña me habló:

—Aquí no hay cobertura, hasta que no lleguemos al siguiente pueblo no puedes hablar. Hay casi 30 km de trayecto en el que solo hay cobertura en las paradas.

—Gracias.

Me pareció un motivo más que suficiente para dejar el teléfono de nuevo en el fondo del bolso y una señal de que no debía encenderlo, al menos de momento.

La megafonía anunció, por fin, que la próxima parada era la mía. Me sorprendió ver la cantidad de personas, llegaríamos a la veintena, que nos bajamos, pero es que en apenas unos minutos iban a comenzar las fiestas.

Al salir a la estación, puede ver que todo seguía igual que la última vez que había hecho ese viaje, con la diferencia de que, coincidiendo con las fiestas, cientos de banderines de diversos países del mundo, con predominio de los de España y Castilla y León, sonaban agitadamente por el movimiento del aire, que arrastraba todo lo que pillaba a su paso. También había un macroescenario ya preparado para que esa misma noche tocara una orquesta, cuyo camión me pareció increíble que hubiera cabido por las calles del pueblo.

La plaza estaba absolutamente vacía, con la excepción de unos pocos parroquianos con algunas copas de más que estaban sentados en la terraza de La Ferroviaria.

Los pasajeros que bajaron conmigo del tren habían salido disparados a dejar sus maletas en casa y vestirse de una de las tres peñas que inundaban de color las calles en sus fiestas. En mi familia siempre habíamos sido de los de rojo, y recordaba que Gonzalo iba con los de blanco. Había otra peña, en la que estaban casi todas mis amigas, cuyo color era el negro.

Ver un grupo de gente vestida de rojo me alegró: eso quería decir que, al menos, la peña de mi familia se había mantenido a lo largo del tiempo. La niña que había viajado conmigo en el tren salió disparada en busca de sus amigas que la esperaban con la camiseta de ese color.

Bajé en dirección a la plaza del ayuntamiento. El ruido de las charangas me avisaba de que me acercaba al sitio donde seguramente todo el pueblo estaba esperando el pregón de las fiestas, que daría comienzo en unos minutos.

Al girar la calle y llegar a la plaza, pude ver que las tres peñas seguían existiendo, cada una iba con su charanga que tocaba a la vez y hacía imposible escuchar algo. Cuando se pararon, el alboroto, los gritos, los chillidos, los petardos y demás sonidos difíciles de identificar hicieron que no se notara gran diferencia. El ambiente de fiesta era increíble y la cara de diversión de la gente me recordaba que era aquí donde quería estar.

Miré al balcón y el estómago me dio un vuelco. Entre los señores de traje, que no me sonaban de nada y seguramente serían representantes políticos provinciales, estaban las chicas (cada una de una peña) que habían ido al concurso de la tele y diversas personas que había visto en el ayuntamiento en las visitas que había realizado. Me alegró no ver a la secretaria, porque estaba convencida de que no le caía muy bien, pero al que tampoco vi fue a Gonzalo.

Las cámaras de la televisión provincial enfocaban a la plaza, donde las charangas habían vuelto a sonar. Tuve la mala idea de meterme entre el gentío, buscando alguna cara conocida a la que preguntar dónde podía encontrar a Gonzalo.

Me imaginaba a Inma y a Rubén en casa, viendo la tele provincial a través del ordenador, e identificándome entre la multitud de fiesta, y pensando que había perdido definitivamente la cabeza.

Las cámaras se giraron hacia la fachada del ayuntamiento y apareció Gonzalo. El estómago me dio un vuelco, el corazón me empezó a palpitar y como una loca empecé a chillar:

—Gonzalooooooooo, Gonzaloooooooooooooooo…

Pero era como gritar al aire, nadie me escuchaba, ni siquiera los de alrededor, que seguían aplaudiendo, vociferando, bailando y derramando litros de bebida por encima de los presentes, entre los cuales me incluía.

Y Gonzalo cogió el micrófono.

—¡Muy buenas noches, vecinos! —dijo, mirando a cualquier punto menos en el que estaba yo.

Y tras un grito de alegría generalizado siguió hablando:

—Quiero daros las gracias por…

No sé qué es lo que pasa en tu cerebro cuando dejas de ser racional. Cuando no piensas las cosas y sale tu instinto más irracional. Ya no sopesas la decisión que estás tomando, sino que algo en tu interior, que dudo que sea el cerebro, te dice que la tienes que tomar. Como cuando me bajé del taxi casi en movimiento, o cuando me giré al de la charanga y le supliqué:

—Déjame el micrófono.

O cuando le dije: «Me quiero declarar al alcalde porque es el amor de mi vida, y si no lo hago siento que me voy a morir», justo después de que el de la charanga me hubiera respondido:

—Ni de coña te dejo el megáfono.

Finalmente me lo dejó y, lo que es peor, les dijo a sus compañeros lo que quería hacer. Así que, a pesar de que Gonzalo estaba hablando, la charanga empezó a tocar un redoble de tambor para avisar de que yo iba a hablar.

Se hizo el silencio, y la gente se giró para mirarnos, incluso atrajimos la atención de los que estaban en el balcón y la pequeña cámara local me enfocó. Las chicas del programa de la tele tenían cara de estar divirtiéndose, también los señores del traje que poco o nada tenían que ver con el Ayuntamiento, sino con su partido político. Sin embargo, el personal del Ayuntamiento no estaba por la labor de que la loca del megáfono retrasara el comienzo de las fiestas y mucho menos de que hablara. Sus caras eran de todo menos divertidas, por lo que hubo gente que empezó a silbarles.

O recuperaba la voz, me había quedado muda, o en cuestión de segundos perdería toda la atención y volvería el alboroto previo.

Gonzalo me miró con gesto serio y volví a perder la cordura, así que me arranqué a hablar:

—¡Gonzalo!

Redoble de tambor.

Gonzalo nos saludó con la mano a mí y a toda la charanga. Debía de pensar que estaba loca y trató de reanudar su discurso para dar paso a las chicas del concurso.

El redoble de la charanga se intensificó, haciendo que apenas se le oyera y la gente empezara a silbar en señal de desacuerdo.

Grité por el megáfono:

—¡Gonzalo, te quiero! Te quiero más que a nada en mi vida. Te quiero y quiero estar aquí, en el pueblo, contigo,

Toda la plaza comenzó a aplaudir.

La cara de Gonzalo era un poema.

—Sí, Bella, luego hablamos —dijo desde el balcón.

Comenzaron a oírse abucheos hacia el pobre Gonzalo. La gente estaba de fiesta y se estaba divirtiendo mucho con el espectáculo.

—No, quiero hablar ahora. Porque me muero de ganas de abrazarte, de que vayamos a ver juntos el huerto, de que me sigas enseñando a regar con los surcos esos que no hay quien los entienda, que me lleves en esa moto cutre que tienes a conocer sitios.

»Quiero estar contigo siempre. Porque te quiero, te quiero mucho, Gonzalo. Quiero estar contigo siempre.

»¡He dejado el proyecto de Barcelona, he cogido un tren y me he recorrido media España porque necesitaba estar contigo!

La gente se volvió loca. La charanga que me había prestado el megáfono y las otras dos tocaban acordes y redobles para darle emoción a mi declaración de amor. Las chicas que iban a dar el pregón no dejaban de animar a Gonzalo para que dijera algo, y el resto del pueblo no paraba de corear su nombre. Todos esperaban su reacción.

Gonzalo permanecía inmóvil. Finalmente dio un paso atrás y, sin decir nada, se dio la vuelta y se metió al ayuntamiento.

El «ooooh» general de la plaza hizo que me sintiera pequeñita, que quisiera desintegrarme allí mismo.

La secretaria, que había hecho acto de presencia en el escenario que había en la plaza, cogió el micro, no sin antes echarme una mirada que ya me desintegró por completo, para excusar a Gonzalo, y siguió hablando con intención de dar paso a las chicas para que dieran el pregón.

Mis nuevos amigos de la charanga me daban ánimos e incluso de cachondeo me decían si quería irme con ellos de gira para darle más ambiente a las actuaciones.

Entonces vi a las chicas del concurso que señalaban hacia abajo y empezaban a aplaudir y a gritar que Gonzalo salía del ayuntamiento y se dirigía hacia donde estaba yo. Todo el mundo empezó a aplaudir y se retiraron haciendo un pasillo entre él y yo. Pude ver a Gonzalo entre la gente con paso firme venir hacia mí. Empecé a llorar, y la charanga, a tocar una conocida balada de princesas en la que triunfa el amor por encima de todas las cosas. Cada vez le veía más cerca, y entonces me tocó, y dejé de oír y de ver. Todo lo de mi alrededor se fundió, desapareció, estábamos solos él y yo. Gonzalo también lloraba, me besó y me abrazó con tanta fuerza que me costaba respirar.

Y entonces volví a oír, a sentir, a estar viva. Escuché petardos, tracas, tambores, silbidos, pero sobre todo a Gonzalo, que mientras me abrazaba me decía al oído que me quería y que nunca más volviera a dejarle solo.

Las chicas desde el balcón comenzaron a dar el pregón, mientras el resto de vecinos se iba olvidando de nosotros, que seguíamos abrazados mientras escuchábamos el chupinazo, que nos avisaba de que las fiestas del 24 habían comenzado.

Capítulo 36

Amanece, que no es poco. No sabes el significado tan profundo que puede tener esa frase hasta que no pasas una crisis. Hasta que te quitan algo que te importa, el amor, la salud o las ganas de vivir.

Si pierdes la ilusión porque amanezca un nuevo día, igual no lo sabes, pero es el momento de empezar a cambiar las cosas para que puedas disfrutar de los próximos amaneceres. No se trata de que te vuelvas loca y salgas corriendo en el primer tren (en un sentido o en el otro de la vía). Se trata simplemente de ir haciendo cambios que te lleven a donde quieres estar. Si te lo juegas todo a una carta, como yo, corres el riesgo de ganar mucho o de perderlo todo y que entonces no quieras volver a ver nunca más amanecer. Pero si has perdido la ilusión, empieza a hacer cambios, por pequeñitos que sean, hasta que te lleven al lugar donde todos los días quieras ver de nuevo brillar el sol.

A mí, no es que me gustara este amanecer; es que me emocionaba. La persiana dejaba entrar rayos de luz que iluminaban tenuemente la habitación. Ver a Gonzalo en la cama a mi lado me hacía sentir intensamente feliz, pero no era solo su presencia. Era estar en mi lugar seguro, en mi sitio, donde sabía y sobre todo sentía que debía estar.

Me levanté, fui a la cocina a preparar café, y con mi taza todavía humeante decidí visitar el huerto. Tenía miedo por ver cómo estaba la granja de flores. Para llegar hasta allí, había que pasar por un cobertizo en el que mi abuelo guardaba todas sus herramientas. Alguien, llamémosle el guardián del bosque, o ahora el guardián de las flores, había preparado una estructura en el techo de la que colgaban flores de colores para secar. Había statice, gomfrenas, limonium, zinnias, achilleas, celosías, mocos de pavo…, y sobre unos tamices, que había colocado elevados, descansaban unas dalias inmensas, de un color tostado precioso, mientras secaban. Al verlas, me sentí de nuevo la mujer más afortunada del mundo. Gonzalo, imagino que con la ayuda de Valentina, había colgado todas las flores que habían recolectado para poder usarlas en invierno, como tantas veces habíamos planeado. Me dirigí hacia la puerta que daba acceso al huerto desde el cobertizo que estaba cerrada. A pesar de la alegría de ver todas las flores secando, tenía mis dudas de que la granja de flores estuviera bien. El trabajo de Gonzalo estas semanas en el consistorio y de forestal se había triplicado con la afluencia de veraneantes y dudaba de que hubiera tenido tiempo, y mucho menos ganas, de cuidar la granja. Aun así, una vez que vi todas las flores que había recolectado para secar, mantuve la esperanza.

—A ver, Bella, abre la puerta sin miedo. Si todo está bien, perfecto. Si no, coges la azada y empiezas de nuevo. La vida se trata de eso, de seguir y no rendirse.

La voz de Gonzalo me sacó de mis pensamientos en voz alta.

—Vaya, no sabía que hablabas sola.

Sonreí.

—Venga, abre la puerta. Así vemos cómo está, y el trabajo que se nos viene encima.

He de confesar que las palabras de Gonzalo me derrumbaron un poco. Di por hecho que llevaba ya días sin pasar por aquí.

Respiré profundo, mis abuelos vinieron a mi mente, y empecé a desplazar el cerrojo de hierro oxidado que sujetaba aquella vieja puerta y abrí.

Lo que vieron mis ojos debe de ser el espectáculo visual más bonito del planeta. Ni las pirámides de Egipto, ni el Taj Mahal, ni el Addict Lip Glow de Dior, ni un Birkin de Hermès. Aquello superaba con creces cualquiera de las maravillas del mundo que había visto o probado hasta la fecha.

Se me saltaron las lágrimas, y lloré, lloré de emoción.

Macizos inmensos de flores de colores atravesaban el terreno de lado a lado. Macizos en flor de diferentes tamaños, rodeados de montañas. Todas las tonalidades del planeta en media hectárea de terreno.

Los zumbidos de los insectos en búsqueda de néctar, polen o refugio inundaban el ambiente. El gorjeo y el chirrido de los gorriones y las golondrinas que nos sobrevolaban te trasladaban a un mundo mágico. Por encima les sobrevolaban los buitres que se detenían en los picos escarpados de las montañas que nos rodeaban.

—Nos empeñamos en buscar la felicidad y a veces no nos damos cuenta de que la teníamos delante de nuestras narices.

—Está bonito, ¿verdad?

—Gracias, Gonzalo. Gracias por ser, y gracias por todo.

—No me tienes que dar las gracias. Estar aquí estas semanas pensando en la cara que pondrías cuando volvieras me daba fuerza para seguir.

—¿Estabas seguro de que volvería?

—Segurísimo, porque en el caso de no hacerlo te hubiera enviado una carta por impagos, pero sí, tenía la esperanza de que, aunque te olvidaras de mí, al menos no lo harías de la granja de flores.

—¿De ti? No he podido dejar de pensar en ti en este tiempo. Eres el motivo por el que he vuelto.

—Ya, bueno, sí, me di cuenta anoche, yo…, y todo el pueblo.

Y nos abrazamos, y nos fundimos en un beso, de esos que te colocan hasta los huesos que tanto me gustaban a mí desde que había descubierto que existían.

En Barcelona todo fue un poco más caótico, pero también tuvo un final feliz.

Alejandra y Valentina nunca llegaron a la presentación, porque, tras callejear por media Barcelona, no fueron capaces de encontrar el sitio que les había indicado Inma, así que se quedaron en una cafetería intentando llamarla para avisar de que no iban a llegar a tiempo.

Inma nunca les cogió porque me estaba llamando a mí constantemente, a pesar de que un mensaje le anunciaba que mi teléfono estaba apagado. Insistía con la esperanza de que fuera porque me había quedado sin cobertura o sin conocimiento, pero que de un momento a otro recuperaría cualquiera de los dos.

Eso nunca sucedió; no volví a recuperar la cobertura, porque no recuperé el conocimiento y no volví a encender el móvil que apagué en el tren.

Rubén e Inma decidieron que no estaban dispuestos a cubrirme las espaldas (más rato). Así que, después de unas cuantas horas aguantando malas caras, y de intentar calmar los ánimos con la esperanza de que volviera, abandonaron la presentación de mi proyecto. Abatidos, se fueron andando a una cafetería que, sin saberlo, estaba en la misma calle y justo enfrente de la que habían elegido Alejandra y Valentina para hacer tiempo.

En el mismo momento, en la misma calle, en cafeterías enfrentadas, cada una en una acera, estaban Inma y Rubén y Alejandra y Valentina sin saber los unos de la presencia de los otros.

En el mismo momento, Rubén y Alejandra pusieron su móvil en marcha para ver en redes sociales la retransmisión del pregón que algunos chavales y la tele autonómica emitían en directo.

En el mismo momento me vieron a mí, megáfono en mano, declarando mi amor por Gonzalo.

En el mismo momento los cuatro salieron a la calle, nerviosos, porque no escuchaban bien y tenían miedo de perder la cobertura. Fue entonces cuando vieron a Gonzalo salir del ayuntamiento, dirigirse a mí y jurarme amor eterno. Y en ese momento que los cuatro lloraban de felicidad, a la vez que me tomaban por rematadamente loca, levantaron la vista y se encontraron en mitad de Barcelona. Se sintieron más unidos que nunca y tan felices como si fuera su propia historia de amor. Porque cuando quieres a alguien de verdad, te alegras de lo bonito que le pasa. Y allí, los cuatro, lo sintieron tan profundamente que se emocionaron, se abrazaron y se fueron paseando por Barcelona para que Valentina y Alejandra conocieran la ciudad que me dio la oportunidad de crecer, madurar, formarme como persona y estar preparada para disfrutar del mundo.